食全食美 5

風文創 096

尋找失落的愛情 著

風文創 096

目錄

第二百二十一章　心意未定……005
第二百二十二章　意想不到……011
第二百二十三章　大皇子……017
第二百二十四章　誤會……023
第二百二十五章　第一個吻……030
第二百二十六章　秋後算帳……036
第二百二十七章　我……相信你！……042
第二百二十八章　只要妳喜歡……049
第二百二十九章　來客……055
第二百三十章　甜蜜……061
第二百三十一章　閒來吃飛醋……068
第二百三十二章　誰都有秘密……074
第二百三十三章　兄弟夜話……080
第二百三十四章　丈母娘看女婿……086
第二百三十五章　相遇……092
第二百三十六章　暴風驟雨……099
第二百三十七章　命懸一線……105
第二百三十八章　一場噩夢……111
第二百三十九章　莫名敵意……117

第二百四十章 坦承……123
第二百四十一章 想見而不得……129
第二百四十二章 心結……135
第二百四十三章 醋意大發……141
第二百四十四章 寧汐的秘密……147
第二百四十五章 廚藝大賽……153
第二百四十六章 一絲疑雲……159
第二百四十七章 一見傾心……165
第二百四十八章 躲之不及……171
第二百四十九章 別樣浪漫……177
第二百五十章 主動……183
第二百五十一章 作戲……189
第二百五十二章 刁難……195
第二百五十三章 天賦……201
第二百五十四章 你進我退……207
第二百五十五章 刀功比試……213
第二百五十六章 賭約……219
第二百五十七章 疼惜……225

第二百五十八章 新菜式……231
第二百五十九章 男人的心……237
第二百六十章 微妙情愫……243
第二百六十一章 巧手……249
第二百六十二章 心服口服……256
第二百六十三章 鼓起勇氣……262
第二百六十四章 勃然大怒……268
第二百六十五章 苦肉計……274
第二百六十六章 冰冷……280
第二百六十七章 為什麼？……286
第二百六十八章 未雨綢繆……292
第二百六十九章 正面交鋒……298
第二百七十章 出人意料的考題……304
第二百七十一章 大皇子的企圖……310
第二百七十二章 失之交臂……316
第二百七十三章 大皇子來了！……322
第二百七十四章 是何居心……328
第二百七十五章 針鋒相對……334
第二百七十六章 決定……340

第二百二十一章 心意未定

寧汐和上官燕在容府比試廚藝一事，迅速地傳了開來。寧汐頓時聲名大噪，徹底蓋過了上官燕的名頭。

此事過後，寧汐頻頻接到貴婦小姐們的邀約，成了宴會掌廚的最佳大廚人選，身價自然也跟著水漲船高，整整翻了一番。說來也奇怪，價格越是定得高，客人越是趨之若鶩。一時之間，寧汐的名頭大有和寧有方並駕齊驅的架勢，成了鼎香樓另一塊金字招牌。

對此，寧有方別提多驕傲自豪了，只要一聽到「青出於藍勝於藍」、「名師出高徒」之類的話，便樂得呵呵直笑。

寧汐忙碌之餘，情緒總算恢復如常。就算偶爾聽到有人提起容瑾的名字，也只是淡淡一笑而已。

事實上，自從鬧翻之後，容瑾再也沒來過鼎香樓了。

對於這點，張展瑜自然是最高興的那一個。這些日子，他和寧汐也漸漸地親近了許多。雖然離心心相印還差得遠，可總算有了一點進展，比以前強得多了。

寧有方看在眼底，心裡也頗為高興，回去便跟阮氏提了幾句。阮氏一激動，當晚便拉著寧汐說起了此事。「……汐兒，妳覺得展瑜怎麼樣？」

寧汐沒有假裝聽不懂，默然片刻，才輕輕地說道：「張大哥很好。」他對她百依百順，又溫柔體貼，真是挑不出什麼不好來。

阮氏鬆了口氣，笑道：「那就好，過些日子我讓妳爹喊他到家裡來吃飯。順便把你們倆的事情定了，至於成親的事，可以再等上兩、三年，倒不用太著急……」

「娘！」寧汐苦笑著打斷阮氏的話。「這事不急，等等再說吧！」

阮氏不以為然地說道：「還等什麼？妳也不算小了，先定了親事，有了名分以後來往也方便得多，又不是讓妳現在就成親。」頓了頓，又低聲說道：「展瑜是個好孩子，年紀也不小了，要是沒個準信，讓人家一直這麼等著可不太好。」

寧汐啞然，半晌才嘆道：「娘，張大哥人很好，對我也好得沒話說，可是……可是我對他……」感情自然是有的，可卻不是男女之間的情愛，更多的是兄妹之情。

和張展瑜在一起，她覺得安心舒適，卻沒有一日不見如隔三秋的魂牽夢縈，更沒有纏綿悱惻的思念。這樣的感情溫和又溫暖，卻顯然少了點什麼。

阮氏嗔怪地白了寧汐一眼。「妳這丫頭，這樣有什麼不好。過日子就要選這種沈穩踏實的男人，日子過得平平淡淡才是最大的福氣。」

這道理她何嘗不知道？寧汐自嘲地笑了笑。可知道是一回事，等到了下決心的時候，心底那個影子又冒了出來，在眼前不停的晃動，讓她遲遲下不了決定……

阮氏見寧汐低頭不語，也不忍心過分逼著她，柔聲說道：「好了，這總歸是妳的終身大事，妳現在既然不情願，就等過一陣子再說。」正所謂日久生情，只要有了這份心意，時間一長，心自然會慢慢轉過來的。

寧汐輕輕嗯了一聲。當晚一夜難眠，第二天臉色自然不太好看。

張展瑜一聽到動靜，便自然地迎了過來，瞄了寧汐一眼，立刻察覺出不對勁來。「汐兒，妳昨夜沒睡好嗎？」黑眼圈都出來了。

寧汐含糊地應道：「嗯，想了點事情。」

張展瑜表明過心跡之後，對這樣的話題分外的敏感，想問又不好張口，既怕寧汐不肯說實話，更怕寧汐口中提起另一個男人的名字。憋了半天，才說道：「身體要緊，不管怎麼樣，也得好好休息。」

寧汐心裡掠過一絲感動，輕輕地點頭應了。

或許，阮氏說的是對的。

容瑾再好，和她卻不是一個世界裡的人。她和他之間相差得太遠，注定走不到一起。就算互有情意，也只是一場虛無的美夢，她應該好好把握身邊的溫暖才對……

不知不覺中，張展瑜和寧汐走到了小廚房裡。寧有方根本沒過來，就連趙芸等人也不見了蹤影，不大的廚房裡，只有他們兩個人。

柔和的晨曦中，寧汐秀美的臉龐如一朵清新的花朵，美得令人屏息。

張展瑜溫柔地凝視著她，不知想到了什麼，臉忽地紅了一紅，慌忙地移開了視線。

寧汐一怔，下意識地打趣道：「張大哥，好好的你臉紅什麼？」兩人也不是第一次獨處了，彼此之間很熟絡，這樣驚慌失措的臉紅可真是少見得很。

張展瑜向來坦蕩，今天卻支支吾吾地說不出話來，怎麼也不敢承認自己剛才動了「邪念」。

見寧汐雙眸含笑的嬌俏模樣，臉越發地紅了。

寧汐本還待取笑幾句，忽地靈光一閃，隱隱猜到了張展瑜臉紅的原因，也覺得尷尬起來。平日裡總當張展瑜是兄長一樣親近，可他畢竟已經是成年男子了，天天對著自己，怎麼可能一點念想都沒有……

張展瑜咳嗽一聲，打破了尷尬的沈默。「汐兒，這些天妳接了不少的帖子，一定很累了。」

話題一扯開，寧汐也自然多了，笑著應道：「累點也沒什麼，要是有人天天這麼請我去掌勺，再累我也情願。」這可是別的廚子求都求不來的好事呢！

張展瑜笑道：「聽說上官燕也接了不少的邀請帖子。」雖然上官燕被寧汐壓了些風頭，可也是赫赫有名的大廚了。再加上上官世家這個金字招牌，上官燕也算風光了。

寧汐不無自得地笑道：「她的廚藝雖然比我還差了那麼一點點，不過也是很不錯了。」

張展瑜被逗樂了。「妳這到底是在誇別人還是在誇自己？」

寧汐嘻嘻一笑，俏皮地眨眼。「當然是在自誇。」兩人對視一笑。

趙芸踏進廚房的時候，見到的便是他們兩人言笑晏晏的樣子，笑著打趣道：「瞧瞧你們兩個，整天有說有笑的，什麼時候有好消息，讓我也跟著樂呵樂呵。」

寧汐笑容一頓。

張展瑜見寧汐是這樣的反應，心裡陡然一沈，笑容也有些勉強。「趙姊，妳可別亂說笑，汐兒是女孩子，臉皮薄得很。」

趙芸話一出口就知道失言了，心裡暗暗後悔，忙扯開話題。「寧汐妹子，外面有人來找妳呢！」

寧汐點點頭，抬腳往前樓走去。張展瑜急急的追上去，低低地說道：「汐兒，趙姊就是隨口說說，妳千萬別放在心上。我在外人面前，從來沒亂說過一個字……」

寧汐忽地停住了腳步，朝張展瑜笑了笑。「張大哥，你的品性為人我當然信得過。你放心，我沒生氣。」頓了頓，又低聲補了一句。「你再給我一點時間，好嗎？」

張展瑜先是一愣，旋即心裡一喜，連連點頭。等寧汐走了，才敢細細地回味寧汐的最後一句話，越咂摸越興奮，眼眸亮了起來。

寧汐走出了張展瑜的視線之後，腳步未停，直直地往櫃檯走去。待看清櫃檯前的女子是誰時，頓時又驚又喜。「妳怎麼來了！」

那個端莊沈穩的少女不是蕭月兒的貼身宮女菊香又是誰？雖然只見過一面，可寧汐對她的印象卻很好，隔了近兩個月，竟然還記得她的樣子。

菊香笑著迎了過來，福了一福。「寧姑娘，五小姐很掛念妳，特地讓我來接妳。」不提公主的名諱，顯然是不想聲張。

寧汐壓抑住心底的興奮雀躍，笑著點點頭。在孫掌櫃耳邊低語兩句，孫掌櫃眼睛一亮，忙不迭地點了點頭。「好好好，妳儘管去，好好地待上一整天再回來，妳爹那邊由我去說一聲。」

寧汐抿唇一笑，跟著菊香出了鼎香樓，上了馬車。

鼎香樓時常有貴客出入，這輛馬車雖然精緻奢華，卻沒惹起太多的注意，寧汐就這麼低調的又入了宮。

比起上一次的忐忑不安，這一次寧汐坦然多了，一路上和菊香有說有笑，倒是很快地熟絡起來。

「……這些天，公主殿下常常念叨寧姑娘呢！」菊香笑著說道：「要不是因為宮裡有事，只怕早就忍不住要接寧姑娘入宮了。」

宮裡有事？會是什麼樣的事？

寧汐敏感地聯想到了喜事上，試探著問道：「是因為公主殿下選駙馬的事情嗎？」

菊香卻笑而不答，輕描淡寫地避開了話題。「還有些別的事情，待會兒見了公主殿下，寧姑娘自然就知道了。」

菊香這神神秘秘的樣子，倒勾起了寧汐的好奇心。只不過，她在前世對宮廷的事情瞭解並不多，一時也想不到會有什麼事情。

事實上，前世的這一年，宮廷裡發生的最大事件，就是蕭月兒的意外身亡。如今蕭月兒成功逃過這一劫難，皇上定會加派人手保護蕭月兒，大皇子、三皇子自然也會提高警惕。今後，或許會有更多的事情脫離前世的軌跡，發生令人意想不到的變化呢！

寧汐思來想去，也想不出個究竟，只能按捺下好奇心，靜靜的坐在馬車裡，等著入宮。見了蕭月兒，一切自然就見分曉了！

第二百二十二章　意想不到

有了上一次的經驗，寧汐這一次入宮鎮定得多。入了宮門之後，目不斜視，緊緊的跟在菊香的身後進了明月宮。

菊香先領著寧汐去見了崔女官。崔女官還是那副矜持高傲的樣子，對寧汐並不熱絡，甚至有些隱隱的敵意，似笑非笑的說道：「寧姑娘，多日不見了。公主殿下一直很掛念妳呢！」

寧汐坦然回視，微笑著應道：「是啊，我也很惦記公主殿下。」看來，崔女官是把上一次罰跪一事都記到她頭上了！

崔女官淡淡的吩咐：「妳先在這兒等著，我先去稟報公主殿下一聲。」說著，便優雅的離開了。

菊香唯恐寧汐心裡不快，陪笑著說道：「寧姑娘，崔女官一向就是這樣的脾氣，妳千萬別放在心上。」這個明月宮裡除了明月公主之外，就數崔女官架子最大了。

寧汐隨意地笑了笑。崔女官確實盛氣凌人不討人喜歡，好在接觸機會不多，稍微忍一忍也就是了。

片刻過後，有宮女來召喚寧汐進去。

蕭月兒穿著一身華麗至極的宮裙，端莊文雅地坐在那兒。見了寧汐，眼眸一亮，唇角露出笑渦。「寧汐，快些過來。」

菊香朝其他宮女使個眼色，全數退了下去。崔女官略一猶豫，正待說什麼，蕭月兒略帶冷然的警告目光就飄了過去，立刻什麼話也沒了，也退了下去。

蕭月兒總算鬆了口氣，笑咪咪的拉著寧汐坐下說話。「隔了這麼久沒見，我可一直惦記著妳呢！要不是這些日子宮裡出了點事，我早就讓人去接妳了。」

寧汐心裡一動，試探著問道：「不知出了什麼事？方便說給我聽聽嗎？」

蕭月兒略一猶豫，含糊地說道：「也不是什麼大事，就是四皇兄整日裡遊手好閒，又玩鬧得厲害，被父皇訓斥了一頓。」

她說得十分含糊，寧汐一聽便知其中還有內情，故作漫不經心地笑道：「四皇子殿下這麼年輕，愛玩愛鬧也實屬正常。皇上愛子之心深切，責備幾句也不算什麼。」

蕭月兒咕噥一句。「要是別的倒也罷了，偏偏是那種不正經的事情……」

寧汐的好奇心徹底被勾起來了。「到底是什麼事情？妳就別再吊我胃口了。說給我聽聽嘛，放心，我絕不會告訴任何人的。」

蕭月兒對自己這個四皇兄顯然沒太多好感，撇了撇嘴說道：「也好，我就說給妳聽聽好了。」湊到寧汐的耳邊，低聲說道：「四皇兄性子放蕩不羈，結交了不少三教九流的朋友，府裡還養了些漂亮的男孩子，父皇知道了，很是生氣，發了一通脾氣，狠狠地訓斥了四皇兄一頓，還將他身邊的人都發落了一通。四皇兄這幾天被禁了足，宮門都沒出。」

寧汐啞然。以前也曾隱隱約約的聽說過四皇子好男風一事，沒想到竟然是真的。還正大光明的在府中豢養男寵，也難怪皇上大發雷霆之怒了……

蕭月兒眼中的嫌惡一閃而過。「男人和男人……想想都讓人覺得噁心。」

寧汐點頭附和了幾句。「是啊，真是難以想像。對了，這事情怎麼會傳到宮裡來了？」各位皇子都有自己的府邸，四皇子也不例外。這樣的事情絕不可能大肆聲張，皇上又是怎麼知道的？

蕭月兒聳聳肩。「這我可不清楚。」她一臉的坦率，看來對此真的不知情。

寧汐沒吱聲，心裡卻飛速的閃過一個模糊的念頭。四皇子本就不得寵，再出了這樣的事情，皇上一定更不喜歡他，今後四皇子想要翻身，只怕要花更多心思了。

前世的四皇子，百般隱忍心機深沈，成了笑到最後的勝利者。可這一世，很多事情都漸漸有了變化，說不定，皇位再也不是四皇子的囊中之物……

想及此，寧汐的心怦怦亂跳個不停。

這世上她最懼怕也是最恨的人，非四皇子莫屬。前世親人無辜慘死的一幕一幕，她從未有一刻忘懷。可重生之後，她卻沒想過報仇這回事，對方是高高在上的皇子，自己卻只是個無足輕重的平民少女，談報仇無異於螞蟻撼樹，簡直是笑話。

可在這一刻，她的心裡陡然冒出一個念頭……如果四皇子再也無望做太子登基為帝，對他來說一定是最沈重的打擊吧……

「寧汐，妳在想什麼，怎麼半天都不說話？」蕭月兒扯了扯寧汐的袖子。

寧汐定定神，笑道：「怪不得菊香在一路上支支吾吾的不肯直說，原來是出了這等事情。」這樣的醜聞遮掩還來不及，怎麼可能敢往外說。

蕭月兒輕哼一聲。「我也不瞞妳，父皇生平最厭惡龍陽之癖，四皇兄偏偏犯了這個忌諱，也難怪父皇這次發那麼大的火了。對了，四皇兄身邊有個親隨，叫邵晏，不知道妳可曾聽過這個名字？」

寧汐扯了扯唇角。「嗯，我認識這個人。」何止是聽說過，簡直是太熟悉了。

蕭月兒反而一愣。「妳怎麼會認識邵晏？」

寧汐輕描淡寫地說道：「他以前曾來過鼎香樓，見過幾面，算是認識。」頓了頓問道：「妳怎麼突然提起他來了？」四皇子出了事，該不是也牽連到他了吧！

「父皇罵四皇兄的時候，別人不敢吭聲，他的膽子倒是不小，竟然挺身而出為皇兄說話。父皇正在氣頭上，便命人打了他八十個板子，他倒也硬氣，從頭到尾都沒哭喊求饒。聽說板子打完以後，他渾身都血淋淋的，都快有進氣沒出氣了，估計至少也得在床上趴上兩個月才能下床，也不知道以後腿腳會不會落下點毛病。」

蕭月兒自然不清楚寧汐和邵晏之間的淵源，笑嘻嘻地將這事當成故事一般講了出來。「當時好多宮女在那兒看熱鬧，菊香當時也去了，回來之後說給我聽了。那個邵晏實在長得好，當時菊香惋惜了好久呢！」

寧汐默然片刻，才擠出一個笑容。「他也太傻了，那種關頭哪能隨便插嘴說話。若不是皇上心地仁慈，只怕他的小命當時就沒了。」

天威難測，豈能輕易觸怒？邵晏對四皇子倒是一如既往的忠心耿耿至死不渝。前世也是如此，邵晏待她雖好，可只要一牽扯到四皇子，他就沒了立場和原則。不惜利用她的一片癡情，將寧有方也拖進了渾水……

寧汐深呼吸口氣，揮開腦中的陳年舊事。正待說什麼，就見蕭月兒眼珠骨碌一轉，笑嘻嘻地低語道：「她們都在私下裡猜測，那個邵晏可能是四皇兄的男寵呢！」

「不可能！」寧汐不假思索地脫口而出。待看到蕭月兒詫異的眼神之後，迅速地改了口。「我也見過邵晏幾次，他應該不是那種人。」

前世她和邵晏相戀多年，可以肯定邵晏是個再正常不過的男子，不可能有龍陽之好，怎麼可能是四皇子的男寵！

蕭月兒不以為然地笑道：「知人知面不知心，這種事光看可看不出來。妳看我四皇兄，平日裡也是堂堂正正的瀟灑男子，誰能想到他有這種『嗜好』。再說了，邵晏長得那麼好看，四皇兄既然有龍陽之好，怎麼可能放著嘴邊的美食不吃？」

寧汐啞口無言。是啊，邵晏才貌出眾，千裡無一，四皇子又癖好男色，怎麼可能放過這樣的美色，難道邵晏真的是四皇子的……

寧汐被腦中閃現的齷齪畫面驚到了，腦子裡一片紛亂，前世有許多百思不得其解的事情，忽然隱隱有了答案。

邵晏口口聲聲說愛她，卻遲遲不肯娶她為妻。在她面前極少提起關於四皇子的事情。還有，她曾偶爾玩笑一般問起：「若是在我和四皇子殿下之間只能選一個，你會選誰？」邵晏從不正面回答這樣的問題，總是顧左右而言他或是一笑了之。

她一直以為這只是邵晏的忠心，卻從沒細想過，他和四皇子之間異常的信任和默契是從何而來……

寧汐一沈默，氣氛便顯得冷凝起來。蕭月兒沒趣的揮揮手。「算了，別提這個了，說點開心的。對了，這些日子妳都在忙什麼，有什麼新鮮有趣的事情沒有？」

寧汐回過神來，打起精神笑道：「有趣的事情倒是真有一樁。」

說著，便將自己和上官燕在容府的廚藝爭鬥一事娓娓道來。她說得一波三折精彩之至，蕭月兒聽得興致盎然，聽到激動處，緊緊攥著寧汐的手嘆道：「唉，要是當時我也在就好了。」這麼多好吃的都沒吃到，真是太可惜了！

寧汐啞然失笑，一眼便看出了蕭月兒的心思，笑著打趣道：「這有什麼可惜的，要是妳想吃，我今天就下廚做幾道給妳吃。」

此話正中蕭月兒下懷，頓時眼睛一亮，連連點頭，不客氣的點起菜來。「我要吃妳最拿手的拔絲蘋果，還有紅豆羹，對了，還有……」一副饞壞了的模樣，把寧汐逗得呵呵直笑。

正說笑著，菊香的聲音忽然在門外響了起來。「啟稟公主殿下，大皇子殿下來了！」

第二百二十三章　大皇子

門開了，大皇子昂首闊步地走了進來。蕭月兒眼眸一亮，歡喜地起身相迎。

寧汐的笑容略有些僵硬，自動自發地起身站到了一邊。雖然她和蕭月兒相處愉快，可是一見到高高在上的皇子們，總不自覺的有些心虛忐忑。

「大皇兄，你今兒個怎麼有空來看我了？」蕭月兒親暱地依偎在大皇子的身邊，一臉歡快的笑容。他們兩個是一母所出的親兄妹，感情深厚，比三皇子、四皇子要親近得多。

大皇子滿臉溫柔的笑意，疼愛的摸了摸蕭月兒的髮絲。「這幾天朝中事務繁忙，我得幫著父皇處理瑣事，實在沒空，不然早就來看妳了。」眼角餘光瞄到立在一旁的寧汐，眸光一閃，故作漫不經心地問道：「這位姑娘是誰？似乎有點眼熟。」

蕭月兒笑咪咪地扯了寧汐過去。「她叫寧汐，是我在宮外認識的朋友。那次在西山，你不是見過她一次嗎？怎麼這麼快就忘了！」

寧汐心裡暗暗苦笑，大皇子的記性當然沒有那麼差，這麼說分明是明知故問。她不敢直視大皇子銳利的目光，膝蓋一軟，就待磕頭行禮。

蕭月兒眼疾手快的拉住了她。「寧汐，這是我最親近的皇兄，妳見了他不用這麼多虛禮，隨便打個招呼就好了。」又噘著嘴巴抱怨。「皇兄，你別這麼繃著臉嘛！寧汐都被你嚇住了。」

「我什麼時候繃著臉了。」大皇子啞然失笑。

「寧汐剛才和我還有說有笑的，你一來，她連話都不敢說了，都是你不好！」蕭月兒嬌嗔不已。

大皇子又是好氣又是好笑，故意板著臉孔說道：「好啊，竟然敢說我不好，我這就走，再也不來看妳了。」

對這樣毫無力道的威脅，蕭月兒壓根兒不放在心上，笑嘻嘻的扯著寧汐的手說道：「寧汐，妳不用怕，大皇兄一向最疼我了，妳是我的好朋友，他也一定會喜歡的。」

話說到這分上，寧汐也不好再沈默了，笑著說道：「既然如此，我就放肆一回，大皇子殿下，請恕小女子無禮，今日就不給您行禮了。」

蕭月兒滿意地點點頭。「這才對嘛！」

大皇子哭笑不得，卻拿蕭月兒一點法子都沒有。瞄了寧汐一眼，面色倒是柔和了一些。「月兒和妳倒是投緣。」

這句話是衝著寧汐說的，她不敢不答，得體地應道：「公主殿下心地善良，不失赤子之心，能有幸結識，是我上輩子修來的福氣。」

這話聽著順耳極了，大皇子含笑點頭。

蕭月兒見大皇子有了笑容，心裡也頗為愉快，笑嘻嘻地說道：「大皇兄，你今天來得真巧，寧汐正打算下廚做些好吃的，你也留下來一起吃午飯吧！」

大皇子一愣，上下打量寧汐兩眼。

寧汐老老實實的低著頭，心裡暗暗默唸著——您老還是有事快點走吧！一直待在這兒我的小心臟可受不了。

只可惜事與願違，就聽大皇子緩緩張口說道：「也好。」就留下來，好好看看這個寧汐到底有何本事，能讓蕭月兒如此惦記。

蕭月兒見大皇子肯留下來陪自己吃午飯，高興得不得了，興沖沖地拉著寧汐就往外跑。「寧汐，我現在就帶妳去小廚房。」

大皇子皺起了眉頭，咳嗽一聲。堂堂明月公主，風風火火的跑來跑去，成何體統！

蕭月兒不情願地將腳縮了回來。「菊香，妳領著寧汐去小廚房看看，缺什麼東西就到御膳房去領。」

一直候在門口的菊香笑盈盈的走了過來，領著寧汐往小廚房走去，邊走邊介紹道：「整個皇宮裡有小廚房的也只有幾處，我們明月宮裡的這處小廚房可不算小，光是御廚就有三個，還有幾個做雜活的，一共九個人。」

九個人，伺候的主子卻只有一個。果然奢侈！寧汐心裡暗嘆一聲，面上卻露出了微笑。「公主殿下的口味我倒是略知一、二，只不知大皇子殿下可有什麼偏好？」

菊香不愧是蕭月兒身邊得力的大宮女，竟然連這樣的問題也難不倒她。「大皇子殿下不喜吃甜食，偏好辛辣的食物。」

辛辣？寧汐眼眸一亮。這可太好了，她對麻辣口味的菜餚可是頗有心得的，今天就好好露一手，讓大皇子殿下驚豔一回！

到了廚房，寧汐被嚇了一跳。所謂的小廚房，竟然比鼎香樓的廚房大了三倍不止。爐灶鍋具整齊漂亮，櫃子裡擺滿了各種食材，幾個太監模樣的人正坐在裡面閒聊無事。見菊香來了，忙陪笑著迎了上來，一口一個菊香姊姊叫得別提多親熱了。

菊香笑吟吟地說道：「這位是寧姑娘，公主殿下特地吩咐我領寧姑娘過來，今天中午就讓三位御廚都歇著，有寧姑娘做菜就行了。你們幾個不准怠慢，聽見了沒有？」

那幾個太監連連笑著應了。

寧汐在廚房裡略略轉了一圈，便站到了食櫃前，仔細想了片刻，心裡暗暗列好了菜單，便開始動手忙活起來。

那幾個小太監一開始還有些輕慢之心，實在是因為寧汐太過年輕貌美，和那些高胖有力的御廚比起來，簡直就是朵嬌弱的鮮花一般。可沒想到這麼一個纖弱的小姑娘，手上的力氣卻是不小。手起刀落，砧板上的魚肉便被削成了一片一片，每一片都薄薄的，細細一看，大小竟然完全相同。

這份刀功立刻將眾人都震住了，再也沒人敢小瞧寧汐，打下手的時候勤快多了。

寧汐做事的時候很是專注，從頭至尾都沒有半句廢話，食材準備好之後，便俐落地動手做起菜來。

麻辣的水煮魚片，香辣泡椒回鍋雞，剁椒蒸金針菇，尖椒五花肉……一道道麻辣口味的菜餚過後，寧汐又特地做了幾道以甜味為主的菜式。這些更是她的拿手好菜，將每一道菜餚都做得精緻可口。

等一切都忙完了，寧汐的額頭滿是汗珠。

一塊溫熱的毛巾忽地出現在她眼前，伴隨著菊香親切的笑臉。「寧姑娘，辛苦妳了，快些擦擦汗。」

寧汐笑了笑，接過菊香手裡的毛巾擦了擦額頭，隨口問道：「對了，大皇子殿下和公主殿下吃得怎麼樣了？說什麼了嗎？」

菊香抿唇笑道：「公主殿下邊吃邊誇好吃，大皇子殿下雖然沒說什麼，可整整吃了兩碗米飯，比往日來的時候吃得要多了不少呢！」

寧汐眼眸一亮，心情陡然好多了。辛苦做出的菜餚得到食客們的認可，這是做廚子最幸福愉快的時刻了。

趁著這片刻工夫，寧汐迅速地做了盤炒飯吃了。剛一擱筷子，蕭月兒便命宮女過來叫她過去了。時間算得正好，寧汐滿意地笑了笑，隨著宮女一起去見蕭月兒。

飯桌還沒撤，寧汐一眼便看到桌上的菜餚去了十之七、八，心裡暗暗高興，面上卻不顯露。

蕭月兒吃得心滿意足，嘆道：「寧汐，還是妳做的菜餚最合我的胃口了。」好久沒吃得這麼暢快淋漓了。

寧汐笑道：「多謝公主殿下誇讚。要是喜歡，下次我再做些別的好吃的。」

蕭月兒雀躍不已，連連點頭。

大皇子第一次撇開成見細細的打量寧汐，這才留意到穿著樸素的寧汐竟然生得嬌美動人，比起嬌憨可愛的蕭月兒絲毫不遜色。明明只是個普通少女，站在天家公主皇子面前竟然不露怯意，不卑不亢，落落大方。

那一次西山事件，他對這個少女的第一印象實在不算好，因此並不贊成蕭月兒和她有所來往。可這一次接觸，又讓他有些改觀。

蕭月兒那麼喜歡她，果然有些道理。不說別的，就這一手傲人的廚藝，也足以讓人驚嘆了！

「妳學廚多久了？」大皇子漫不經心地問道。

寧汐不敢怠慢，笑著應道：「我爹便是鼎香樓的大廚寧有方，我是跟在他身邊學的廚藝。學了兩年左右出師，今年年初做了大廚，到現在也有半年多了。」

大皇子微微一愣，眯起雙眼又重新打量寧汐幾眼。只學了兩年，竟然就有這樣過人的廚藝，真是聞所未聞……

蕭月兒不無炫耀地說道：「大皇兄，你可別小看了寧汐，她現在可是京城最出名的大廚呢！」

這話說得實在有點誇張了！寧汐尷尬地咳嗽一聲，小聲地解釋道：「因為我是女子，又做了大廚，名氣便比別的大廚響了一點。不過，比起真正的名廚來，我還差得遠呢！」

蕭月兒不以為然的笑道：「宮裡這麼多御廚，我又不是沒嚐過他們的手藝，好多都不及妳呢！大皇兄，你說是不是？」

大皇子不置可否的笑了笑，扯開了話題。「對了，月兒，父皇今天已經下了旨意，為妳選定駙馬了。容府已經接了旨，估計正忙著高興呢！」

話題忽然轉到這個，蕭月兒頓時忸怩的紅了臉，低頭擺弄著衣角，一副待嫁小女兒的嬌羞。

寧汐笑容一僵，身子微微一顫。

第二百二十四章　誤會

寧汐的頭腦一片空白，不斷地迴響著大皇子剛才的兩句話，聖旨已經下了……容府接了聖旨了……

容瑾真的要做駙馬了！

本以為這些日子她做的心理準備已經夠多了，她可以平靜地等待著這一切發生。可親耳聽見這消息的一剎那，心卻痛不可當！

蕭月兒正沈浸在嬌羞喜悅裡，沒有留意到寧汐的異樣。可大皇子卻一直在留意寧汐的一舉一動，見寧汐臉色蒼白，不由得皺起了眉頭，沈聲問道：「妳聽到這樣的消息似乎不怎麼高興。」

寧汐心裡一凜，忙擠出笑容。「大皇子殿下誤會了，我心裡正為公主殿下高興呢！正琢磨著要送什麼賀禮呢！」

大皇子微微挑眉，未置一詞。

寧汐哪裡還敢再走神，打起精神笑道：「恭喜公主殿下，即將嫁得如意郎君。今日來得匆忙，什麼也沒準備，以後一定補份賀禮。」

蕭月兒面孔紅紅的，眼角眉梢都是甜意。「妳也來取笑我。」

正說著話，崔女官匆匆地走了進來。「啟稟公主殿下、大皇子殿下，聖上身邊的祿公公來過了，說是聖駕馬上就到。」

大皇子先是一愣，旋即意味深長地笑了笑。「月兒，父皇上午才下了聖旨，現在就趕著來告訴妳好消息了。」

蕭月兒被取笑得滿臉通紅，嬌嗔地直跺腳。一旁的宮女都掩嘴偷偷笑了，大皇子更是樂得哈哈大笑。

在這樣的情況下，寧汐顯然不適合再多留，識趣的笑道：「我出來這麼久，也該回去了，改日再來陪伴公主殿下。」

蕭月兒雖然依依不捨，卻也知道寧汐不適合再多留，點了點頭，吩咐菊香送寧汐出宮。

大皇子盯著寧汐的背影，眸光一閃，故作漫不經心地問道：「月兒，我記得妳說過，這個寧汐只是個普通的廚子吧！」為什麼他總覺得這個寧汐似乎有些不同尋常？

蕭月兒點點頭笑道：「嗯，我去年偷偷溜出宮結識她的，和她特別投緣呢！」

「她什麼時候知道妳身分的？」大皇子突如其來地問了一句。

蕭月兒很自然地應道：「她以前一直不知道，直到西山那一回才知道我的真實身分。說起來，我那次能僥倖逃過一劫，也有她的一份功勞呢！」話一出口，才發覺失言，想收回卻是來不及了。

大皇子何等精明，立刻察覺出不對勁來。「月兒，妳是不是有什麼事瞞著我？」

「哪、哪有的事。」蕭月兒略有些心虛的否認。寧汐曾叮囑過她，「那件事」千萬不能讓別人知道的……

她說謊話的時候，實在騙不了任何人。大皇子好笑地嘆口氣。「月兒，我是妳親皇兄，難道還有什麼事不能告訴我嗎？」

蕭月兒為難的咬著嘴唇，猶豫了片刻，才說道：「說起來也沒什麼大不了的，今年翻過年之後我又去了一次鼎香樓。寧汐說有個胡半仙看相很靈，便帶我去了……」將當日的事情娓娓道來。

大皇子聽著聽著，瞇起了雙眸，面色深沈。

「……都怪我，要是聽了寧汐的話，那一天不出宮的話，也不會惹出這麼多事端來了。」蕭月兒不無自責的嘆道：「荷香受了重傷，又有這麼多人受了牽連。」

大皇子沈吟片刻，才緩緩地問道：「那個胡半仙除了說妳命中有一劫，在四月、五月之間，不能靠近有山有樹的地方。還說了別的沒有？」

蕭月兒搖搖頭。「我當時被嚇了一跳，哪裡還有心思問別的。」見他臉色不豫，心裡一個咯噔，急急地說道：「大皇兄，你該不是在疑心寧汐什麼吧？她當時也是好意，想帶我去見識見識權當解悶，誰能想到胡半仙會說這些。」更令人沒想到的是，這個胡半仙竟然說話如此靈驗。

大皇子眸光一閃，笑著安撫道：「妳別緊張，我就是隨便問問而已。妳結交了這麼一個好朋友，皇兄也替妳高興。父皇一會兒就該來了，妳快些進去梳洗拾掇，打扮得漂漂亮亮的，父皇看了一定高興。」

蕭月兒這才鬆了口氣，笑咪咪的點點頭，進了內室去了，待蕭月兒的身影消失之後，大皇子的笑容漸漸淡了下來。

胡半仙……這樣的把戲騙騙無知少女還差不多，哼！不管這個人是在裝神弄鬼還是真的精於看相，他都不能輕易放過他！

正坐在馬車上的寧汐忽地背脊發涼，隱隱有種不妙的預感，偏偏又說不清到底是因為什麼。

菊香偶爾一抬頭，見寧汐一臉凝重，忍不住問道：「寧姑娘，妳想到什麼了，怎麼臉色這麼難看？」

寧汐掩飾地笑了笑。「沒什麼。」

菊香倒也識趣，並沒多問，笑著扯開了話題。「公主殿下的駙馬已經選定了，最多明年就會大喜，說不定今年年底就有好消息呢！」

寧汐勉強的笑道：「是啊，真是件大喜事。」

菊香笑著嘆道：「男女之間果然有緣分這回事。之前聖上給公主挑了不少駙馬人選，公主殿下卻一個都看不中。沒承想去了西山一回，竟然就相中了未來的駙馬爺，這真是良緣天定了。」

寧汐垂下眼瞼，靜靜的聽菊香絮叨。「……說起未來的這個駙馬爺，可真是響噹噹的男兒。相貌冷峻，一身陽剛之氣，聽說他武藝超群，朝中所有的武將都不是他對手……」

寧汐越聽越不對勁，霍然抬起頭來。「妳說的到底是誰？」容瑾是翩翩美少年沒錯，可從沒聽說他有什麼過人的武藝吧！這中間到底有什麼不對勁的地方？

菊香一愣，疑惑不解的說道：「說的當然是未來駙馬爺啊！」以寧汐和公主的交情，不可能不知道駙馬是誰吧！

寧汐的呼吸急促起來，一個念頭在腦海中迅速的閃過，俏臉隱隱發白。「未來駙馬爺是不是新科狀元容瑾？」

菊香啞然失笑。「當然不是，駙馬爺是狀元郎的二哥容琮容大人……」

這句話如同晴天霹靂！

寧汐俏臉煞白，呆呆地坐在那兒一動也不動，腦海裡不斷的迴響著菊香的這句話。

駙馬爺不是容瑾，是容琮！她一直都誤會了！

是啊，她當時只問了是不是姓容，就武斷的以為那個人是容瑾，壓根兒沒想到對方竟然是容琮！

寧汐死死的咬著嘴唇，老天，她到底對容瑾做了什麼？他在寧家院子裡等了半天，等來的卻是她的冷言冷語，心高氣傲的他一定被氣得快發瘋了吧……

「寧姑娘！寧姑娘！妳這是怎麼了？」菊香一連喊了幾聲，寧汐卻恍若未聞。菊香著急之餘，用力扯了扯寧汐的袖子。「寧姑娘，妳到底怎麼了？」

寧汐定定地看了過來，半晌，才張口說道：「菊香姑娘，麻煩妳送我去容府。」

「這……」菊香顯然有些為難，公主殿下親口吩咐過，一定要安然無恙地送寧汐回鼎香樓。若是半途去了容府，回去可不好交代啊！

「如果公主殿下問起來，妳就說是我堅持要去的。」寧汐急急地說道，滿眼的懇求。

菊香權衡片刻，便點點頭應了，撩起車簾，揚聲吩咐車伕。「去容府！」車伕高聲應了，一甩馬鞭，馬車便換了個方向。

寧汐心亂如麻，一路上無心說話。

菊香見她一臉的失魂落魄，也不敢多問，馬車裡寂靜無聲，只聽到噠噠的馬蹄聲。終於，馬車停了下來。

容府到了！

寧汐輕聲謝過菊香，深呼吸口氣，便下了馬車。她從容府大門進去的次數極少，看守大門的是一個四十多歲的男子，並不認識她。上下打量了幾眼，不客氣地問道：「這位姑娘，妳來我們容府找誰？有拜帖嗎？」

寧汐微微一怔，搖了搖頭。

那個守門的瞄了她身上的粗布衣裳一眼，輕蔑地說道：「既然沒拜帖，還請姑娘改日再來，我們容府可不是誰都能進的。」

真沒想到居然遇到了這樣一個狗眼看人低的刁奴！寧汐有些無奈，只得陪笑著說道：「我有要事想找容三少爺，煩請你替我通報一聲。」

那個守門的故意裝聾作啞，只當沒聽見，待手中被塞了一些碎銀子之後，才有了笑臉。「好吧，我就替妳進去通傳一聲，至於三少爺肯不肯見妳，我可作不了主。」

是啊，他現在還肯見她嗎？寧汐心裡滑過一絲苦澀，擠出笑容來。「煩請你說一聲，我姓寧。」

一聽到這個姓氏，那個守門的忽然「咦」了一聲，瞪大了眼睛。「妳姓寧？妳該不會就是鼎香樓的寧姑娘吧？」

寧汐點點頭。「我就是。」

容府上下誰人不知三少爺的心上人就是鼎香樓的寧汐？

那守門的態度來了個三百六十度大轉彎，點頭哈腰的陪笑。「小人有眼不識泰山，竟然不認識寧姑娘，真是該死。我這就去通傳一聲，請寧姑娘稍候。」

說著，便一溜煙地跑了進去，動作別提多利索了。

寧汐忐忑不安地在門房等候。

容瑾你還肯見我嗎？

第二百二十五章　第一個吻

在焦灼不安的等待中，時間似乎過得特別慢，寧汐越等越是忐忑，手心滑膩膩的。

「寧姑娘！」一個熟悉的人影匆匆的跑了過來。

寧汐見來人是小安子，心裡微微有些失望，擠出一絲笑容。「容府今天一定很忙，我來得冒昧了。」

小安子笑道：「這話可被妳說中了，二少爺接了聖旨，已經是準駙馬爺了。我們府裡上上下下都跟著高興，中午擺了酒宴慶祝。幾位少爺都喝高了，少爺也喝得高了，正躺在床上休息。剛才守門的人去院子裡通傳，我怕驚擾了少爺休息，就先過來說一聲。要不，妳先進來等等……」

寧汐勉強地笑了笑。「不用了，我也沒什麼重要的事情，就是聽說容府有喜事，才特地過來看看，我這就回去了。」

小安子哪裡肯放她走，連連陪笑道：「妳可千萬別走。要是少爺醒了以後知道妳來了又走了，不生我的氣才是怪事。妳就當行行好可憐可憐我吧！」一副可憐兮兮的樣子。

寧汐猶豫片刻，便輕輕點了點頭。

小安子精神一振，笑咪咪的在前領路，邊說道：「少爺最近事情繁多，連去鼎香樓的時間也沒有，我可有一陣子沒見妳了。」眼角餘光瞄了寧汐一眼，試探著問道：「妳該不是和少爺吵架了吧？」

寧汐不答反問：「他這些天還好嗎？」

小安子嘆口氣，說道：「不好，一點都不好。天天繃著臉，我都很久沒見少爺笑過了。我倒是多嘴問過兩次，每次都被少爺罵得灰頭土臉……」不用多想也知道，少爺的心情很差很差，能如此影響少爺的，大概也只有眼前這個垂著頭不語的少女了。

小安子眼珠轉了轉，故意又重重地嘆口氣。「……這些天，少爺喝醉過好幾回了，今天中午喝得比平日還多，一身的酒氣。」

寧汐咬著嘴唇，半晌沒有說話。

小安子心裡有了數，出言試探道：「寧姑娘，妳是不是和少爺鬧彆扭了？」

寧汐沒有吭聲，算是默認了。

小安子仗著和寧汐有幾分交情，委婉地勸道：「少爺不是那種無情無義的人，既然喜歡妳，以後一定會給妳一個交代的。妳也多體諒體諒少爺的難處，別總和他嘔氣了。」

寧汐苦笑一聲，一時也不知從何解釋起，索性一直閉口不言，任由小安子絮叨。

到了容瑾的院子外，寧汐不由得停住了腳步，低低地說道：「還是等他醒了我再過來吧！」

小安子最是機靈，先是滿口應了，然後才笑道：「要等也得進去等吧！這兒人來人往的，被多嘴的人看見說三道四可就不好了。」

說著，將寧汐帶進了書房裡，笑著說道：「這兒是少爺的書房，妳坐著等會兒。要是覺得悶了，就看看書打發打發時間，我先過去看看少爺醒了沒有。」

寧汐點點頭，等小安子走了之後，一個人靜靜的站在書房裡，目光無意識地四處打量。書房很大很乾淨，靠著牆邊放了幾個書架，擺滿了各式各樣的書本，書桌又大又沈，筆墨紙硯一應俱全，上面凌亂的放著幾張紙。

寧汐走過去，拿起第一張默默地看了幾眼。「棄我去者，昨日之日不可留。亂我心者，今日之日多煩憂！」墨印濃厚，筆跡狂放不羈，力道極猛，有幾筆甚至隱隱透過了紙背。

容瑾是在什麼樣的心情下，才寫了這樣的詞句？

一滴豆大的淚滴悄然滑落，不偏不巧的滴落在「棄」字上，墨印漾開了淺淺的印跡。然後，更多的淚水爭先恐後地湧了出來。寧汐無聲地啜泣著，肩膀微微聳動著。

不知何時，書房的門被悄然推開了，一個身影站在門邊，面無表情的看著低頭啜泣的少女。良久，才冷冷地說道：「妳怎麼來了？」

這聲音如此突然，寧汐身子顫抖了一下，卻沒回過身來，用袖子擦了眼淚，又深呼吸口氣，才緩緩的轉過身來。

一身絳衣的俊美少年映入眼簾，長長的鳳眸半瞇著，似乎在看一個漠不相關的人，目光冷然。

寧汐的心狠狠的抽痛了一下，咬著嘴唇，本有一肚子話，卻一個字也說不出口了。

容瑾挑了挑眉，淡淡地說道：「有什麼事就請直說，我還有事，不要耽誤我的時間。」

這才是那個高傲的容府三少爺，說話犀利又直接，從不給人留任何餘地顏面。

寧汐忽然覺得無比的難堪，誤會也罷，別的也好，已經到了這個分上，她還來找他做什麼？就算解釋清楚了誤會，又能改變什麼？

「對、對不起，我想我是來錯了。」寧汐垂下頭，低低地說道：「我這就走。」往門邊走了幾步，見容瑾動也不動，只得停住了腳步，怯怯地說道：「你擋著我的路了……」

容瑾眼裡閃過一絲怒意，她已經肯來找他了，說兩句軟話又能怎麼樣？說到底，還是因為她對他不夠在意吧！

想及此，容瑾的目光越發冷然，語氣更是森冷。「寧汐，妳想來就來，說走就走，妳當這兒是什麼地方？」

寧汐弱弱地辯解。「又不是我想走，是你嫌我耽誤了你的時間，我才要走的。」又是冷言冷語，又堵著門口不讓她走，他到底是要幹什麼？

伶牙俐齒倒是沒改！容瑾冷哼一聲。「我現在又改主意了。」語氣一如既往的傲慢。

寧汐被噎了一下，想反駁卻又沒勇氣。

容瑾目光深沈，一字一頓。「那天，妳故意藉張展瑜把我氣走，是為什麼？」一開始，他怒不可遏。可等冷靜下來之後，將那一天的情形反覆的想了數次，便會意過來。寧汐和張展瑜根本沒什麼私情，那樣說只是故意在氣他。

可越是明白這一點，他越是惱火憤怒，一氣之下，這麼多天都沒去鼎香樓找過她。

「我哪有故意氣你。」寧汐心虛地移開視線。

容瑾狠狠地瞪著寧汐，許久才擠出幾個字。「妳這個沒良心的丫頭！」用力地關上門，猛然上前一步，一把摟住了寧汐。

這動作來得突然又猛烈，寧汐一個不提防，便落入容瑾的懷裡。她懵了一下，才開始用力掙扎。「你放開我……」

容瑾輕哼一聲，胳膊卻越發用力，將寧汐摟得緊緊的，霸道又稚氣地宣布。「我就是不放。」這一次，是妳親自來找我的。我再也不會放開妳了！

寧汐悶悶的聲音從他的胸前傳來。「我快喘不過氣了。」

容瑾低下頭，懷中的嬌顏果然被憋得微紅，水漾般的眸子異常的嫵媚。容瑾心裡一動，胳膊稍微鬆動了一下，卻仍然將寧汐攏在懷中，沙啞地問道：「寧汐，妳今天為什麼來？」

是啊，她今天為什麼要來？寧汐啞然。

她聽到菊香的那番話之後，頭腦裡一片紛亂，只有一個念頭，就是要見容瑾。所以，她不管不顧地跑了過來找他，全然沒有想過見他之後要做什麼……

耳邊響起的聲音低沈又堅決。「汐兒，妳既然肯來找我，一定是想通了。不要再躲避我了，對我坦白一些，對自己也誠實一些。」

寧汐怔了怔，不敢直視他灼燙的目光，不自在地移開了視線，只覺得容瑾溫熱的體溫源源不斷的散發出來，似要將她淹沒……一抹紅暈在她白玉般的臉頰處散開，嬌豔如花。

容瑾低頭，灼灼的目光在她的臉上游移。秀氣的眉，水靈靈的眼，翹挺的鼻，嫣紅的唇……心念一動，緩緩的俯下頭，輕吻似蜻蜓點水般落在她的額頭，然後徐徐地往下。

懷中的身子輕輕一顫，又開始掙扎，容瑾胳膊微微用力，將懷中的少女摟得更緊，呼吸開始漸漸急促，灼燙的嘴唇一點一點的往下，終於落到了她溫軟嬌嫩的紅唇上。

雙唇相觸，酥酥麻麻的，似有股電流在心頭流竄。

寧汐早已閉上雙眸，俏臉紅若雲霞。

容瑾漸漸不肯滿足這樣淺嚐即止的輕吻，牙齒微微用力，輾轉吮吸，火熱的舌在寧汐柔軟的唇上游移，試圖探往唇間。

寧汐嚶嚀一聲，緊緊地閉著嘴唇不肯張開。

容瑾努力數次無果，忽地抬起頭來，低低地調笑。「汐兒，我被妳氣了這麼久，妳總該多給點甜頭給我嚐嚐吧！」

寧汐羞不可抑，睜開眼狠狠地瞪了過去。「你這個流氓……」話音未落，灼熱的唇舌便覆了下來，將她所有的話都吞入唇間，靈活的舌鑽了進來，貪婪的汲取她唇裡的蜜汁。將她捲入甜蜜的漩渦裡，無法自拔……

寧汐全身無力，只能軟軟的靠在容瑾的懷裡，仰頭承受容瑾的熱情需索。直到兩人都承受不了這樣的熱情了，才氣喘吁吁地鬆開彼此。

四目相對，他的眼中只有她，她的眼中也只有他！

容瑾的眼中一片火熱，再也沒了往日的冷然鎮定，聲音說不出的沙啞。「汐兒，我再也不會讓妳離開我了！」

第二百二十六章　秋後算帳

我再也不會讓妳離開我了……

寧汐忽地鼻子一酸，眼眶陡然濕潤起來。

容瑾略有些笨拙的拭去她眼角邊的淚珠，無奈地嘆道：「妳怎麼又哭了。」女孩子果然是水做的，生氣要哭，傷心要哭，高興要哭，激動也要哭。

「你對我好凶。」寧汐哽咽著控訴。

「我哪裡凶了？」容瑾摟著懷中嬌軟的身子，聽著軟軟糯糯的抱怨，心裡舒暢極了，唇角揚起愉悅的弧度。

「你不准我哭。」寧汐軟軟地抱怨，帶著些鼻音。

容瑾故意繃起了臉孔，輕哼一聲。「當然不准哭。妳一哭，我心裡就亂糟糟的，什麼事都做不好。所以，以後妳在我面前只准開心的笑，不准流淚。」想了想，又補充了一句。「連皺眉頭也不可以。」

又霸道又任性又不講理，寧汐癟了癟嘴，用眼神忿忿的表示不滿和憤慨。

容瑾咧嘴一笑，眼眸亮得不可思議，俯下頭尋找她柔軟的紅唇。

寧汐渾身發熱，雙腿軟軟的一點力氣都沒有，紅著俏臉欲躲開，卻怎麼也躲不過他灼燙的嘴唇，被糾纏著唇舌共舞。

不知過了多久，容瑾才饜足地放開了寧汐，像隻偷吃了魚的貓一樣自得。寧汐面頰滾燙，連抬頭的勇氣也沒有，將頭緊緊地埋在容瑾的懷裡。

容瑾低笑出聲，湊到寧汐的耳邊低語。「汐兒。」

熱熱的呼氣吹拂在耳際，寧汐心裡微微一顫，連脖子都紅了。半晌，才低低地嗯了聲。

「妳為什麼會突然跑來找我？」容瑾低沈的聲音響起。之前莫名其妙的和他嘔氣，現在又突然想通了跑來找他，這中間分明有些什麼他不知道的事情。

寧汐從旖旎的情思中稍稍清醒過來，咬著嘴唇，一時打不定主意該說實話，抑或是選擇性的坦白一些……

「汐兒，」容瑾像是看出她在打什麼主意似的，警告似的說道：「不准瞞我，說實話。」

寧汐乾巴巴的擠出一絲笑容。「你先放開我，我再慢慢告訴你。」

容瑾不太情願地鬆了手，寧汐迅速地退後幾步，低頭整理衣衫和髮絲，腦子裡閃過一連串的念頭，到最後終於下定了決心。緩緩地說道：「那一天我去了宮裡，公主殿下告訴我，聖上為她暗中選定了駙馬。她告訴我，這個人我也認識，而且姓容……」

「結果，妳就誤以為是我了？」容瑾涼涼地接了一句。

寧汐羞愧地點點頭。

接下來的是怎麼回事不言而明。容瑾眼眸一暗，臉色冷了下來，怪不得她無端端的藉著張瑜氣他，又冷戰了這麼多天。今天忽然跑來找他，肯定是知道容府接到聖旨的事情了……

寧汐偷偷瞄了容瑾一眼，小聲地說道：「這也不能怪我嘛！當時那個情況，我當然會以為公主說的就是你。聖旨一下，你就是準駙馬了，我當時心裡很亂很難過，所以才……」

容瑾淡淡地說道：「我問妳，如果過些天，妳聽別人說我和誰訂親了，是不是立刻就相信了，再也不會來見我？」

寧汐啞然，或許……是吧……

容瑾從她的臉色中看到了答案，眼眸裡染上一抹怒氣。「寧汐，妳對我就這麼沒信心嗎？」就算聽到了這樣的消息，也該來親自問一問他再作決定吧！竟然就這麼一聲不吭的退縮了。在她的心裡，他就這麼不值得爭取嗎？

寧汐垂下眼瞼，一臉的愧色，囁嚅著說道：「對不起，你別生我氣了。」

容瑾冷哼一聲，直直地盯著寧汐。「妳和那個張展瑜到底是怎麼回事？」

寧汐咳嗽一聲，含糊地應道：「他是我的師兄，平日裡相處的機會多，所以比別人熟悉一些……」男人都是小心眼的，有些事還是別告訴他為妙！

「哦？就這樣而已嗎？」容瑾眼眸微眯，面色冷然。「我怎麼聽說，他天天對著妳獻殷勤？還聽說，你們兩個好事就快近了。」

寧汐訝然地瞪圓了雙眸。「你、你是聽誰說的？」這些小道消息怎麼會傳到容瑾的耳朵裡？該不會是……

「鼎香樓裡有你的耳目！」寧汐喃喃低語。

容瑾絲毫沒有覺得羞愧，理所當然地點了點頭。鼎香樓籌備初期，他順手安插了一、兩個眼線進去。一開始倒也沒想太多，只是習慣性的掌握一切情況。到後來嘛，就真的派上用場了。

「你這麼做太過分了。」寧汐皺起眉頭，不悅地說道：「怎麼可以派人監視我？」

容瑾挑了挑眉，慢條斯理地說道：「我要是真的過分，就該將張展瑜攆出鼎香樓，讓他再也沒機會騷擾妳。」

雖然，他一度曾動過這個念頭，不過，最終還是按捺了下來。不管怎麼說，張展瑜也是寧有方的徒弟，是寧汐的師兄。要是真的這麼做了，可就真的惹惱未來的岳丈和嬌妻了。

「你不能這麼做。」寧汐不自覺地維護起張展瑜來。「張大哥是個好廚子，做事又勤快，鼎香樓少不了他。」

張大哥？叫得還真親熱！

容瑾輕哼一聲，語氣中隱隱透出一絲酸意。「我看，是妳少不了他吧！」

這兩個月來，他雖然沒去過鼎香樓，可鼎香樓的動靜卻一分一毫也瞞不過他。張展瑜和寧汐日漸親近，大有結成一對的架勢。他口中不說，心裡早已氣得打結了！

「你講點道理好不好。」寧汐蹙起了眉頭。「我什麼時候說我少不了他了？我要是真的有那份心，早就點頭了，只怕親事都已經定下了……」

衝口而出之後，才發現容瑾的臉黑了一半，忙又補救道：「我不是那個意思，我是說，我對張大哥只是兄妹之情。」

「那他對妳呢？」容瑾涼涼地拋出一句，就像喝了幾罈子陳年老醋一般，酸味飄得滿屋子都是。「他對妳的心意瞎子都能看出來，以前還收斂點，最近倒是『熱情』得很。」乘虛而入，卑鄙無恥！哼！

寧汐見他一臉惱色地繃著臉吃醋，又是好氣又是好笑，一絲甜意在心頭濃得化不開，唇角自然綻出了笑意。

「妳倒是挺得意嘛！」容瑾斜睨了她一眼，目光冷颼颼的。

寧汐一個忍不住，噗哧一聲笑了起來。容瑾一向驕傲冷然，就算發怒，也要維持著驕傲和風度，何曾見過他這麼幼稚的一面？

那笑容在唇角綻放，如花朵盛放，美不勝收。容瑾初嚐「甜頭」，早就蠢蠢欲動，趁著寧汐沒留意，悄然湊了過去，冷不防地撲了上去，捉住嬌笑不已的寧汐狠狠地吻了一通。汲取著她口中的甜蜜與柔軟，唇舌糾纏間，兩顆心越靠越近。

良久，容瑾才稍稍抬頭，兩人額頭相抵，四目相觸，無比的親暱。

「汐兒，妳等我。」容瑾眸光灼灼，聲音低啞。「給我半年時間，我一定會親自到寧家提親，風風光光的娶妳入門。」

一說到這個，寧汐的笑容又淡了下來，咬著嘴唇不說話。

容瑾難得有耐心，輕聲解釋道：「我知道妳一直擔心門戶之別，如果按正常的途徑，我確實沒辦法實現我的承諾。所以，我已經想了一些辦法。」

辦法？寧汐一愣，遲疑的問道：「你想了什麼辦法？」

容瑾卻又不肯明說了，只笑道：「妳以後自然就知道了。不過，妳要記著一點，不管發生了什麼事情，一定要相信我。」頓了頓，又補充道：「如果妳有疑惑，也一定要親自來找我問個明白，千萬不要自以為是，就做出什麼舉動來。」

寧汐一怔，半晌沒有吭聲。

之前一時情動，現在冷靜下來，種種現實問題又湧了上來。容瑾說得自信滿滿，可事情哪有這麼簡單。

在前世，邵晏何嘗不是深情款款千般許諾？可到最後，他的承諾卻從未兌現過，只留給她無盡的傷心和痛。她還有勇氣再這樣全心全意的相信一個男子嗎？

容瑾見她沈默不語，面露不豫。「汐兒，妳還是不相信我對不對？妳一直以為我只是隨口說說，其實最終打著坐享齊人之福的主意是吧！」

寧汐深呼吸口氣。「容瑾，我相信你不是那樣的人，可是，有些事不是你說得那樣簡單……」

「確實不太容易，但是只要我們堅持，就一定會成功。前提是，妳一定要相信我，更要相信自己。」容瑾目光炯炯，擲地有聲。

寧汐無奈地笑了笑。「要是你父親你大哥大嫂你二哥都不同意怎麼辦？要是他們硬逼著你娶別的女子呢？」眾叛親離的滋味可不好受啊！

容瑾淡然一笑，一股傲氣油然而生。「沒人能勉強我做我不樂意的事情，終身大事也不例外。」他定定地看著寧汐，緩緩的說道：「妳一直在問我，那麼妳呢？妳會為了我一直堅持嗎？」

就算所有人都不贊成，就算遇到的困難再多，妳也能一如既往的相信我嗎？

他的眸子亮若星辰，似有一股磁力，將她的目光牢牢的吸住。她的心微微一顫。

第二百二十七章　我……相信你！

時間像是凝固靜止，又像是流水般滑過了許久。容瑾眨也不眨地盯著她，固執的要一句承諾。

寧汐咬著嘴唇，用力的呼出一口氣，慢慢的說道：「容瑾，我相信你。」沒人知道，她花了多少力氣才下了決心，擠出了這句話。

容瑾，我終於鼓起勇氣再次相信一個人。希望，你不會讓我失望……

容瑾眼眸一亮，唇邊的笑容無比燦爛。那張俊顏似散發出淡淡的光來，俊美得讓人不能逼視。他上前一步，將寧汐輕輕的摟入懷中，一字一頓的說道：「汐兒，我絕不會負妳。」

寧汐鼻子一酸，淚水又簌簌地落了下來。

容瑾溫柔地摟著她，輕輕地撫摸著她的後背，低低的哄道：「別哭了，我的肩膀都被妳哭濕了。」語氣出奇的溫柔。

寧汐淚水漸止，卻不肯抬頭，就這麼靜靜的靠在容瑾的懷裡，書房裡寂靜無聲，只能聽到彼此的心跳和呼吸。

「少爺！」書房的門忽然被咚咚的敲響了，寧汐嚇了一跳，不假思索地推開容瑾，迅速地背過身去整理衣襟。

容瑾眼眸一暗，略有些不耐地揚聲問道：「誰？」那語氣裡的冷然和不快一聽即知。

書房外的小安子縮了縮肩膀，陪笑著應道：「少爺，時候不早了，大少爺派人來叫你過去，說是有事要和你商議，二少爺也在大少爺那兒一起等你過去。」總算識趣地沒推門進來。

容瑾挑了挑眉，淡淡地應了一聲。「好，我知道了。」目光瞄了過來，還沒等他說話，寧汐便搶著說道：「我也該回去了，我爹一定等得著急了。」

容瑾想了想，點了點頭。「也好，我這就送妳回去。」

寧汐一怔。「可是，你大哥二哥他們……」

「讓他們等好了。」容瑾理所當然地說道，順手拉起寧汐的手。「妳不是急著回去嗎？我騎馬送妳。」口氣自然得不能再自然，就像是在說今天天氣不錯一樣。

騎馬送她回去？

寧汐瞪圓了眼睛，腦子裡自動浮現出兩人共騎一匹駿馬招搖過市的情景……老天，絕對不可以！

「不用不用，我自己回去就行了。」寧汐忙擠出笑臉。

容瑾唇角微微勾起。「我的意思是妳坐馬車，我騎馬送妳一程。妳該不是想歪了吧？」看寧汐陡然脹紅的俏臉，心情忽然無比的愉快，補了一句。「當然，要是妳很想和我共騎一乘，我就勉為其難地滿足妳的心願……」

寧汐紅著臉啐了他一口。「亂嚼舌頭，誰想和你共騎一匹馬了。」都怪他，剛才的語氣那麼曖昧含糊，她很自然地就想歪了。

容瑾悶笑一聲，倒是沒有再追著這個問題不放。小倆口打情罵俏是種情趣，若是惹得寧汐惱羞成怒可就不好了。

小安子在門外等了片刻，就聽容瑾的聲音傳了出來。「小安子，去讓人備馬車，我出府一趟。順便去稟報大哥二哥他們一聲，我一會兒就回來。」

不用問也知道是要送寧汐回去了。看來，這半天的獨處沒有白費，兩人總算是和好如初了。

小安子咧嘴一笑，忙不迭地應了，利索地跑去忙活。

等馬車備好了，容瑾和寧汐才一起出了書房。

小安子瞄了一眼，便偷偷笑了。

寧汐俏臉猶有紅暈，卻故作鎮定。少爺神清氣爽，眼角眉梢都透露出偷了腥的貓一般的得意。看來有進展啊！

寧汐本就心虛，被小安子這麼一笑，更是不自在。待上了馬車之後，才長長的鬆了口氣。腦中不由得想起了書房裡親暱的一幕，面頰頓時火辣辣的，心裡卻甜絲絲的，夾雜著一絲嬌羞和歡喜，整個人輕飄飄的如履雲端。

兩情相悅的甜蜜與幸福，果然是世上最美妙的事情。

馬車平穩的向前行駛，容瑾低沈的聲音在車外響起。「汐兒，把車簾撩起來。」

寧汐定定神，撩起車簾，騎著駿馬的俊美少年霍然映入眼簾。神采飛揚意氣風發丰神俊朗，那樣的絕世風姿，簡直讓所有的女子都為之傾倒不已。而這個少年，卻是傾心愛著自己的……

「你有事嗎？」寧汐心裡軟軟的暖暖的甜甜的，似濃稠得化不開的糖稀一般，話語帶著不自覺的嬌媚。

容瑾微微挑眉，策馬近前，壓低了聲音。「沒事，就是想看看妳。」眼眸灼灼，緊緊地盯著近在咫尺的嬌顏，早已心猿意馬了。

寧汐焉能看不出他眼中的火熱，羞惱地啐了他一口，便將車簾放了下來，再也不肯理他了。

容瑾低笑出聲，鬱結了多日的心情早已一掃而空，只剩下滿滿的喜悅。

馬車到了鼎香樓後面的巷子口便停了下來。此時天色已漸漸暗了，寧汐下了馬車，匆匆地說了句「我先回去了」，便走了。

容瑾啞然失笑，不假思索地翻身下馬追了上去。見寧汐連眼角餘光都不肯朝他看一眼，故意重重地嘆口氣。

果然，寧汐立刻轉過頭來了。「你怎麼了？」

容瑾一本正經地說道：「沒什麼，就是想看看妳著不著急。」

寧汐狠狠地瞪了他一眼，卻不知道自己唇角笑意濃濃眼底柔情依依。容瑾心裡一動，忍不住悄悄握了握寧汐的手，在寧汐瞪眼之前又迅速地鬆開了。

這一幕，正巧落入站在鼎香樓後門內的張展瑜眼裡。

張展瑜笑容一僵，一顆心直直地沈了下去，忽然覺得四肢冰涼。她早上明明是去了宮裡，為什麼現在卻和容瑾一起回來了？還這麼一副親暱的樣子……

寧汐含笑的目光飄了過來，正對上張展瑜失落黯然的雙眸，笑容一頓，不由自主地停下了腳步，乾巴巴地喊了聲。「張大哥，你怎麼在這兒？」

張展瑜勉強擠出一絲笑容。「天色不早了，我見妳一直沒回來，就過來張望了幾回，沒想到正巧遇上妳了。」

事實上，這一個下午他來了後門不下十幾趟，最後乾脆站在這兒等了半個時辰，果然等到她安然無恙的歸來了，卻沒想到，同行的還有容瑾……

張展瑜心裡一陣苦澀，面上卻不肯露出黯然來，笑著朝容瑾點點頭。「容少爺，多謝你送汐兒回來。」

這算是男人之間的挑戰嗎？

容瑾似笑非笑的挑眉，慢悠悠地應道：「這是我分內的事情，不需道謝。」

分內……張展瑜暗暗咬牙，硬是擠出笑容。「既然來了，不如進來坐坐吧！」

容瑾眸光一閃，笑著點頭。「也好。」

寧汐脫口而出。「你大哥二哥還等你回去呢，你還是先回去吧！」此言一出，張展瑜和容瑾一起看了過來。一個錯愕，一個不滿，幾乎同時問出了口——

「妳怎麼知道？」

「妳就這麼盼著我走嗎？」

被兩雙眼睛這麼盯著，能坦然自若才是怪事。寧汐訕訕地一笑，便裝起了鴕鳥，左看右看就是不朝他們兩個看，氣氛詭異又尷尬。

容瑾有些不滿地瞄了寧汐一眼，最終還是讓了一步。「我還有事，就先走了。」再這麼僵持下去，只會讓寧汐更彆扭。算了，今天就暫時放張展瑜一馬。

寧汐頓時鬆了口氣，笑咪咪的朝他揮手道別，一絲留戀的意思也沒有。

容瑾目光一冷，繃著臉走了。

直到一人一馬的身影離開了視線，寧汐才輕鬆了許多，朝張展瑜笑道：「張大哥，煩勞你等我了。」就算張展瑜不說，她也能猜出他一定等了很久了。

張展瑜擠出笑容。「只要妳沒事就好，快些進去吧！師傅也等妳半天了，心裡一定很著急。」說著，就轉過身去，在寧汐看不見的時候，眼中掠過一絲黯然。

她和容瑾之間的親暱昭然若揭，可她卻隻字不提，壓根兒沒有解釋的意思……

他的背影說不出的僵直，隱隱散發著落寞。寧汐心裡升起一股歉意內疚，衝動之餘，張口喊道：「張大哥，你等一等。」

張展瑜腳步一頓，卻沒回頭。「怎麼了？」

寧汐咬著嘴唇，眼眸裡閃過一絲堅決。既然已經有了選擇和決定，就不該再曖昧不清下去。一時的痛苦雖然殘忍，可總比給他一絲渺茫的希望好得多。

想及此，寧汐輕輕的說道：「張大哥，今天中午，我就從宮裡出來了，後來去了容府……」

「今天妳一定累了，這些事以後再說吧！」張展瑜迅速地打斷寧汐的話，壓根兒不給寧汐再說話的機會，便匆匆地抬腳走了。

寧汐無奈地嘆口氣，只得先跟了上去。

寧有方等了半天，見寧汐終於回來了，總算鬆了口氣，笑著說道：「汐兒，妳可總算回來了。這一整天，可把我和展瑜擔心得夠嗆。」

寧汐笑容一頓，看向張展瑜的目光滿是歉疚。

張展瑜觸到寧汐的目光後，心裡狠狠一痛，匆匆地擠了個笑容，隨意找了個藉口。「我那邊還有點事要做，先過去了。」不待寧有方和寧汐有什麼反應，便這麼走了。

寧有方一愣，反射性地看向寧汐。「汐兒，展瑜這是怎麼了？」

第二百二十八章　只要妳喜歡

張展瑜本就是寧有方的徒弟，情分深重，這些日子和寧汐又越發親近，寧有方已然隱隱地視張展瑜為準女婿了，見張展瑜這麼不對勁，自然滿心疑惑。

寧汐輕嘆口氣，欲言又止，一時也不知從何解釋起。

她這副樣子落在寧有方的眼裡，更覺得不對勁了，沈聲問道：「汐兒，到底出什麼事了？」

寧汐狠狠心說道：「爹，有件事我要告訴您……」

話音未落，就聽跑堂的小宋扯著嗓子喊道：「寧大廚，孫掌櫃派人找你，說是有事商議。」

寧有方揚聲應了，匆匆地說了句「有事晚上再說」便走了。

寧汐苦笑一聲，打起精神回了自己的小廚房裡。今天發生的事情實在太多了，她的心裡有些亂，需要一個人好好的靜靜想一想……

等一切都忙完，已經是子時過後了。

寧有方領著寧汐一起出了後門。此時路上已經沒什麼行人，比起白日的喧囂，別有一番寧靜。一陣清涼的微風吹拂過來，讓人精神一振。

寧有方惦記著之前的事情，隨意閒扯了幾句，便正色問道：「汐兒，妳和展瑜是不是鬧彆扭了？」

寧汐先是搖搖頭，旋即又點點頭。

她這一番動作，可把寧有方弄糊塗了，皺著眉頭問道：「到底是怎麼回事？」

寧汐低低地說道：「爹，我和容瑾……」真是難以啟齒啊！寧汐吞吞吐吐了半天，還是說不出口。

正說著張展瑜，怎麼忽然又提到容瑾了？寧有方一愣，一時沒反應過來，待看到寧汐俏臉羞紅眼角卻滿是甜意的樣子，猛地醒悟過來。「妳的意思是，妳和容少爺……」兩情相悅了？

寧汐的頭微微動了動，若不是仔細看，簡直看不出她在點頭。

寧有方嘴巴張得老大，簡直能塞個雞蛋了。這……這也太突然了吧！前些天還一副老死不相往來的架勢，怎麼今天突如其來的又和好了？

寧汐鼓起勇氣，將今天發生的事情一五一十的道來。「……我原以為他就要做駙馬了，才故意氣走了他。今天才知道，駙馬是容二少爺。」

寧有方嘆口氣。「汐兒，妳可要想好了，就算容三少爺做不了駙馬，也不是我們這些普通人能高攀得起的。他不娶公主，也得娶個名門閨秀為妻，妳甘願以後做個小妾嗎？」

寧汐微微一笑，聲音清甜嬌美。「他說不會委屈了我，一定會娶我為妻。」

寧有方又是一愣，下意識的說道：「他該不會是在哄妳吧？」話音剛落，自己便搖搖頭。

「不會，容少爺不是那樣的人。」

容瑾雖然高傲不好相處，可絕不是那種輕易許諾的人。這樣的人，一旦許下承諾，必然會努力做到。可是家世門第之別明顯的擺在那兒，想忽略都不行，容瑾就算有這個心，也不見得能做到啊……

寧有方不自覺地皺起了眉頭。「汐兒，萬一日後容少爺另娶他人，妳該怎麼辦？」

寧汐抿了抿嘴唇，堅決又清脆的應道：「爹，您放心，不會有這一天的。容瑾既然說有辦法，就一定會有辦法，我相信他！」

重活一次，她本想過平平淡淡的日子，卻偏偏遇到了容瑾。既然無法割捨，她就勇敢的爭取一回吧！既然選擇了信任容瑾，她就會全心全意的相信他，再也不會有絲毫的動搖！

寧有方半晌無言，良久才說道：「汐兒，不管妳中意誰，爹還是那句話，只要妳喜歡就好。」

「爹……」寧汐感動極了，眼裡水光點點。「謝謝您！」

「傻丫頭！」寧有方親暱地拍了拍寧汐的頭。「跟爹還用得著說這些嗎？只要妳喜歡，不管做什麼，爹都站在妳這邊。」

寧汐哽咽著點頭。

這一幕和前世何其的相似。當年她和邵晏一見鍾情，死心塌地的要和邵晏在一起，寧有方毫不猶豫地隨了她的心意。她何其有幸，竟然擁有這樣的父愛……

寧有方見她眼圈都紅了，心疼不已，溫柔地笑著哄道：「汐兒，妳現在可是大姑娘了，動不動就哭鼻子可不好。要是讓人家看到，一定會笑話妳了，快些把眼淚擦了。瞧瞧妳的眼睛，紅得像隻兔子。」

寧汐被逗得破涕為笑，用袖子將臉上的淚痕擦得乾乾淨淨，歡喜地拉著寧有方的袖子晃了晃，嬌嗔地說道：「爹，您對我真好。」

寧有方咧嘴笑了。「我就妳這麼一個寶貝閨女，不對妳好對誰好？走，我們快些回家，妳娘一定等得急了。」

寧汐用力地點點頭，得到了寧有方的支持，心事去了一半，腳步也跟著輕快起來。

阮氏一如既往地在門口等著，遠遠地便迎了上來，抱怨個不停。「今兒個怎麼回來得這麼遲，我等了老半天也不見你們回來。」瞄了寧汐一眼，頓時訝然出聲。「咦？汐兒，妳的眼怎麼紅通通的？」

寧有方咳嗽一聲，朝阮氏使了個眼色。「先回去再說。」

阮氏和寧有方夫妻多年，極有默契，立刻知道其中肯定有些緣故。

果然，進了屋子之後，寧汐便老老實實地將今天發生的事情一五一十地說了一遍——當然，在容瑾書房裡的旖旎情事是無論如何不能說的。

饒是如此，阮氏也被這一連串的變故驚到了，嘴巴久久沒有合攏。

寧汐低著頭，等著阮氏訓話。

過了半晌，終於聽到阮氏嘆道：「如果容少爺真能明媒正娶的迎妳過門，這倒也是好事一樁。」

寧汐一愣，霍然抬頭，結結巴巴地問道：「娘，您、您不怪我嗎？」

阮氏笑著嘆氣。「妳這個傻丫頭，妳和容少爺兩情相悅，有什麼可怪的。我和妳爹都盼著妳將來有個好歸宿，若是容少爺真能娶妳過門，將來對妳好一些，我們也就心滿意足了。」頓了頓，才惋惜的說道：「就是有些對不住展瑜了，他對妳一片癡心，要是知道這事，一定很難過。」

一提到張展瑜，寧汐的笑容便淡了下來，低頭不語，心裡湧起濃濃的愧疚。

若論門當戶對條件般配，張展瑜才是最適合她的；若論性情脾氣相投，張展瑜也比容瑾更合適，可感情的事根本不是理智能決定的。當她知道容瑾沒做駙馬的那一刻開始，她就像著了魔一般，心裡只有一個念頭——要去見容瑾，至於見到他之後到底會怎麼樣，她連想都沒想過。

這樣的不理智，這樣的身不由己，才是愛情吧！讓人變得魯莽，讓人變得衝動，讓人變得易怒，又帶著令人屏息的甜蜜與歡喜，將整個人的身心都淹沒，讓人無法自拔……她注定是要辜負張展瑜的一片深情了。

眼前又閃過張展瑜強顏歡笑的面孔，寧汐心裡微微一痛，無奈地輕嘆口氣。

寧有方像是看出她在想什麼，笑著安撫道：「汐兒，展瑜那邊妳不用擔心，由我去跟他說。以後我和妳娘替他張羅著娶一個好媳婦，也算對得住他了。」徒弟固然重要，可最重要的卻是女兒的終身幸福。

阮氏也忙接道：「妳爹說的對，你們兩個本來也沒什麼，以後稍微疏遠一些也就是了。」好在沒有衝動的讓寧汐和張展瑜訂親，不然現在可就真的頭痛麻煩了。這麼想似乎自私了那麼一點點，不過，天下做父母的，又有誰能不向著自己的女兒呢？

寧有方和阮氏你一言我一語地說個不停，無非是想讓寧汐少一些內疚多一些坦然。這一點，寧汐豈能不知？

寧汐苦笑一聲。「爹、娘，你們兩個不用安慰我了，不管怎麼說，都是我對不住他。只是，我已經作了選擇，以後也只能和他保持些距離了。」

感情是最自私的，兩個人的世界裡絕容不下第三個人。她已經辜負了張展瑜的一片深情，絕不可以再辜負容瑾。猶豫不決，傷人更傷己啊！

寧有方和阮氏對視一眼，俱是暗暗嘆息。

最適合的那個，女兒不愛。愛上的，偏偏是驕傲的貴族公子哥兒，家世背景相差遙遠不說，容瑾又是個高傲不羈的性子，將來就算在一起了，容瑾能對女兒好到什麼地步？這樣的隱憂，也只能放在心裡。此時此刻卻是不能隨意地說出口了。

想及此，阮氏笑著說道：「好了，天已經晚了，有什麼事等明天再說，快些洗洗睡吧！明天還得早起呢！」

寧汐被這麼一說，也覺得身心疲憊，點點頭應了，匆匆地洗了個澡便睡下了。大約是白天太累了，剛沾上枕頭就睡著了。

這一邊，阮氏和寧有方說了半宿的閒話，長吁短嘆一番，才各自睡了。

第二天一大早，阮氏習慣性地早早起了床，先把衣服洗了晾在繩子上，然後去廚房做早飯。做好了早飯之後，又拿起掃帚掃院子。

正忙碌著，就聽門被咚咚敲響了。

阮氏一愣，旋即皺起了眉頭。自從買下這處院子之後，她很少出去串門，和鄰居只是點頭之交。這一大早的，會是誰來敲門？

阮氏一開門，便愣住了。

第二百二十九章　來客

敲門的，赫然是小安子。在他的身後，一個絳衣少年束手而立。在柔和的晨曦中，衣袂飄飄，風姿卓然。往日冷漠傲然的表情，刻意地柔和了許多，含笑點頭。「寧大娘，打擾了。」

阮氏何曾見過如此客氣的容瑾，受寵若驚地笑著應道：「容少爺說的是哪兒的話，有什麼打擾不打擾的，快請進。」

一邊手忙腳亂的迎了容瑾進來，一邊揚聲喊道：「汐兒她爹，快些出來，有客人來了。」

寧有方邊打著哈欠邊嘟囔著走了出來。「大清早的，是誰啊……」一抬頭，眼睛頓時睜圓了。「容、容少爺，你怎麼來了？」

這哪裡是驚喜，分明是驚嚇！

容瑾努力擠出和藹的笑容。「寧大叔，今天叨擾了。」

寧、寧大叔？寧有方又被震住了，乾巴巴地笑道：「容少爺，這個稱呼我可不敢當，你還是叫我寧大廚好了。」就算對方是女兒的心上人，可容瑾平日裡高高在上慣了，寧有方實在不適應這樣親暱的隨意。

容瑾其實也不太適應這樣的相處方式，可依然堅持喊道：「寧大叔，我可以進去說話嗎？」既然打算娶人家的女兒了，怎麼也得表現出誠意來，改稱呼就是第一步！

寧有方還處在震驚中，愣愣地讓開一步，容瑾泰然自若地走了進來。笑著說道：「汐兒起床了嗎？」

阮氏定定神，笑著應道：「她昨天睡得晚，到現在還沒起來。我這就去喊她，還請容少爺稍等片刻……」

「寧大娘，」容瑾溫和地一笑，打斷阮氏的話。「不用如此見外客氣，叫我容瑾就行了。」

阮氏哪裡能叫得出口，訕訕地笑了笑，索性把稱呼給省略了。「你稍微等一會兒，我這就去叫汐兒起床。」

快步走了過去，敲了敲寧汐的屋門。「汐兒，快些起床。」「容瑾來了」這句話卻是無論如何也說不出口。

過了片刻，才聽寧汐懶懶地應了一聲。「知道了，這就起來。」屋子裡響起了窸窸窣窣的穿衣聲。又過了一會兒，門咿呀一聲開了，寧汐打著哈欠走了出來，邊用手揉著惺忪的睡眼。「怎麼這麼早就叫我起床了，昨天夜裡我睡得好遲，睏死了……」

眼角餘光忽地瞄到一個絕不應該在此時此刻出現在寧家小院的身影，眼眸倏忽睜圓了。「你、你怎麼在這兒？」

容瑾黑幽的雙眸飛快地掠過一絲笑意。「我怎麼就不能在這兒？」她這副迷迷糊糊的樣子真是可愛極了，頭髮蓬蓬的，讓人忍不住想伸出手摸摸……

寧汐在他含笑的眼眸中，陡然紅了臉。老天，他一定是在取笑她這副蓬頭垢面的樣子！

「我、我先去梳洗。」寧汐飛快地說完，急匆匆地跑回了屋裡。一關上門，才發現臉頰滾燙，一顆心撲騰撲騰跳個不停。努力平復了紊亂的呼吸之後，才坐到了鏡子前。鏡子中的少女臉龐酡紅，一雙明眸燦若春水，分明是沈浸在戀愛中的懷春少女模樣。

寧汐紅著臉啐了自己一口，深呼吸幾口氣，迅速地梳洗整理，頭髮依舊梳成了一條光滑的髮辮，卻在耳際攢了一朵小巧的絹花，長長的辮子靜靜的垂在胸前，說不出的水靈秀氣。

寧汐想了想，從箱底裡翻出了一身漂亮的衣裳來。色澤淡雅，質地輕柔，正是容瑾去年送她的新衣。當時她只試穿過一次，便將衣裳收進了箱底，這麼久了，從未穿過。可今天……

寧汐咬咬嘴唇，換上新衣，鏡中的少女陡然多了幾分明豔，光彩照人。寧汐抿唇輕笑，推門走了出去。

容瑾悠閒地站在寧家小院的樹下，唇畔的一抹笑容若有若無，卻照亮了整個寧家小院。阮氏和寧有方頗有些不自在的陪在一旁，有心說些什麼，卻又不知該說什麼是好，分外的尷尬。此時聽到寧汐的腳步聲，心裡都是一鬆，不約而同地回了頭。

阮氏見了寧汐，先是一愣，旋即驚嘆。「汐兒，妳穿這身新衣真是好看得很。」

這衣裳質地極好，分明是極昂貴的綢緞製成的。寧汐從哪裡來的這身衣裳？而且，往日裡怎麼從沒見她穿過？

寧汐笑了笑，偷眼瞄了容瑾一眼。這是他送她的衣裳，她這麼穿出來見他，他能懂她的心意嗎？

容瑾靜靜地看著寧汐，唇角飛揚，心情忽地跳躍於雲端。倔強又彆扭的寧汐，從不肯承認自己心意的寧汐，終於對他真正敞開了心扉……

這種美妙的輕飄飄的滋味，他生平從未領略過，一時沈醉了，竟然忘記了說話，就這麼直直的盯著寧汐。彷彿是第一次見她，專注至極。

寧有方咳嗽一聲，打破這份曖昧的安靜。「早飯已經做好了，若是容少爺不嫌棄，就和我們一起吃早飯吧！」

容瑾自然不會嫌棄，欣然點頭應了，施施然地進了寧家的飯廳。說是飯廳，其實不過是一間不大的屋子裡，放了一張圓桌並幾張椅子。和容府的精緻考究自然遠不能比。不過，倒是收拾得乾乾淨淨。

寧有方拉開自己慣常坐的椅子，客氣地笑道：「容少爺，請坐。」

容瑾挑眉笑了笑，隨手拉開椅子坐了下來。「寧大叔，不用這麼客氣，叫我容瑾就行了。」

他說得輕巧，寧有方哪裡能叫得出口，訕訕地笑了笑，便也坐了下來。

阮氏忙著給各人盛了飯，又熱情地笑道：「小安子，你也坐下一起吃吧！我們小門小戶的，沒那麼多講究的。」

小安子一大早跟著容瑾到寧家小院來，肚子早就餓得咕嚕叫了，被阮氏這麼一說，頓時有些意動，口中卻推辭道：「不用不用，我不餓。」

容瑾斜睨了他一眼，笑罵道：「寧大娘既然發話了，你就坐下，別裝模作樣了。」

小安子嘻嘻一笑。「多謝少爺恩准。」大著膽子坐了下來。

早飯很簡單，熬得濃稠的小米粥，蒸得軟軟的肉包子，配著兩碟自家醃製的鹹菜。雖然不算什麼人間美味，可容瑾卻吃得香甜。竟然一連吃了兩個肉包子，又喝了兩碗米粥。

寧汐瞄了他一眼，輕笑著揶揄道：「容少爺，今天早上可委屈你了。」他的嘴有多挑剔，她可比誰都清楚，米粥、肉包子再好，他也不見得能吃得慣。

容瑾笑了笑。「依我看，寧大娘的手藝比起寧大叔來也不差多少，我還從沒吃過這麼合口味的肉包子，哪裡談得上委屈。」

阮氏被讚得飄飄然，笑得合不攏嘴，忽然覺得高高在上的容瑾順眼多了。「哪裡哪裡，我這手藝差得遠了。你能吃得慣就好。」

容瑾順勢笑道：「當然吃得慣，要是寧大娘不嫌麻煩，我以後可要常來蹭飯了。」

寧汐低下頭，偷偷笑了。原來，容瑾拍起馬屁來也挺順溜的嘛！

阮氏高興之餘，連連點頭。飯桌上的氣氛頓時輕鬆了不少，就連寧有方的臉上也有了笑容。

吃罷早飯，寧有方便該領著寧汐去鼎香樓了。不過，今天卻有容瑾在……

寧有方猶豫了一下，才笑著問道：「你今天不用上朝嗎？要不，就讓汐兒留下來……」

容瑾笑著說：「我正準備去翰林院，你們忙正事要緊。」

寧有方這才鬆了口氣，笑著點點頭。容瑾今天雖然什麼都沒說，可一言一行都表明了誠意，這也讓他稍稍放了心。

如果容瑾不是在意寧汐，又何必做這些有失身分的事情？不管以後怎樣，至少此刻的容瑾，讓人順眼極了。

寧有方故意走得快了幾步，小安子更是識趣，早已快快地跟了上來，將獨處的空間留給了身後的兩個少男少女。

容瑾等了半天總算等到了和寧汐單獨說話的機會，低語道：「汐兒，妳穿這身衣裳真美。」

世上最動聽的話語，大概就是心上人的誇讚了。寧汐心裡甜絲絲的，口中卻嬌嗔道：「巧言令色！」

容瑾低低地笑了。「巧言令色也好，真心真意也罷，反正我以後都想見妳穿得美美的。」

寧汐白了他一眼。「我天天得在廚房做事，穿這些華而不實的漂亮衣裳哪裡方便？只怕到今晚就會弄髒了。」語氣裡的惋惜之意清晰可聞。

容瑾挑了挑眉，說道：「弄髒也沒關係，明天我就讓人為妳準備新衣，天天穿天天扔也沒關係。」

奢侈！浪費！寧汐瞪了他一眼。「我不要！要是你真讓人送衣服來，我保准打包都扔出去。」

被那明媚的大眼這麼一瞪，容瑾心裡酥酥麻麻的，迅速地伸出手碰觸一下她的指尖，又飛快地縮了回來。

寧汐被嚇了一跳，俏臉飛起一片紅暈，咬牙切齒地低語。「我爹還在前面呢！」

容瑾悄然低笑，聲音低得幾近耳語。「不然，我早吻妳了。」

寧汐何曾聽過這樣大膽露骨的情話，臉頓時脹得通紅，心裡卻是又甜又軟，似被濃膩的糖汁包圍一般，甜膩得化不開。

容瑾愛煞了她這副含羞帶怯的俏模樣，心裡癢癢的。只恨此時此刻閒雜人等太多，地點更是不適合，不然……

第二百三十章　甜蜜

容瑾正心猿意馬、想入非非之際，就聽寧汐悄聲說道：「昨天我已經把我們的事情告訴我爹我娘了。」

容瑾回過神來，低聲問道：「他們說了什麼？」聲音裡居然有一絲罕見的侷促緊張。要娶寧汐，必然得過了寧有方和阮氏這一關才行。就算他再高傲再自信，此時也不免有些忐忑。

寧汐咬著嘴唇，眼裡滿是笑意與柔情，輕輕地說道：「他們說，只要我喜歡就好。」

容瑾先是鬆了口氣，待細細品味過來這句話，不由得皺了皺眉頭。也就是說，其實他們夫妻兩個並不看好自己，只因為這是寧汐的選擇和決定，他們才會勉為其難地點頭。他們理想中的女婿會是誰？

腦海中迅速的閃過一張端正的男子面孔，容瑾眸光一閃，忽地舒展眉頭笑了笑。「放心，他們以後一定會接受我的。」語氣裡滿是自信。

聽著這熟悉的語氣，寧汐忍不住抿唇輕笑，心裡湧起無邊的甜蜜與歡喜。忽然覺得天空晴朗湛藍、微風輕柔舒適，就連頻頻回頭張望看向他們的路人都順眼極了。

「我天天一大早要去翰林院，」容瑾低低地說道：「以後每天早上都去妳家吃了早飯再走。」兩人各自忙碌，相處的時間實在少得可憐。

寧汐展顏一笑，親暱地取笑。「只要你能吃得慣我娘的手藝就好。」就怕極度挑食的他撐不了幾天呢！

容瑾挑眉一笑。「岳母的手藝這麼好，我怎麼可能吃不慣。」

寧汐聽到「岳母」這兩個字，頓時又紅了臉，嬌嗔地白了他一眼。

容瑾心裡一酥，正待再說幾句情話，就聽前面的寧有方咳嗽一聲笑道：「再轉個彎就到鼎香樓了。」

原來，不知不覺中已經走了這麼遠的一段路。

容瑾也不好再厚顏跟著，只得笑著道了別，臨走前對寧汐說了句。「中午我去鼎香樓吃午飯。」熱戀中的男女，巴不得時時刻刻黏在一起。

寧汐紅著臉點頭，跟在寧有方的身後走了。

拐了個彎，鼎香樓近在眼前。寧有方有意無意地笑道：「汐兒，這幾天妳離展瑜稍微遠些，我找個機會和他談談。」顯然是想借著師傅的身分開解張展瑜一番了。

寧汐想了想，便點頭應了。

這種事情，當面說開了確實挺尷尬，日後總還有見面相處的機會，有寧有方從中周旋或許會好一些……

說來也巧，剛從後門進了廚房，就見到一個熟悉的身影從對面匆匆地走了過來。不是張展瑜又是誰？

張展瑜定睛看了過來，頓時驚豔不已，脫口而出道：「汐兒，妳今天真是漂亮。」

認識寧汐這麼久了，從未見過她如此耀目美麗。新衣固然鮮亮，可她眼角眉梢的神采飛揚，卻更令人心折。那種美，從內而外散發出來，像是一顆蒙塵的夜明珠，今日終於被拭去了上面的灰塵，閃耀出無與倫比的光華。這樣綻放的美麗，是為了誰？

寧汐笑了笑，乾巴巴地喊了「張大哥」，下面就沒話了。

張展瑜笑容一頓，旋即若無其事的寒暄。「師傅，你們兩個今天來得可有點遲了。」

寧有方笑了笑，狀似無意地說道：「是啊，今天早上容少爺去了我們家裡，一起吃了早飯，耽擱了點時間。」

已經登堂入室了……

張展瑜心裡一陣刺痛，臉上的笑容卻絲毫不減。「怪不得你們來得遲，其他的大廚都已經到了，都在孫掌櫃那兒等差事，我陪你們一起過去吧！」

寧有方笑著點點頭，大有深意地瞄了寧汐一眼。

寧汐當然懂他的意思，忙振作起精神，也笑著跟了上去。鼎香樓裡來來往往的人這麼多，最好別露痕跡，不然，只怕又要流言蜚語四起了。

不過，該保持的距離還是要有的。

寧汐有意無意地站得遠了些，就算偶爾和張展瑜說話，也很空泛，再也沒了往日的隨意親暱。等各自進了廚房之後，寧汐更是埋頭做事，再也不出廚房一步，張展瑜自然也沒過來。

趙芸拿著抹布擦拭桌子，邊笑道：「今天可真是奇怪了，張大廚怎麼一直沒過來？」換在平時，這半天工夫至少也會來個兩、三趟，今天可是連面都沒露呢！

寧汐隨意地應道：「大概是他太忙了吧！」

這樣的話騙騙別人還行，趙芸自然不會相信，瞄了故作專心的寧汐一眼，試探著問道：「妳和張大廚鬧彆扭了？」

寧汐手中一頓，含糊的應道：「這倒沒有。」她和張展瑜……不算鬧彆扭，只不過是再沒有可能在一起了。

趙芸試探無果，便扯開了話題，笑著打趣道：「認識妳這麼久了，還從沒見過妳穿得這麼漂亮。」

寧汐天生麗質卻整天穿著粗布衣裳，將十分的姿色硬生生的遮掩成了七分。今天不過是換了身精緻的新衣，頭上攢了朵粉色的絹花，整個人便亮了起來，讓人無法忽視。

寧汐抿唇輕笑，眼眸中閃出令人炫目的神采。「趙姊，妳就別取笑我了。」今天人人見了她都盯著看個不停，她已經萬分後悔穿著這身招搖的新衣到鼎香樓來了。

趙芸無辜地攤攤手。「我這是在真心誇妳，妳怎麼聽成取笑了？對了，這衣裳是誰送妳的？」

普通人看不出這料子如何昂貴，她卻是一看就知。當年她和丈夫恩愛甜蜜的時候，也曾享受過奢華的生活。這樣珍貴的綾羅價格高昂，可不是誰都穿得起的。以寧汐的個性推斷，這絕對是別人送的衣裳。

寧汐一想到容瑾，心裡便湧起一陣甜意，唇角漾開一抹弧度。「是一個朋友送的。」

趙芸卻誤會了，笑著嘆道：「公主殿下待妳真是好。」

寧汐也不多解釋，淡淡地笑了笑，便又低頭忙活起來，心裡卻暗暗惦記著，快近中午了，容瑾也該來了吧……

心情順暢的時候，做菜是件極愉快的事情。今天的客人點的菜都極費時費力，寧汐卻一點不耐煩也沒有，一邊忙活一邊哼著小曲兒。

趙芸來來回回的端菜跑個不停，時不時的用袖子擦汗，見她這副笑咪咪的樣子，忍不住笑道：「妳今天是怎麼了，忙成這樣還笑得出來。」

寧汐俏皮的眨眨眼。「再忙一點也沒關係。」

正說笑著，小安子跑了進來，促狹的眨眨眼笑道：「寧姑娘，少爺今日事情繁忙，來得有些遲了，說是餓極了，讓妳隨意做幾道拿手菜。」

寧汐面頰微紅，故作淡然地應道：「哦，知道了。」轉過身去準備，一顆心怦怦亂跳個不停，似要從胸膛裡蹦出來一般。他終於來了！

明明早上才見過，可這種牽腸掛肚的思念是怎麼回事？只聽到他的名字，心跳便加速，全身都有些輕飄飄的。這種纏綿的滋味，以前似乎隱約有過，卻從未如此的清晰深刻。

趙芸和小安子也是認識的，笑著寒暄了幾句。「可有些日子沒見容少爺來鼎香樓了。今兒個是吹了什麼風，把這樣的貴客給吹來了？」

知悉內情的小安子，擠眉弄眼地笑道：「前些天少爺心情不太好，很少出來走動，現在嘛……」尾音拖得長長的，下半句卻沒說出口。

趙芸最是伶俐，哪有聽不出來的，掩嘴笑道：「這是誰讓容少爺不高興了？」

小安子瞄了站在爐灶前的寧汐一眼，笑嘻嘻地應道：「這得問少爺了，我哪知道。」火苗竄起，鍋中的熱氣蒸騰，寧汐的俏臉一片嫣紅，不知是因為忙碌還是因為別的，額頭冒出了亮晶晶的汗珠。

等菜餚做好了之後，小安子利索地端走了盤子。

寧汐精心做了四菜一湯，估摸著怎麼也夠容瑾吃了，才停了手。往日這個時候，她就該去飯廳等大伙兒一起吃飯了，不過今天……

寧汐心不在焉地炒了盤米飯吃了，又特地將手和臉都擦得乾乾淨淨，身上的新衣被濺了幾滴油星，寧汐看著又是心疼又是惋惜，低頭努力的擦拭，卻怎麼也擦不乾淨。

過了一會兒，小安子果然一本正經地來叫她了。「寧姑娘，少爺說今天的菜餚味道不太對勁，要親自指點妳幾句。」

寧汐忍住臉紅的衝動，笑著點頭，跟在小安子的身後去了。

趙芸看著寧汐的背影，心裡暗暗嘀咕起來。奇怪，明明是再正常不過的事情，為什麼她就是覺得今天的寧汐有些怪怪的？

正想著，張展瑜忽地過來了，見廚房裡空無一人，顯然有些失望，忍不住問道：「汐兒去哪兒了？」

趙芸隨口笑道：「容少爺來吃午飯，特地把她叫過去了，可能又要挑剌了。」

張展瑜的笑容一僵，頓了頓才若無其事地說道：「那好，我先去飯廳，就不等她了。」不等趙芸有什麼反應，就匆匆地走了。

第二百三十一章　閒來吃飛醋

寧汐剛站到門外，雅間的門便輕巧地開了。

容瑾立在門邊，眉宇舒展，口氣卻正經得不能再正經。「寧姑娘，妳今天做的幾道菜都有些問題。」

寧汐被唬得一愣，揚起小臉疑惑地問道：「什麼問題？」

身後的門已經被小安子關上了。偌大的雅間裡，只有容瑾和她兩個人。

容瑾低低地一笑，曖昧地靠近，一隻胳膊搭在門上，另一隻手卻悄然握住了寧汐的手。「妳做的菜裡糖放得多了？」

那張俊顏越靠越近，寧汐面頰潮紅呼吸急促，卻不忘反駁。「胡說八道，我只放了一點點的白糖調味，哪裡放得多了。」

容瑾溫熱的呼吸越來越近。「可我什麼滋味也嚐不出來，全是甜味……」剩餘的話被隱沒在柔軟的紅唇裡。

先是急切的索取，然後是霸道的唇舌共舞，到了最後，才變成了細膩的輕吻。

寧汐嬌喘吁吁，在他的熱情裡敗下陣來，軟軟的靠在他的胸前，俏臉緋紅，雙手無力的搭在他的脖子上，低低地吐出一句。「別、別鬧了……」

這裡不過是個吃飯的地方，隔音效果也沒好到哪兒去，還能隱隱地聽到隔壁傳來的動靜。要是這裡有什麼「異樣」的聲響被人聽見了，那可真是羞也羞死了。

容瑾攬著軟軟的身子，志得意滿極了，聲音裡帶著笑意。「放心，小安子在外守著，沒人敢闖進來。」

不說這個還好，一提起小安子就在門外，寧汐越發不自在，使勁掙脫開容瑾，輕巧的溜到窗前站著，雙眸圓睜。「要說什麼就快點說，不准過來了。」

容瑾挑了挑眉，慢悠悠地走了過來，隔了兩尺左右停住了腳步，恣意的目光緊緊地盯著寧汐。

寧汐被看得霞飛雙頰，狠狠地瞪了過去。「你這麼看著我做什麼？又不是第一天認識我。」

容瑾若有所思地笑了。「奇怪，以前也不覺得妳很漂亮，怎麼今天越看越覺得妳好看？」

他的重點在後一句，可寧汐卻敏感地捕捉到了第一句，立刻繃起了俏臉，輕哼一聲。「是啊，容三少爺的愛慕者一個接著一個，我這朵不起眼的小花自然不堪入眼了。」

什麼叫張小姐王小姐楚小姐的，一個個都是難得的美人兒，容瑾本人更是風姿無雙的美少年，對所謂的美色早就免疫了。

好大一股酸味！容瑾挑了挑眉，閒閒地笑道：「誰說這是一朵不起眼的小花，在我眼裡，這分明是一株傾國傾城的絕世牡丹。得早點移栽到我的院子裡才行。」

寧汐啐了他一口，眼角眉梢卻都是甜意。

戀人在一起，似乎有說不完的話。在外人聽來，不過是些無聊的閒話，只有身在其中，才懂其中的滋味。

容瑾一向懶得說話，可今天興致倒是極好，對寧汐說起了自己平日忙碌的事情。「……聖上對我很器重，讓我負責擬定聖旨編修本朝史記，每天很忙，閒置時間很少。今天中午本有應酬，我推掉了才過來的。」

他說得輕描淡寫，可寧汐卻深知他的脾氣。既然他說很忙，那一定是非常非常的忙碌了。寧汐凝視著容瑾的俊臉，心疼地嘆道：「再忙也得注意身體，你都瘦了一圈了。」

容瑾似笑非笑地應了一句。「我瘦了一圈，可不是因為朝中事務繁忙。」

寧汐很自然地接了句。「那是為什麼？」等問出口了，才知道失言。

果然，容瑾慢悠悠的說道：「某些人自以為是，故意和我嘔氣，我被氣得連吃飯的心情都沒有，某人還在這一段時間裡和師兄培養感情。」頓了頓，斜睨了心虛的寧汐一眼。「妳說，我怎麼能不瘦？」

寧汐咳嗽一聲，陪笑道：「這都是過去的事情了，別總提了嘛！」

容瑾輕哼一聲。「對妳來說，確實已經『過去』了，可有些人心底未必『過去』了。」心愛的女子身邊有那麼一個虎視眈眈的情敵，任誰也不會覺得痛快。

寧汐一聽這話題頭就痛，連連笑著扯開。「好了，不說這些了，說說你二哥和公主的事情吧！他們兩個怎麼就成了一對了，聖上原本看中的應該是你才對吧！」

容瑾對她的顧左右而言他很不滿意，警告地一瞥。「汐兒，妳別扯開話題。」他可沒那麼寬廣的胸襟容得下張展瑜時時刻刻的惦記。

寧汐見矇混不過去，無奈地嘆口氣。「那你讓我怎麼辦？他是我爹的徒弟，是我師兄，我第一天進太白樓就認識他了。這幾年來，他一直對我照顧有加，我總不好對他不理不睬吧！」

不管怎麼說，她和張展瑜都是有些感情的，雖然比不上男女之情的深刻，卻也有朝夕相處的兄妹情誼。她只能儘量的疏遠保持距離，絕不可能和他就此斷了來往。

容瑾陰沈著臉，一聲不吭。

寧汐放柔了語氣哄道：「你別再亂吃飛醋了好不好？我既然和你在一起，絕不會再和他有任何男女之私。」

他這怎麼能算是亂吃飛醋？容瑾繃著俊臉，淡淡地說道：「照妳這麼說，只要不涉及男女之情，我也可以和別的女子時常來往了？」

寧汐說了半天，見他醋勁仍然這麼大，也有些惱了，俏臉冷了下來。「容少爺請自便，我哪裡管得著。」

兩人性情一般倔強傲氣，各自別過了頭去，生起了悶氣。

寧汐等了一會兒，見容瑾還是沒低頭來哄自己，心裡越發的羞惱，硬邦邦地說了句：「我還有事，先回去了。」抬腳便走。

經過容瑾身邊時，胳膊卻被牢牢的抓住了。

寧汐一回頭，卻見容瑾繃著俊臉，就像有人欠了他銀子沒還似的。很顯然，她就是那個欠債的。

寧汐心裡陡然一軟，輕嘆道：「容瑾，我不是那種朝秦暮楚的女子，既然決定要和你在一起，我絕不會再多看別的男子一眼。就算你對我沒信心，難道對自己也一點信心都沒有嗎？」

容瑾神情微微一鬆，自嘲地笑道：「我這輩子從來沒這麼不自信過。」在愛情面前，再高傲再自信的人，也免不了患得患失，沒想到他容瑾也會有這一天……

抿著的唇角邊，那抹自嘲的笑容礙眼極了。

寧汐心裡酸酸的，一個衝動之下，主動地靠近容瑾，將頭緊緊的貼在他的胸口，細細的胳膊將他摟得緊緊的，悶悶的聲音響了起來。「容瑾，我有沒有說過，其實我一直很喜歡你，只是我嘴硬不肯承認罷了。」

她沒抬頭，所以沒看到容瑾俊顏一亮，眼裡閃過一抹得意，口中卻說得更哀怨。「是啊，妳從來沒說過喜歡我。」

寧汐鼓起勇氣，抬起頭，直直的看入容瑾的眼底。「我喜歡你！容瑾，我一直很喜歡你！」踮起腳尖，輕柔的吻在他的唇角。那輕吻如蝴蝶輕輕落在花蕊上，又似清風拂過枝頭的新芽，軟軟的落在心底，帶起一片溫柔的漣漪。

容瑾身子一顫，反手將她抱緊，卻沒有回吻，任由寧汐笨拙地吻著自己，體味那種自心底蔓延至全身的幸福與甜蜜。

寧汐先還有點緊張，見容瑾閉上了眼睛，總算自如多了，小心翼翼地試探著伸出舌尖舔了舔他的嘴唇，一個不提防，被對方狠狠地吮吸住了用力的糾纏不休。直到舌尖被吮得發麻了，才稍稍鬆開。

寧汐水漾般的眸子裡滿是羞澀，想瞪容瑾，卻全身發軟沒力氣，恨恨地擰了他的胳膊一把。

「臭流氓！」

容瑾被罵得渾身舒暢，挑眉一笑。「剛才要流氓的可不是我。」明明是她主動開的頭，他才「勉為其難」地配合一下而已。

這個容瑾，從不知道在言語上讓讓她。寧汐忿忿地在他的胳膊上咬了一口，待聽到容瑾「哎喲」一聲慘叫出來，心裡頓時舒坦多了，調皮的扮了個鬼臉。「哼，以後再敢欺負我，我就咬你。」

容瑾眸光一閃，不知聯想到了什麼，竟然邪氣地笑了起來。「那我以後豈不是要被妳咬得遍體鱗傷。」這種程度的「欺負」實在不算什麼。以後成親了洞房了，那才叫「欺負」……

寧汐先是一怔，待會意過來，羞不可抑。「你、你這個大色魔！」又狠狠地擰了他幾把洩憤，表面凶狠，下手卻是輕飄飄的。

被軟綿綿的小手這麼捏幾把，自然不疼，甚至有種難以形容的暢快。容瑾裝模作樣的呼痛，眼角卻全是笑意。

膩歪地纏了許久，兩人才接著剛才的話題說了下去。

「你二哥和公主殿下到底怎麼回事？說給我聽聽嘛！」寧汐使出看家本事，搖晃著容瑾的胳膊撒嬌，聲音又軟又嬌。

這一招在寧有方身上百試不爽，到了容瑾面前，果然也異常靈驗。容瑾被軟軟的小手晃得心蕩神馳，笑著說道：「這事說來話長，來，過來坐下我說給妳聽。」

寧汐高興得連連點頭，迅速地找了椅子坐下，一副專注聆聽的樣子。

容瑾在她的身旁坐了下來，攬住她的肩膀，娓娓道來。

第二百三十二章　誰都有秘密

正如寧汐所料的那樣，聖上原本看中的人選，其實是容瑾。

選駙馬自然得精挑細選，從相貌到人品再到家世，每一樣都要合意才行。容瑾各方面都出挑，聖上中意也實屬正常。而對容府來說，能娶一位公主自然是極大的榮耀，也是拒絕不了的榮耀！

容瑾被容玨點過之後，便迅速地想了對策，故意哄騙容琮一起去了西山遊玩，打著主意讓容琮和公主來個「偶遇」之類的。怎麼也沒想到公主的馬車竟然出了意外，武藝高超的容琮大展神威，在關鍵時候一展身手救了公主。

這一齣始料未及的英雄救美，讓容瑾看到了曙光，立刻慫恿著容老爹將容琮留在了京城，經常在聖上的眼皮底下走動。

不出所料，蕭月兒對救了自己的容琮心生好感，聖上得知蕭月兒的心意之後，細心觀察了容琮一陣，終於下定了決心，選定了容琮做駙馬。

「……二哥接到聖旨以後，當時就懵了。」容瑾不懷好意地笑道：「不過，現在木已成舟，他這駙馬是做定了。」對於設計自己的親二哥這種事，他一點愧色都沒有。

寧汐笑嘆道：「這也是你二哥和公主有緣分，不然，就算你有再多的主意也沒用。」蕭月兒一眼就喜歡上了容琮，又在聖上面前竭力爭取，這才有了這段緣分。

「你二哥對賜婚是不是很不高興？」寧汐不無擔憂地問道。正所謂強扭的瓜不甜，若是容琮心不甘情不願的，以後和蕭月兒成親了只怕也不和睦。

容瑾挑了挑眉。「妳倒是挺關心公主的。」頓了頓，才意味深長地問道：「汐兒，我一直沒問妳，妳和公主是怎麼熟識起來的？」

寧汐輕描淡寫地把結識蕭月兒的經過說了一遍，末了還補充一句。「……說來也奇怪，我和她特別的投緣呢！」

容瑾雙眸微瞇，唇角似笑非笑。「汐兒，妳是不是還有些事情忘了告訴我？」這些話糊弄別人還成，糊弄他可就有點過分了吧！

寧汐打死也不露半點心虛，明眸圓睜。「你說這話是什麼意思，難道我還能有什麼事情瞞著你不成？」

容瑾神色不變，將寧汐的手握在手心裡輕輕地摩挲，慢悠悠地說道：「汐兒，有些事我沒問，不代表我什麼都不知道。」

她和蕭月兒的結識太富戲劇性了，那一日西山遇險，寧汐又「正巧」出現在那裡。這些事情放在一起細細琢磨，讓人想不起疑心都難。

寧汐被容瑾看得渾身不自在，強自鎮定地張口。「你想問什麼？」

「妳那天為什麼會出現在西山？」容瑾淡淡的問道：「不要敷衍我，我想聽真話。」

兩人的關係已經到了這一步，她確實不該敷衍他。可是，有些實情萬萬不能說出口……

寧汐咬了咬嘴唇，忽地直直的看進他的眼底。「容瑾，你一直追問我的秘密，難道你就沒有秘密瞞著我嗎？」

話一出口，寧汐就後悔了。容瑾來歷神秘，其中隱藏了極大的秘密。可所有的人都懵懂不知，顯然他一直將這個秘密隱藏得極好。她也當作不知情最好，又何必挑破這一層？

果然，容瑾笑容立刻一頓，眼眸倏忽變冷。「汐兒，我不知道妳在說什麼。」滿臉的戒備與疏離。

她不打算說出真相，顯然，他也沒有說出實情的打算！雙手依舊緊緊的交握在一起，可心卻迅速涼了。這一剎那，親密相貼的兩個人，忽然變得無比遙遠！之前的甜蜜彷彿只是一個幻影，迅速地消逝不見。

寧汐心裡一沈，緩緩地抽回手。「容瑾，己所不欲，勿施於人。」既然各自都有不願說出口的秘密，那就都別說好了。

容瑾面色越發冰冷，直直地盯著寧汐的臉。「汐兒，這就是妳給我的回答嗎？」

寧汐淡然回視，言語同樣犀利。「若你肯把心底的秘密說出來，我自然什麼都告訴你。」

容瑾眸光一閃，抓住了寧汐的語病。「妳憑什麼肯定我有事瞞著妳？妳到底知道些什麼？」她的語氣異常的篤定，就像是知悉他所有的秘密一般。這種被看透一切的感覺實在不算美妙。哪怕明知站在眼前的是自己最心愛的女子，他也克制不住冷言相向的衝動。

寧汐只覺得眼前的這一切荒謬極了，無力地笑了笑。「容瑾，你是在審問我嗎？」之前還好好的，為什麼轉眼之間就變成這樣了？

容瑾也知道自己態度不妥，一時卻放不下身段來道歉，抿著唇角沒說話。

寧汐心裡苦澀極了，匆匆地說道：「我有事先回廚房了。」轉身，開門，離開。這一連串的動作不算快，可容瑾卻一直沒有張口叫住她，就這麼眼睜睜的看著她走了。

關上門的那一刻，寧汐的心底一片冰涼。

他這般的高傲不羈任性，既不懂包容又不肯退讓半分，真的能給她幸福和未來嗎？

小安子一直在門外守著，見寧汐出來，笑道：「寧姑娘，少爺怎麼沒跟著一起出來？」一邊打量著寧汐的臉色，心裡暗暗奇怪。兩人正值情意綿綿的甜蜜時刻，怎麼寧汐臉色如此蒼白難看？

寧汐勉強擠出一個笑容。「我有事，要先走了。」說完頭也不回地走了。

小安子滿心疑惑地推開門，被容瑾難看的臉色嚇了一大跳。「少爺，您這是怎麼了？和寧姑娘吵架了嗎？」

容瑾僵直地站著，面色陰沈，一句話也不說便拂袖走了。

小安子不敢再多嘴，忙跟了上去，心裡不由得暗暗嘆息。少爺的性子本就難以捉摸，和寧汐認識之後，越發陰晴不定了。來之前還春風滿面心情極好，現在又……唉！他可要小心點伺候了。

放在往日，容瑾會去翰林院，處理完公務，就做些其他瑣事，或是和三、五個談得來的同僚朋友出去閒玩散心。不過，今天他心情實在不好，什麼也提不起興致來，隨口吩咐讓小安子自行回府，便一個人騎上馬走了。

小安子左等右等，一直等到晚上也沒見容瑾回來，心裡暗暗著急。在院門口張望了半天，容瑾沒等到，卻等來了容琮。

「三弟呢？」容氏三兄弟中，容琮個頭最高，面容也最冷峻，不笑時威嚴自生，說話更是簡潔明瞭。

小安子陪笑道：「三少爺一個人騎馬出去了，整整一個下午都沒回來，奴才也在這兒等得望眼欲穿。」

容琮的唇角露出一絲笑意。「三弟果然好文采，連身邊的人說話都文謅謅的。」

小安子連道不敢，眼裡卻閃過一絲自得。少爺文采風流名動京城，他天天跟著少爺，當然不會差了。

容琮又問及事情經過，小安子不敢隱瞞，將容瑾去了鼎香樓找寧汐的事情說了一遍，末了補充道：「……到底發生什麼事情奴才也不清楚，估摸著少爺和寧姑娘又嘔氣了。」

又？容琮挑了挑眉，神情和容瑾倒有五分相似。「你說的寧姑娘，就是那個叫寧汐的廚子嗎？」

小安子笑著點頭。至於容瑾和寧汐之間的關係，明眼人一看就知，就不用再多嘴了。

容琮沈吟片刻，才徐徐地說道：「等三弟回來，你告訴他一聲，就說我來找過他，讓他有空到我那裡去……」

話音未落，就聽身後響起了熟悉的馬蹄聲。那旁若無人策馬而來的俊美少年不是容瑾又能是誰？

小安子神情一鬆，少爺總算回來了！

馬的速度不慢，離容琮還有十幾尺的時候，容瑾猛地一勒韁繩，駿馬疾風昂首長嘶了幾聲，驟然停了下來。容瑾瀟灑俐落地翻身下馬，動作漂亮極了，可眉宇間卻隱隱流露出一絲陰霾，眼底毫無笑意。

容琮挑眉一笑。「三弟，你這是在我面前賣弄馬術？」這可真是標準的關公面前耍大刀了。

容瑾扯了扯唇角。「二哥馬術一流，我這點微末本事哪敢賣弄。」依舊沒什麼笑臉。

「心情不好，也別拿我來撒氣。」容琮有些不滿地白了他一眼。

容瑾瞪了多嘴的小安子一眼，然後才不情願地擠了個笑容。「二哥，你來找我有什麼事？」

本來倒是沒什麼事，不過現在嘛……

「我那裡還有一罈好酒，一起過去喝兩杯如何？」借酒澆愁雖然不是什麼高明的主意，總比一個人生悶氣好些。

看著一本正經的容琮，容瑾心裡浮起淡淡的暖意。兄弟如手足，雖然聚少離多，可那份源自血液裡的親情卻是怎麼也抹煞不掉。比起容玨的能言善道，容琮木訥的關心更讓人感動。

「喝酒倒是可以，不過，你院子裡的廚子手藝太差了。」容瑾不客氣地說道：「你帶上酒到我這兒來吧！」

容琮哭笑不得地瞪了他一眼，沒見過說話這麼刻薄的，他院子裡的廚子也不至於差到這個地步吧！

容瑾毫無愧色，隨口吩咐小安子。「讓薛大廚做幾道拿手的好菜。」小安子忙領命去了。

容琮只得嘆氣，回去拿酒。

第二百三十三章　兄弟夜話

容琮不擅言辭，更不擅長安慰勸說，只一個勁兒的陪容瑾喝酒。

容瑾本就心情煩亂，偏偏酒量又極好，喝了三、四十杯也面不改色。眼前一直晃動著寧汐冷然的眼神，越發的煩悶。

容琮瞄了他一眼。「怎麼，和寧汐鬧彆扭了？」

小安子這個大嘴巴！容瑾哪裡肯承認，含糊的應道：「沒什麼事，你別聽小安子胡說。」仰頭喝了一杯酒，正好避過容琮探究的目光。

容琮也不再多問，陪著容瑾把剩餘的半罈酒都喝了個精光。兄弟兩人終於開始醺醺然，酒意慢慢上湧，總算打開了話匣子。

「三弟，」容琮用力拍了拍容瑾的肩膀，嘆道：「我真沒想到，聖上竟然選了我做駙馬。」

這事來得如此突然，他簡直半分心理準備也沒有。自從昨天上午接到聖旨之後，他便懵住了！

容瑾斜睨了他一眼。「如花似玉的公主要嫁給你，還帶著大筆的嫁妝，以後你就是聖上的女婿，是皇室宗親，你有什麼不知足的？」

容琮瞪了他一眼。「你別說風涼話了。這樣一尊大佛娶進門來，以後我還有舒坦日子過嗎？」他和那個明月公主只有一面之緣，根本沒什麼印象。就這麼莫名其妙的成了準駙馬，心裡舒坦才是怪事。

再說了，天家公主身分尊貴，脾氣肯定嬌蠻，萬一是隻凶惡的母老虎，以後的日子才叫一個水深火熱！

容琮越想越頭痛，重重地嘆了口氣。

容瑾暫時拋開自己的煩心事，揶揄道：「得了，人家可是嬌嬌滴滴的小美人兒，你抱也抱過了，娶回來也是理所當然的。」

一提到抱，容琮倒是有了印象。那一天，他被容瑾攛掇著去了西山，路上遇到了皇子公主一行人。馬匹陡然受驚的那一刻，別人反應不及，他身為武將，在戰場磨練過幾年，反應卻是極快，不假思索地飛身上前，接住了公主蕭月兒。

匆忙之餘，他無暇細看蕭月兒的長相，只記得懷中的身子嬌軟溫香，一雙盈盈的淚眼楚楚可憐……

「怎麼，被我一說，開始回味起當日的香豔來了？」容瑾放肆地調笑。

容琮瞪了他一眼。「胡說八道，什麼香豔不香豔的，我當時急著救人，哪裡想到男女之防。」不過，剛一救下蕭月兒，他就忙不迭地將人放了下來。之後怎樣，他一概沒管，怎麼也沒想到這一救竟然救出了一段姻緣。

一想到這個，容琮又開始鬱悶了，伸手摸酒壺，卻發現酒壺空空如也，罈子裡也喝了個乾淨。

容瑾揚聲喊小安子送酒過來，小安子不敢怠慢，忙從酒窖裡搬了一小罈陳年佳釀，給兩人分別斟上。

容琮舉杯，和容瑾碰杯，各自一飲而盡。容琮放下酒杯，便長長地嘆了口氣。

這一聲嘆息悠長綿延，頓時勾起了容瑾心底的不快，容瑾不由自主地也跟著長聲嘆息。

容琮斜睨了容瑾一眼。「剛才還說我，現在你怎麼也這副德性了？」唉聲嘆氣的，比他的臉色還難看得多。

容瑾心思深沈，從不愛隨意吐露心聲。可今天酒喝得正高，心情又實在煩悶，忍不住稍稍吐露了一點實情。「女孩子的脾氣真是奇怪。我對她已經夠好了，可她還是怪我有事瞞著她，男人怎麼可能一點秘密都沒有？」

容琮對自家兄弟的脾氣卻很瞭解，嘲弄地一笑。「你有事瞞著人家，人家自然也不想對你坦誠。你一邊有所隱瞞，一邊要求人家坦白，人家不生氣才是怪事。」

越是沈默少言的人，越是犀利直接。容琮隨意的兩句話，直直地戳中了容瑾的痛處。容瑾為之語塞，半晌沒有吭聲。

容琮揚眉一笑。「怎麼，被我說中了？」

容瑾輕哼一聲，又倒了杯酒，一口飲盡，面色陰鬱，眼神陰沈。

容琮好整以暇地把玩著酒杯，邊勸道：「三弟，聽我一句勸，要是真心喜歡她，就好好待她。這麼漂亮可愛的女孩子，要是被別的男人娶走了，日後有得是你後悔的時候。」

「休想！」容瑾面色一冷，眼神狠戾。「她要是敢嫁給別人，我就算搶也要搶她回來！」

容琮咧嘴一笑。「好，這才像個男人說的話。來，再乾一杯！」

容瑾痛痛快快地喝了酒，心裡豁然一亮。

是啊，既然這麼喜歡她，又已決意要和她廝守終生，那些秘密告訴她又何妨？若是彼此都不肯坦誠相待，在一起還有什麼意義？所謂的秘密，就像在心裡扎了根刺，時不時的讓人痛楚難當，不如將這根刺徹底拔掉……

「三弟，你想通了嗎？」容琮已經有了五分醉意，笑容有些散漫。

容瑾淡淡一笑，狹長的鳳眸倏忽亮了起來。「多謝二哥，我想通了。」

借著幾分酒意，容琮半真半假地發起了牢騷。「自家兄弟，謝來謝去的多見外。說起來，你可真沒小時候可愛了。我記得你小時候可沒這麼傲氣，整天黏在我身後喊著二哥二哥，我要是不搭理你，你就哭鼻子。」頗為懷念的嘆了口氣，又接著說道：「這幾年，我們兩個聚少離多，每次回來，都覺得你和以前大不一樣了。」

容瑾笑容一頓，半晌，才試探著問道：「二哥，你覺得以前的我好一些，還是現在這樣好？」

容琮笑著白了他一眼。「又胡說八道了。你是我親弟弟，不管什麼樣子都好。」頓了頓，又戲謔地補充一句。「當然，要是你能對我這個二哥好一點就更好了。」

容瑾出言抗議。「二哥，你說這話我可不愛聽，我什麼時候對你不好了？」

容琮瞄了他一眼，閒閒數來。「隔得再久沒見面，也不見你寫信給我。難得回來一次，你從不主動找我喝酒談心。有什麼不痛快的，你也悶在心裡不肯說。還有，喊一聲二哥你都不情不願的。還有……」

「是是是，都是我不好，以後一定改進。」容瑾立刻舉手投降。說來說去，其實是因為他一直沒真正把他們當成自己的親人吧！不管遇到什麼事，總習慣性的自己解決處理。和親人相處，總有一層淡淡的隔閡，就連一向最沈默寡言的容琮都察覺出來了……

容琮挑眉笑了。「這可是你自己說的，以後要是表現不好，我可饒不了你。」

兄弟兩個對視一笑，一股默契油然滋生。

又對酌幾杯之後，兩人都有了八、九分酒意，說話越發的肆意，就連平日從不輕易說出口的話也冒了出來。

「三、三弟，」容琮說話都有些不利索。「我們容家幾輩都是武將出身，有些人當面不說，背地裡卻嘲笑我們容家一門武夫。現、現在可好了，你中了狀元進了翰林，以後再也沒人敢小瞧我們容家了。」一邊說便拍著容瑾的肩膀。

他本是習武之人，手勁比常人大得多，容瑾被拍得直抽冷氣，忙躲開他的手。「二哥，我知道你為我驕傲，不過，也不需要用這麼大的勁吧！」簡直和揍人差不多了。

容琮咧嘴一笑，親熱地摟過容瑾的脖子。「你這小子，一堆臭毛病，要不是看在你是親弟弟，我早就揍你一頓了，真虧人家小姑娘受得了你。」又傲又𩤽脾氣又壞！真沒見過這樣的。

「你確定你是我親二哥？」容瑾皮笑肉不笑地瞪他一眼。

容琮樂得哈哈大笑。兩人你一杯我一杯也不知喝了多久，才歪歪扭扭的各自散去睡下不提。

到了第二天清晨，容瑾早早的起了床，洗漱穿衣之後，騎馬出了容府。小安子也騎了一匹馬跟在身後，殷勤地問道：「少爺，這個時候去翰林院也太早了吧！」天剛濛濛亮，路上幾乎沒什麼行人呢！

容瑾唇角微微勾起。「誰說我要去翰林院了？」雙腿夾緊了馬腹，跑出老遠，將小安子遠遠的甩在了身後。

「少爺，慢點，等等奴才……」小安子揚聲嚷著，聲音卻越來越遠。

清新的晨風迎面撲來，只覺得無比舒爽。容瑾一夜睡了不足兩個時辰，精神卻是極好。一路騎馬到了寧家小院外，俐落地翻身下馬，也不拴馬，就任由疾風在巷口隨意的走動，自己穩穩地走到門口，輕輕地敲了幾下。

這個時辰，寧有方應該起床了，阮氏也該準備做早飯，寧汐……一想到這個名字，容瑾心裡隱隱地一痛，眼前又晃動著寧汐難掩失望的冷然表情。

這一夜，他輾轉難眠，她也一定很不好受吧……

門陡然開了，一張清新美麗略帶憔悴的臉龐出現在眼前。

兩人俱是一愣，幾乎同時脫口而出——

「你怎麼來了？」

「妳怎麼起得這麼早？」

然後，兩人又同時沈默了下來，靜靜的注視著對方。

在容瑾的眼中，寧汐面色黯淡蒼白，憔悴得令人心痛。而在寧汐的眼中，容瑾何嘗不是如此？面色隱隱發白，眼裡還有些血絲，讓人看了心疼不已。

第二百三十四章　丈母娘看女婿

容瑾率先張口打破沈默。「妳不打算讓我進去嗎？」

寧汐默默地讓了開來，看著容瑾昂揚的身影，心底浮起一絲莫名的酸澀。

昨天針鋒相對冷言相向的一幕歷歷在目，她在人前打起精神強顏歡笑，可昨夜卻是輾轉難眠，心裡千迴百轉，不知轉過了多少念頭。一會兒想著就此分開再不相見，一會兒為容瑾的態度冷硬心寒，一會兒卻又想起了兩情繾綣的甜蜜，種種複雜滋味，真是一言難盡。

整整一夜，睡了又醒醒了又睡，難受極了，索性天沒亮就起了床。一個人呆呆的站在院子裡的大樹下，也不知站了多久。

以容瑾的脾氣，這一次嘔氣不知要多久。她和他剛剛確定了彼此的心意，又要開始冷戰了嗎？怎麼也沒料到，容瑾竟然一大早就來了……

寧汐一抬頭，卻見容瑾不知何時已經轉過身來，定定的看著她，眼底掠過一絲憐惜與歉意。

「汐兒，妳還在生我的氣嗎？」語氣前所未有的溫柔。

寧汐忽然覺得眼角熱熱的，咬著嘴唇別過了臉。

容瑾上前一步，輕輕地握起寧汐的左手。她的手冰涼滑膩，他的手乾燥溫熱，交握在一起，彼此都是一顫。寧汐想將手抽回來，卻被容瑾緊緊地握住。掙扎了幾下無果，寧汐也不再用力，卻依舊不肯正眼看他。

容瑾從沒有向人道歉的習慣，更不擅長解釋，憋了半天才擠出一句。「妳別生氣，我以後再也不逼問妳了。」語氣稍顯生硬，哪裡像哄人。

想想也是，他一直是年少得志春風得意的貴族公子，何曾這樣低過頭？

寧汐的心一軟，終於抬眸看了過去。「你臉色怎麼這麼難看？昨夜沒睡好嗎？」

容瑾故意裝可憐，嘆口氣說道：「昨天晚上我和二哥喝酒喝到半夜，後來幾乎一夜沒睡，到現在頭還在疼。」

寧汐果然心疼了，又是不捨又是嗔怪地說道：「你也真是的，喝這麼多酒做什麼？」語氣大為和緩。

容瑾心裡一鬆，低低地說道：「汐兒，昨天都是我的錯，以後我不會惹妳生氣了。」頓了頓，又說道：「有些事情我一直沒告訴妳，以後有空再跟妳慢慢細說，好嗎？」

寧汐輕輕地嗯了一聲，水汪汪的眸子靜靜地瞅著容瑾，似會說話一般。

容瑾心裡一癢，手下不自覺地微微用力。寧汐被握得有些疼，卻沒吭聲，兩人就這麼靜靜的站在樹下對視。此時此刻，所有的話語都顯得多餘，一切盡在不言中。

寧有方和阮氏隔著窗子看到這一幕，面面相覷。

「要不，我們等會兒再出去。」阮氏小聲地說道。初陷情網的少男少女，熱情些也在所難免，要是撞破也太尷尬了。

寧有方點點頭。「嗯，遲點兒出去也好，他們兩個昨天大概是鬧了點口角。」雖然寧汐佯裝無事，可眼底的一絲落寞卻瞞不過他。

阮氏先是一愣，旋即嘆道：「汐兒本就是個強脾氣，要是有個寬厚溫柔的男子在她身邊最好，偏偏她喜歡容少爺……」張展瑜敦厚寬容，又比寧汐大了幾歲，對她幾乎是百依百順。要是寧汐跟他在一起，絕不會時時鬧口角，有這些意氣之爭。

寧有方顯然聽出了阮氏的言外之意，皺了皺眉。「以後這話可別再說了，要是讓容少爺知道了，還以為我們是在嫌棄他。要是對我們寒了心，以後對汐兒有怨言鬧起口角可就不好了。」說來說去，一切都為寧汐考慮。

阮氏想了想，便點頭應了。夫妻兩個在屋子裡竊竊私語了半晌，才故意鬧出點動靜來。等推開門出來之際，容瑾和寧汐果然已經各自站得遠了些。

寧有方只當什麼事也不知道，笑著打招呼。「容少爺來得正好，一起吃早飯吧！」語氣自然得不能再自然，就好像容瑾一大早出現在寧家小院是件再普通不過的事情一般。

容瑾和寧汐和好之後，心情好極了，笑容比平日隨和燦爛得多。「寧大叔，叫我容瑾吧，若是你們還叫我容少爺，我真沒臉待在這兒了。」語氣中的真摯清晰可見。

寧有方略一猶豫，狠狠心改了口。「好，以後沒外人在場，我就叫你容瑾了。」這便算是正式接受容瑾了。

容瑾眸光一亮，露出一抹明朗的笑容。他本就生得俊美不凡風姿無雙，再露出這樣和煦的笑容，就似雨後初晴天邊的一道彩虹般絢麗奪目。

寧汐看過幾次，倒還能維持鎮定，可阮氏和寧有方何曾見過這樣的風姿，齊齊被閃到了。尤其是阮氏，對容瑾的好感大幅度上升，親熱地笑道：「別總在外站著了，快些到屋子裡坐坐，等早飯好了我來叫你。」

寧有方夫婦態度的改變，容瑾當然能察覺得出，心裡別提多暢快了，笑著點了點頭。

接下來一連幾日，容瑾都是每天一大早出現在寧家小院裡，吃了早飯再去翰林院。在阮氏和寧有方面前，他並不多話，態度卻越發的隨和。比起當日初見時那個目中無人的高傲少年，簡直是判若兩人。

寧有方心裡很是寬慰，對容瑾好感直線上升。阮氏更是轉了態度，時不時地在寧有方面前誇容瑾幾句。

「容瑾今天讓人送了些好料子來，說是留著給我和汐兒做衣裳呢……」

「容瑾說我包的餃子特別好吃……」

「容瑾……」

寧有方忍不住笑了，調侃道：「瞧瞧妳現在，口口聲聲都是容瑾容瑾的，妳以前不是一直不太喜歡他嗎？」

阮氏瞪了寧有方一眼，振振有詞地說道：「我什麼時候說不喜歡他了？以前是覺得他太傲氣，怕他對汐兒不好。可現在你看，他表現得多有誠意。」每天都往寧家小院跑，好在容府離這兒不遠，不然真夠辛苦的。

寧有方其實對容瑾也很滿意，口中卻故意挑刺。「我倒是覺得，還是展瑜更適合汐兒。」

「誰說不是，」阮氏嘆息著點點頭，旋即話鋒一轉。「不過，容瑾也挺好的。長得好，又會寫文章，還是狀元郎呢！」有這樣的女婿，走到哪兒都有面子。

寧有方悶笑不已。

容瑾一連數日出現在寧家小院，早已驚動了附近的鄰居。有些和阮氏交好的，紛紛來打聽這個風姿不凡的美少年是誰。阮氏的虛榮心得到了極大的滿足，對容瑾自然更加另眼相看。

阮氏做早飯越來越精心，有時天沒亮就起來忙活了。容瑾偶爾來得遲了，她便有些著急，甚至會到巷口相迎。

丈母娘看女婿，越看越有趣。果然如此！

對這一切變化，最高興的莫過於寧汐了。她原本一直擔心容瑾和自己的家人格格不入，怎麼也沒料到容瑾在短短的時間裡便博得了阮氏的歡心。

寧暉時隔一個月沒回來，對這些最新進展並不清楚。看到阮氏一大清早便忙活著蒸豆腐卷熬粳米粥，還挺感動的。「娘，我天天在學館裡吃得很好的，您不用特地為我做好吃的。」

阮氏不客氣地笑著瞪了他一眼。「我這可不是特地為你做的。」

寧暉一愣，滿心的疑惑不解。再然後，這份疑惑不解很快有了答案。

容瑾象徵性地敲敲門，便走了進來，見寧暉也在，笑著點點頭，順口叫了聲。「寧大娘，寧大叔。」

阮氏和寧有方早已習慣了，笑著應了一聲，便熱情地招呼容瑾坐下吃飯。阮氏又是盛飯又是布筷子，容瑾含笑道謝。

寧暉嘴巴張得老大，一臉的不敢置信。老天，這一切是怎麼回事？他不會是眼花了吧！眼前這個隨和客氣的少年真是容瑾嗎？

寧汐見寧暉一臉的呆滯，忍不住小聲提醒。「哥哥，你別這樣看人家，多不禮貌。」

胳膊肘往外拐的丫頭！寧暉回過神來，不滿地瞪了她一眼，同樣小聲回道：「他怎麼到咱們家來了？」

寧汐俏臉一紅，不吭聲了。

寧暉哪還有不明白的，暗暗一驚。

容瑾和寧汐之間若有若無的曖昧情意，其實他早就心中有數，也曾暗暗惋惜過兩人之間的差距太多，不然真是天生一對。可現在兩人居然來往得如此密切親暱，絲毫不避諱讓人知道。將來若是能成一對當然是美事，若是不成的話，寧汐的閨譽也蕩然無存了，還能再嫁給誰？就算做妾，也只能嫁到容府去。

容瑾如此高調張揚的到寧家來，到底是在表明誠意，還是另有想法？

寧暉心裡不停地轉著各種念頭，臉上卻笑咪咪的，熱情的招呼容瑾吃早飯。等吃了早飯之後，卻堅持送寧汐去鼎香樓。

容瑾最最期待的獨處時光就這麼泡湯了，心裡有些懊惱，卻也不好和未來的大舅子較勁，只好笑著告辭走了。

容瑾一走，寧暉輕鬆多了，和寧汐並肩向前走，邊問道：「妹妹，妳和容瑾到底怎麼回事？」

第二百三十五章 相遇

兄妹兩人感情一向好，說話從不忌諱。寧暉問得異常直接。

寧汐也不隱瞞，把她和容瑾之間的事情簡略地說了一遍。「……哥哥，我知道你擔心我，你放心，他說過一定會正式的娶我過門的。」

寧暉直截了當地問道：「為妻還是做妾？」這其中的差別可太大了。

「他說要娶我為妻。」寧汐俏臉嫣紅，眼眸如寶石般熠熠生輝，本就美麗的臉龐散發出晶瑩的光芒。那分嬌媚的豔色，令人心蕩神馳。

就連寧暉都看得愣了片刻，心裡暗暗嘆息。女大不中留，有了心上人，他這個做哥哥的以後可得往後排一排了……

想及此，寧暉的話語裡便飄出了一些酸意。「他有這份心就好。不過，妳也得留點神，萬一以後他爹為他定了親事，妳哭都沒地方哭去。」

寧汐抿唇一笑。「他說過有辦法的，我相信他！」

寧暉也無話可說了，半晌才悶悶地來了一句。「妳喜歡他就好。」

寧汐甜甜地笑了，那笑容如春花般絢爛，令人炫目。

寧暉暗暗嘆口氣，心裡依舊隱憂重重。容瑾嘴上說得倒是動聽，可終身大事哪裡容得他這麼任性，不說別的，容大將軍能同意他娶一個平民少女為妻嗎？

看著寧汐滿心歡喜甜蜜的嬌俏模樣，這句話卻是無論如何也說不出口了。

到了鼎香樓之後，寧有方和寧汐各自忙碌做事，寧暉無所事事，便四處轉悠。東瞧瞧西看看，一不小心竟沒留意到一個女子匆匆地迎面走了過來，撞了個正著。

「哎喲！」那個女子驚呼一聲，踉蹌一步差點摔倒。

寧暉眼疾手快，迅速地扶了她一把，不偏不巧地扶住了對方柔軟的纖腰。只覺得手下溫軟滑膩，寧暉心裡猛然一跳，面紅耳赤的放開那個女子，結結巴巴地解釋道：「對、對不起，我不是有意唐突。」

那個女子倒是磊落大方，微微一笑。「剛才是我不小心，多謝公子。」聲音不算清脆，卻圓潤悅耳。

寧暉定定神，看了過去。

眼前的女子年約雙十，皮膚白皙，柳眉櫻唇，容貌娟秀，唇角掛著親切的笑容，令人如沐春風，一顰一笑舉手投足都有種成熟女子的風韻。若論容貌，並不算特別美，至少不及寧汐，可不知怎麼的，卻讓人看著順眼舒心極了。

瞄了她綰得俐落整潔的髮髻一眼，寧暉心裡掠過一絲莫名的失落，她梳著婦人髮髻……

等等，他在胡思亂想什麼，才見人家第一面，人家嫁沒嫁人跟他有什麼關係！

寧暉咳嗽一聲，笑著說道：「是我不小心，真是對不住了。」

那個女子爽朗地笑道：「我們兩個別站在這兒道歉來道歉去的了，礙著別人走路可不好。」

她笑起來特別好看，唇角一個小小的笑渦，眼睛彎彎。

寧暉的心情莫名地好了起來，笑著說道：「對對對，找個清靜的地方，我鄭重地向妳陪個不是。」

那個女子被逗樂了，語氣不自覺地輕快起來。「我可擔當不起。」頓了頓，好奇的問道：「你怎麼會到廚房來了？要吃飯，也該去前樓吧！」

眼前這個少年最多十六、七歲，相貌俊秀，舉止談吐斯文有禮，讓人望之生出好感，一看就是書生，和鼎香樓慣常見到的廚子氣質迥然不同。這樣的人怎麼會到廚房來了？

再細細打量，這個少年的五官竟然隱隱的有些眼熟，似乎在哪裡見過一般，可她分明是第一次見他……

那個女子往廚房裡走，寧暉不自覺地跟了上去，笑著說道：「我若說我是新來的廚子，妳信不信？」心裡也在暗暗好奇對方的身分。

「不可能！」那個女子異常肯定。「你絕不可能是廚子。」

「妳憑什麼這麼肯定？」寧暉啞然失笑。

那個女子俏皮地打量他兩眼，笑咪咪的說道：「做廚子的都穿粗布衣裳，誰捨得穿這麼好的儒衫？」

寧暉朗聲笑了，只覺得前所未有的輕鬆愉快。自從孫冬雪之後，他幾乎再也沒有和哪一個女子單獨說過話，甚至老遠見了女子就有避開的衝動，沒想到竟然能和偶遇的女子聊得如此輕鬆自然。

「妳叫什麼名字？」寧暉很自然地笑著問出了口。

那個女子抿唇一笑。「隨意問女子閨名可不禮貌。」邊說邊踏入寧汐的小廚房。

寧汐笑著轉身，正巧瞄到寧暉眼底輕鬆的笑意，不由得一愣。「你們兩個怎麼一起過來了？」寧暉可是第一次來鼎香樓，怎麼會認識趙芸？

寧暉挑眉一笑。「剛認識不行嗎？」兄妹兩個笑容一般明朗，輪廓竟有五分相似。

趙芸靈光一閃，脫口而出。「你是寧汐妹子的兄長！」

寧暉笑道：「我叫寧暉，現在妳總該告訴我妳叫什麼了吧！」

趙芸落落大方地笑著應道：「我姓趙，閨名一個芸字。」

趙芸……寧暉在心裡默唸幾次，笑著讚道：「名字真好聽。」若放在平日，這樣肉麻的話他絕對說不出口，可對著那張滿面春風的笑顏，心底話自然而然地就流露出來了。

趙芸見他年紀比自己小幾歲，倒也分外坦然，笑著應道：「你們兄妹兩個長得很像，怪不得剛才我就覺得你有些眼熟呢！」

寧汐冷眼旁觀兩人的互動，心裡暗暗詫異。寧暉什麼性子她最清楚，一遇到女孩子就渾身不自在，連話都不肯多說，今天和趙芸倒是一見如故……

趙芸閒聊了幾句，便忙著去收拾雅間，俐落地端著水拿上抹布走了。

寧暉忍不住瞄了她的背影一眼，只見她身形窈窕，雖然身上的衣服略有些寬鬆，卻不掩婀娜嫵媚。尤其是那不盈一握的纖腰，隨著走路的動作款款擺動，說不出的纖柔動人……

不知怎麼的，寧暉耳際忽然有些火辣辣的，忙不迭地移開了視線，正巧撞上寧汐探究的目光。寧暉莫名的心虛，咳嗽一聲。「妳這麼看著我做什麼？」

兩人自小一起長大，對彼此的一言一行都再熟悉不過，他的心虛哪裡能瞞得過寧汐的眼睛。

寧汐眨著水靈靈的大眼，故意不吭聲，就這麼一動不動的盯著寧暉看了半晌。

寧暉被看得渾身發毛。「我剛才一個不小心撞了她，這才認識的，妳哥哥我可不是那種隨意和女子搭訕的輕浮之人。」

寧汐噗哧一聲笑了。「我又沒說你什麼，你這麼心虛做什麼？」什麼叫此地無銀三百兩，這就是了！

寧暉訕訕地一笑，索性閉了嘴。寧汐一向鬼靈精怪，要是再說下去，指不定要被她奚落成什麼樣子。

寧汐瞄了寧暉一眼，慢悠悠地擦桌子，又低頭切菜，總之就是不看寧暉一眼。

果然，過了一會兒寧暉就憋不住了，湊上前來搭話。「妹妹，妳現在專門負責女客了是吧！」寧汐嗯了一聲，繼續做事。

「那個……趙芸是專門跟在妳身邊做事的嗎？」寧汐忍住笑，又點點頭。就是不接茬兒，看寧暉怎麼繼續問下去。

「她年紀比妳大吧？她……」

寧汐終於忍不住笑了。「哥哥，你到底想問什麼就直接問好了，和我說話還需要拐彎抹角的嗎？」

寧暉摸摸鼻子，略有些尷尬地笑了笑，遲疑了片刻才問道：「她應該已經嫁了人，怎麼會拋頭露面出來做事？」趙芸梳的是婦人髮髻，和未出閣的少女截然不同。這一點寧暉自然能看得出來。

說到這個，寧汐收斂了笑容，嘆道：「她以前確實嫁過人。」

以前？寧暉敏感的捕捉到這兩個字。「妳的意思是……」趙芸和丈夫和離了？

寧汐低低地嘆息一聲。「不是和離，她是被夫家休棄的。」

寧暉一愣，腦海裡不自覺的閃過那張和煦如春風的笑臉，一股無名的怒火從心底升起。「她這麼好的女子，為什麼會被休棄？」和離對女子來說，傷害稍微小一些。可被夫家休棄的女子，難免有人在背後亂嚼舌頭，想再嫁可不容易。

這其中的緣由實在一言難盡，寧汐淡淡地說道：「這世上有些人的眼本就是瞎的，根本看不清什麼是美玉什麼是石頭。趙姊這麼好的女子，她的丈夫偏偏不懂珍惜，以後總會有悔不當初的那一天。」

寧暉點點頭，不知想到了什麼，不吭聲了。

寧汐似是自言自語，又似是輕聲提醒道：「她已經夠苦了，再也禁不起半點傷害。要是有人真心喜歡她當然是好事，不過，要顧慮的也很多。」

比如說，趙芸曾嫁過人又被休棄。再比如說，她已年過二十，比寧暉大了四、五歲。有這兩樣擺在寧暉和她之間，想有進一步的來往確實得斟酌三思。

寧暉顯然聽懂了寧汐的暗示，默然不語。

就在此刻，趙芸急匆匆地跑了進來，打破了廚房裡的寧靜。「寧汐妹子，公主殿下派車來接妳了，妳快些出去吧！」

寧汐略有些意外，才隔了十幾天沒見，蕭月兒怎的這麼快又讓人接她入宮了？

此刻的寧汐當然不會想到，迎接她的將是一場前所未有的暴風驟雨……

第二百三十六章　暴風驟雨

趙芸催得急，寧汐不敢怠慢，忙放下手中的事情往前樓走去。

寧暉忙跟了上去，有意無意地和趙芸並肩。很自然地問道：「妳天天做這些，身體能吃得消嗎？」說也奇怪，明明剛認識不久，可卻半點生疏也沒有，就像認識了許久的老朋友一般。

趙芸顯然也有這樣的感覺，聳聳肩笑道：「一開始確實吃不消，後來也就慢慢習慣了。」她也曾是十指不沾陽春水的纖弱女子，剛進鼎香樓的時候，根本做不慣倒茶送水端菜收拾桌子這些粗活。每天累得腰痠背痛。不過，時間久了也就適應了。

寧暉飛快地瞄了趙芸一眼，眼底掠過一絲憐惜。這樣堅強爽朗樂觀的女子，偏偏有這樣的際遇……

趙芸像是猜出了寧暉在想什麼，若無其事地笑了笑。「雖然辛苦點，不過能自食其力也是件好事，總算少看些臉色。」

寧暉心裡的一根弦似被輕輕地撥動了一下。正想說些什麼，卻已經到了櫃檯前。周圍著實不少人，只得將到了嘴邊的話又嚥了下去。

今天來接寧汐的不是菊香，而是崔女官。

寧汐略有些意外，忙上前見了禮，心裡暗暗奇怪。蕭月兒明知崔女官不喜歡自己，怎麼會派她來了？

崔女官矜持地笑了笑，也不多言，簡單地說道：「寧姑娘請上馬車。」

寧汐點點頭，轉頭朝寧暉說道：「哥哥，你待會兒告訴爹一聲，就說我去去就回。」

寧暉應了一聲，眼睜睜地看著寧汐上了馬車走了，心裡忽地隱隱有些不安，總覺得似乎要發生什麼事情一般。

趙芸見他皺著眉頭，笑著安撫道：「公主殿下常派人來接寧汐妹子入宮，不必擔心，最多待上半天就回來了。」

寧暉按捺住心裡的那絲不安，笑著點點頭，去找寧有方告知此事。寧有方倒是沒放在心上，隨意地揮揮手。「放心，汐兒最多下午就會回來了。你若是覺得待在這兒無聊，就出去轉轉，吃午飯的時候再過來。」

寧暉咳嗽一聲。「不無聊，我就在廚房裡轉轉。」不等寧有方發話，就腳底抹油走了。

這小子，今天怎麼怪裡怪氣的？寧有方嘀咕一聲，也沒放在心上，便忙碌去了。

此時的寧汐，正老老實實地坐在面無表情的崔女官對面，一路上都沒敢吭聲。馬車裡安靜極了，只能聽到馬車軲轆滾動的聲響。

馬車速度似乎比平日裡快了一些，很快入了宮門。

崔女官亮了亮腰牌，便領著寧汐往裡走。

寧汐低著頭跟在後面，很快就察覺出不對勁了，遲疑的問道：「崔女官，妳這是帶我去哪兒？」這條路根本不是去明月宮的吧！

崔女官似笑非笑地瞄了寧汐一眼，高深莫測地說道：「妳跟著我走就是了。」

寧汐心裡疑竇重重，哪裡還肯往前走。「崔女官，妳到底要帶我去哪裡？公主殿下人呢？」

崔女官見她停步不前，也不著急，反正人已經進了宮裡，插翅也飛不出去了。她好整以暇的冷笑一聲。「寧姑娘，今天要見妳的，是大皇子殿下！」

什麼？寧汐一驚，脫口而出問道：「為什麼？」大皇子要見她做什麼？

崔女官欣賞著寧汐竭力隱藏倉皇不安的表情，皮笑肉不笑地應道：「我只知道大皇子殿下要見妳，至於為什麼，妳見了大皇子殿下自然就知曉了。快些走吧！不要讓大皇子殿下久等了。」

兩個宮女一左一右的走上前來，一臉的虎視眈眈。

寧汐想不走也不行，咬牙跟了上去，腦海裡不停地轉起了各種念頭，卻怎麼也想不透大皇子要見自己的原因。

走了一小段路，大皇子的寢宮便到了。寧汐心裡七上八下十分忐忑，壓根兒沒心情打量四周的景致，匆忙地掃視一眼，只覺得這裡氣氛肅穆安靜，和蕭月兒的寢宮全然不同。

崔女官領著寧汐進了一間屋子，隨口吩咐道：「妳在這兒候著，我去稟報一聲。」看也沒看寧汐一眼便走了。

偌大的屋子陳設華麗，卻讓人有種莫名的沈重和壓抑感。幾個宮女面無表情地站在一旁，倒像是在監視寧汐一般。

寧汐深呼吸幾口氣，努力平復心裡的不安。不管待會兒遇到什麼事情，一定要沈住氣，萬萬不能亂了陣腳……

不知等了多久，門咿呀一聲開了。身著朝服的大皇子昂然走了進來，淡淡地瞄了寧汐一眼，然後坐了下來。寧汐暗暗心驚，強自鎮定的跪下行禮。「民女見過大皇子殿下！」

大皇子沒有出聲，直直的打量著跪在眼前的美麗少女，眼神深沈。

不知過了多久，寧汐跪得腰腿痠軟，才聽到高侍衛不冷不熱地說道：「大皇子殿下有話要問妳，妳老老實實回答，不准有半點隱瞞。」卻沒讓寧汐起身。

寧汐恭敬地應了一聲，依舊跪著。

大皇子的聲音響了起來。「妳和月兒是怎麼相識的？」

寧汐回道：「公主殿下微服出宮，到了鼎香樓來吃午飯，正巧是由我掌廚，所以結識了公主殿下……」

「那個胡半仙是什麼人？」大皇子冷不防地問了一句。

寧汐心裡漏跳了一拍，腦中警鈴大響。「小女子對他也不太熟悉，只聽別人說他擅長看相，所以才領著公主殿下去見識了一回。」

「哦？」大皇子挑眉冷笑。「真的只有這樣嗎？」

寧汐隱隱地感到不妙，卻不敢改口，硬著頭皮點了點頭。

大皇子緊緊的盯著寧汐低垂的面孔。「那我問妳，胡半仙為月兒看相，說她命中有一劫，這是怎麼回事？」

寧汐喉嚨有些發緊，乾巴巴地應道：「這是胡半仙說的，我也不知道是怎麼回事。」

大皇子忽地笑了。「照妳這麼說，這些都是胡半仙看相看出來的，和妳半點關係也沒有了？」

寧汐暗暗咬牙，正待點頭，就聽哐噹一聲巨響，大皇子猛拍一下桌子霍然站了起來，一臉的陰鷙。「好妳個寧汐，好大的狗膽！在我面前竟然敢不說實話！」一聲怒喝，屋子裡所有的人都嚇得跪了下來。

寧汐冷汗涔涔，臉色煞白，在大皇子強大的威壓下連呼吸都頓住了。

大皇子冷冷地吩咐。「高風，去把胡半仙帶來。」

此言一出，寧汐只覺得耳邊轟地一聲響，身子一顫，面無人色，心裡只有一個念頭——完了，一切都完了……

高侍衛應了一聲，迅速地開門走了出去，片刻便帶了一個中年男子進來。

那個人瘦臉狹長，下巴幾縷稀稀疏疏的鬍鬚，面色蒼白，沒有半分仙風道骨，倒有幾分說不出的猥瑣。剛一進屋就軟趴趴的跪在了地上，不停地磕頭。「饒命啊！小人是無辜的，這完全不關小人的事，都是這位寧姑娘指使小人這麼說的……」

大皇子冷著一張臉，緩緩地踱步過來。「到底是怎麼回事，你從頭到尾慢慢道來。只要你說實話，我就饒你一條狗命。」

胡半仙聽到這個面色一喜，為求自保，不顧一切的把事情的原委都說了出來。「小人略懂相術，平日裡就靠東騙西騙混口飯吃，哪能看得出什麼命中一劫？當日是因為這個寧姑娘拿了銀子給我，特地叮囑過我這麼說的。」一邊說邊瞄了面色慘白的寧汐一眼，又接著說道：「跟寧姑娘一起來的那個女孩子，又單純又好騙，我隨便說幾句她就信了，當時臉都嚇白了。」

大皇子重重地哼了一聲，目光颼颼的簡直能殺人！

胡半仙被嚇得一愣一愣的，又是磕頭又是求饒。「殿下饒命，小人再也不敢了。殿下饒命……」

「閉嘴！」高侍衛厲聲呵斥。「再大呼小叫，現在就拖你出去斬頭！」

胡半仙嚇得直打顫，立刻閉了嘴，再也不敢多說一個字。

大皇子冷冷地看向寧汐，沈聲問道：「寧汐，妳還有什麼可說的？」寧汐攛掇著蕭月兒去看相，又和胡半仙串通好這一番說辭，證據確鑿，想抵賴也抵賴不了。

寧汐張了張嘴，卻一個字也說不出口。

大皇子冷哼一聲，眸中精光一閃，語氣裡寒意森森。「妳不說，就是承認了。我問妳，妳這麼做是何居心？還有，妳怎麼知道月兒命中有一劫？」西山遇險那一日，寧汐出現在那裡果然不是偶然，那麼，她到底居心何在？

寧汐死死地咬著嘴唇，冷汗順著臉頰緩緩地流淌，一顆心劇烈的跳動著，似要跳出胸膛來。

怎麼辦？她該怎麼辦？實話不能說，可若是不說實話，眼下這一關根本過不去。要是不迅速地想出法子來，這條小命只怕都保不住……

高侍衛看了寧汐一眼，陰森森地建議道：「殿下，這丫頭嘴很緊，要不，讓奴才帶她下去慢慢問話！」把所有刑具都用一遍，看她敢不敢不招實話！

寧汐身子瑟縮了一下。

大皇子既不點頭也不搖頭，就這麼緊緊地盯著寧汐的臉。

第二百三十七章　命懸一線

偌大的屋子裡鴉雀無聲，只能聽到自己的呼吸和心跳。
寧汐被那雙冷厲的眼睛盯著，全身一片冰涼，耳邊又響起大皇子譏諷的聲音——
「妳既然知道月兒命中有一劫難，不知有沒有算過妳會有今天這一劫，今天能不能活著出去。」說到最後一句，語氣森冷至極，冰冷入骨。
在這危急關頭，寧汐反而鎮靜了不少，深呼吸口氣，抬起頭來。「大皇子殿下，這事確實另有內情。」
大皇子淡淡地說道：「我倒要聽聽，都有哪些內情。」
寧汐也不知自己跪了多久，膝蓋痛得不得了，此時卻是無暇顧及，挺直了身子應道：「民女斗膽，有個不情之請。此事和公主殿下有莫大的關係，還請大皇子殿下開恩，讓民女當著公主殿下的面說出來。」
大皇子微微一愣，眉頭皺了起來。
高侍衛連忙奉上讒言。「殿下，這可使不得。公主殿下很喜歡這個寧汐，要是公主殿下也來了，肯定會護著她……」再說了，今天這事可是一直瞞著蕭月兒的，要是蕭月兒來了，看見寧汐被逼問的這一幕，指不定是什麼反應。
大皇子淡淡地瞥了他一眼，高侍衛立刻不敢多嘴了，把剩餘的話都嚥了回去。

寧汐見大皇子有鬆動的跡象，精神一振，軟軟地央求道：「大皇子殿下，民女確實有苦衷，所以有些事一直瞞著公主。不過，民女和公主殿下的情誼卻沒有半分虛假。當日利用胡半仙之口做出警告，也是希望公主能避開劫難，絕沒有一絲不軌之心。還請大皇子殿下明鑑！」

大皇子的臉色果然和緩了許多，沈吟片刻，點了點頭。「好，我這就派人去把月兒叫來。」隨口吩咐道：「高風，你去告訴崔女官一聲，讓她領月兒過來。」

高侍衛應了一聲，又走了出去。

大皇子慢悠悠地坐了下來，神情莫測。

寧汐垂頭不語，心裡暗暗期盼著蕭月兒快些來，只要有蕭月兒在，這條小命至少是能保住的。至於待會兒到底怎麼說才能矇混過關，可得好好琢磨一番才行……

在一片令人窒息的沈悶中，終於聽到外面傳來一陣急匆匆的腳步聲。那腳步聲越來越近，到後來直接變成了小跑，甚至連門都沒敲，就這麼闖了進來。

蕭月兒拎著裙角氣喘吁吁，額角還冒著亮晶晶的汗珠，待瞄到寧汐面色蒼白的跪在那裡，不由得神色一變。「寧汐，妳怎麼跪在這裡？快些起來！」順便不滿地瞪了大皇子一眼。

寧汐心裡一暖，唇角不自覺地浮起一絲苦笑，卻沒動彈。

蕭月兒秀眉一蹙，看向大皇子。「皇兄，你這是做什麼？」好端端的，也不知會她一聲，竟然就把寧汐叫進宮來，還一副三堂會審的架勢。

大皇子一向疼愛蕭月兒，哪裡捨得繃著臉對她，不自覺的放柔了表情。「月兒，妳先別急，我這樣對她自然有我的道理。妳過來看看，這個人妳認不認識？」

蕭月兒順著他的目光看去，訝然的瞪圓了眼睛。「這、這不是胡半仙嗎？」他怎麼也在這兒？

胡半仙生平從未經歷過這等陣仗，早被嚇破了膽，抬頭一看蕭月兒，一眼便認出了這張面孔。「妳、妳就是和這個寧姑娘一起去看相的小姐……不不不，是公主殿下。公主殿下請饒命，小人什麼都不知道，都是這位寧姑娘叫我說的，小人真的什麼都不知道，請饒命啊……」邊磕頭邊求饒，頭髮散亂不堪，狼狽極了。

蕭月兒有些懵了，愣愣地看了寧汐一眼。「寧汐，這是怎麼回事？胡半仙到底在說什麼，我怎麼沒聽懂。」那雙單純天真的黑眸一如既往的充滿了信任。

寧汐心裡一顫，再也沒勇氣和她對視，移開了目光。

大皇子冷眼旁觀，忽地冷笑一聲。「月兒，妳掏心置腹的對人家，人家可未必這麼待妳。當日胡半仙說的那些話，根本就是她指使的。」

蕭月兒不假思索地反駁。「不可能，寧汐絕不會騙我的！」語氣堅定又乾脆。

大皇子無奈地笑了笑。「月兒，妳連皇兄也不相信了嗎？妳只相信寧汐不會騙妳，難道皇兄還會騙妳不成？」這個傻丫頭，一旦認準了誰，就掏心掏肺的對人家好，竟然連他這個親哥哥都不相信了！

蕭月兒咬著嘴唇不說話，目光急切地看向寧汐，卻失望的發現寧汐一直低著頭不肯看她。她的心直直的往下沈，顫抖著開口。「寧汐，皇兄是在騙我對不對？妳根本沒做過欺騙我的事情對不對？」

寧汐沈默片刻，終於鼓起勇氣抬起頭來。「對不起，我……我確實騙過妳。」不管起因為何，她終究做了欺騙蕭月兒的舉動。在蕭月兒天真熱情毫無保留的信任前，她簡直面目可憎！

蕭月兒呆立在當場，俏臉一片蒼白，雙手不自覺的握緊，眼裡流露的失望令人心酸不已，喃喃地低語。「妳怎麼可以騙我……」

「對不起，對不起……」眼淚忽地湧出了眼角，寧汐哽咽著道歉。

蕭月兒的眼角也濕潤了，死死的咬著嘴唇，不肯落淚。

大皇子心疼不已，走上前去攬住蕭月兒的肩膀，輕聲哄道：「月兒，妳別太傷心，皇兄一定替妳出這口氣。要打要罰都行，就算要了她這條小命也不算什麼。」一條人命在他的口中，輕飄飄的如同一張廢紙。

寧汐呼吸一頓，臉上幾乎沒了血色。重生一回，她還沒來得及和家人共享天倫，還沒來得及享受愛情的甜蜜，難道就要喪命於此？

「不行，」蕭月兒不假思索的搖頭。「皇兄，你別亂來。她騙了我，我也很生氣很失望，可我不想她有事。」

大皇子無奈地搖搖頭。「妳的心也太軟了，就這脾氣，將來不吃虧才是怪事。」

蕭月兒倔強的抿著唇角。「我不管，反正你不准動寧汐一根頭髮。不然，我以後再也不理你了。」這威脅輕飄飄的毫無力道，偏偏對大皇子最管用，只見大皇子嘆息著輕笑。「好好好，都依妳，我不動她就是了。」

蕭月兒這才稍稍放了心，神色複雜地看了寧汐一眼，久久沒有說話。

寧汐又是感動又是羞愧又鬆了口氣，一時之間五味雜陳，簡直難以言喻，屋子裡又陷入沈寂。

大皇子沈吟片刻，便吩咐所有人都退下，一時之間，宮女們退得乾乾淨淨，胡半仙也被拖了出去。高侍衛本想留在裡面，卻聽大皇子吩咐道：「你在門外守著。」

高侍衛一愣。「殿下，這裡沒人伺候怎麼行？」再說了，寧汐還跪在地上，萬一突然有什麼舉動，大皇子和公主可就危險了。

「出去守著。」大皇子斜睨了他一眼，語氣略有些不耐。

高侍衛只得應了聲是，臨走之前還給寧汐來了個警告的一瞥。

門開了又關上，屋子裡只剩跪著的寧汐還有蕭月兒和大皇子三人。大皇子也不急著追問，先哄著蕭月兒坐了下來，這才淡淡地說道：「寧汐，妳到底有什麼苦衷，現在說吧！」頓了頓，又意味深長地加了一句。「如果再有半字虛假，我絕不輕饒。」

世上有的是讓人死得神不知鬼不覺的法子。

寧汐自然聽懂了這其中的警告，心裡一顫，強自鎮定下來，靜靜地張口說道：「我自幼與人不同，常會作一些奇怪的夢。一開始我也不知這些稀奇古怪的夢有什麼意義，直到我懂事之後，才明白這些夢代表什麼。」

蕭月兒正在氣頭上，本不想理寧汐，卻不自覺地被這些話吸引住了，不由得豎起了耳朵細細聆聽起來。

「這些夢裡出現的人，都是我最親近的家人或是我熟悉的人。在夢裡出現過的事情，在不久之後就會成為現實。」寧汐低低的說道，濃密的眼睫毛下，一雙黑眸沈靜如水。「有一次，我夢到哥哥摔了一跤，結果沒過幾天，哥哥就摔斷了胳膊。當時我被嚇壞了，生怕被人當成怪物，根本不敢告訴任何人，就連爹娘我都不敢說。所以，沒任何人知道我有這個特異的能力。」

大皇子也聽得入了神，忍不住問道：「這跟月兒有什麼關係？」

寧汐輕輕地應道：「自從認識公主殿下之後，我和公主殿下一直很投緣。那個時候我還不知道公主殿下的真實身分，卻把公主殿下當成了最好的朋友。有一天夜裡，我作了一個噩夢。」

「難道這個噩夢和我有關？」蕭月兒脫口而出。

「是。」寧汐點點頭。

聽到這兒，大皇子也漸漸回味過來，瞇起了眼眸，若有所思地說道：「這麼說來，妳是夢見月兒出了意外，所以才特地借著胡半仙示警？」

寧汐輕輕地點頭，表面看似鎮定，實則一顆心已經提到了嗓子眼。

這已經是她能想到的最好的解釋，就不知大皇子和蕭月兒會不會相信了……

第二百三十八章 一場噩夢

大皇子面色深沈，不置可否。

蕭月兒卻長長地鬆了口氣，面色好看多了，顯然已經信了寧汐的這番話，起身走了過來，拉起寧汐冰涼的手。「原來是這樣，妳怎麼不早點說，這麼拐彎抹角地騙我做什麼？害得我剛才差點誤會妳，現在總算一切都說清楚了。地上又涼又硬，妳都跪了好久了，快些起來！」

寧汐哪裡敢這麼起身，偷偷瞄了大皇子一眼。蕭月兒性子單純善良好騙，大皇子可不是那麼好糊弄的。

大皇子若有所思的看著寧汐，緩緩地開口。「寧汐，妳剛才說的這些都是真的嗎？」

寧汐不敢有半分遲疑，堅定的回視。「千真萬確，若是有半字虛假，就讓我天打雷劈不得好死！」先過了眼前這一關再說，雷神一定會體諒她的一片苦心，不會真的「光顧」她的。

見她鄭重地發了毒誓，大皇子的神情總算和緩了許多，微微點頭。

寧汐這才敢稍稍鬆口氣，掙扎著從地上起身，膝蓋處傳來陣陣刺痛，雙腿又痠又麻，寧汐倒抽口涼氣，咬牙硬撐著站穩了身子。

蕭月兒關切地問道：「怎麼了？膝蓋是不是很痛？」

跪了這麼久，膝蓋只怕已經腫了。寧汐定定神，擠出一抹輕柔真摯的笑容。「多謝公主殿下關心，我沒事的。」

蕭月兒嘆息著拉起寧汐的手。「好寧汐，妳有這樣的苦衷怎麼不早點和我說，好在剛才我肯聽妳解釋，不然妳今天這條小命可要送在我皇兄手裡了。」大皇子和她一母同胞，感情深厚，最容不得有人欺瞞她。

寧汐自然而然的露出一絲苦笑。「自從六歲以後，我斷斷續續地作過幾次這樣的噩夢，每次都異常靈驗。我連爹娘都不敢告訴，更加不敢告訴妳，生怕妳會嫌棄我……」

眼裡那一抹自卑自憐，讓蕭月兒看著心疼極了，忙出口允諾。「放心，我絕不會嫌棄妳。以後妳還是我的好妹妹。要是別人敢欺負妳，我一定饒不了他！」說到最後一個字的時候，有意無意地看了大皇子一眼。

大皇子又是好氣又是好笑。「月兒，妳說的這個別人該不會就是我吧！」

蕭月兒輕哼一聲，不滿地說道：「本來說的就是你。就算寧汐有什麼事瞞著我，也是有苦衷的，你好好問就是了，幹麼弄得像審問似的？還把那個胡半仙也找來，要是剛才我沒來，說不定寧汐就會被你打入牢裡拷問了對不對？」那種地方進去了，哪還能安然無恙地出來？

大皇子被說中了心思，面色有些尷尬，咳嗽一聲。「好了，既然是一場誤會，說開就是了。」頓了頓，又意味深長地警告寧汐。「這次就算了，不過下不為例！要是讓我知道妳膽敢欺瞞月兒，我絕不會饒了妳！」

寧汐鎮定地回視，輕輕地應道：「還請大皇子殿下放心，公主殿下待我一片真誠，我今後絕不會再騙她。」她沒有刻意抬高音量，也沒發什麼毒誓，可黑白分明的眸子裡卻一片真摯，略帶蒼白的小臉散發出異樣的美麗。

大皇子心裡微微一動，面上卻絲毫不露，隨意地嗯了一聲。

蕭月兒好奇的追問道：「寧汐，妳說作過有關我的噩夢，那個夢到底是什麼樣子，說給我聽聽好不好？」

「這……」寧汐早料到好奇心重的蕭月兒會有此一問，故意猶豫了片刻。

「快點說嘛！」蕭月兒扯著寧汐的胳膊晃了晃。「反正只是個夢罷了，再說了，我現在好好的站在這兒，什麼事也沒有，妳就說給我聽聽權當是解悶了。」

寧汐躊躇一會兒，終於點了點頭。

大皇子表面不動聲色，其實也豎長了耳朵。

寧汐清甜柔潤的聲音響了起來。「那一天晚上，我夢見妳坐上馬車出去遊玩，後來馬匹忽然受驚，直直地撞到了樹上，然後馬車便翻滾到了山坡下。」

蕭月兒聽著這些，忽然想起了當日西山遇險，可不正和寧汐說得一模一樣嗎？若不是有荷香及時推了她一把，再有容琮救了她，只怕遍體鱗傷的就是她了！

想及此，蕭月兒苦笑一聲，長嘆口氣。「沒想到妳的夢如此靈驗。」

寧汐笑了笑，眼底卻閃過一絲苦澀。這些本就是前世真正發生過的事情，當然「靈驗」了。

「妳作的夢不只這些吧！」大皇子忽地開了口。

寧汐微微一怔，冷不防地看入大皇子深幽的眼底，心裡陡然一跳。一直以來，她對大皇子的印象稀薄得可憐，僅止於皇位爭奪失利，理所當然的認定了大皇子性子敦厚溫軟，遠不及四皇子狠戾。現在看來，她根本是大錯特錯，眼前的大皇子心機深沈，精明過人，根本不是個好相與的主兒……

「不敢欺瞞大皇子殿下，我當日作的噩夢確實不只這些。」寧汐稍一權衡，便決定儘量多吐露些實情。「在我夢裡，公主殿下不是受傷，而是當場身亡！」

什麼？大皇子一驚，悚然動容。蕭月兒更是臉色發白，握著寧汐的手微微顫抖起來。

寧汐憐惜地握了握蕭月兒的手，繼續說道：「我被嚇得驚醒之後，幾天都沒睡好。想著不管如何，也要提醒公主殿下避開此劫難。只是我人小力微，而且此事聽起來很荒謬，我怕說出來公主不肯信。無奈之下，只好想了個法子，借胡半仙的口說了出來。心裡想著只要公主殿下不出宮，這意外就不會發生了。後來，到了那一天，我心裡一直不安，總覺得會發生什麼事情似的，所以才一個人悄悄去了西山……」

再後來，便有了西山的那一幕。

蕭月兒蒼白著俏臉，不自覺地用力握緊了寧汐的手。如果不是有寧汐之前借著胡半仙之口提醒，荷香也不會如此警惕，在危急關頭推她下了馬車，她豈不是一命嗚呼魂歸九泉？

大皇子緊緊地盯著寧汐的面孔，沈聲問道：「妳到底是在什麼時候知道月兒的真實身分？」如果寧汐一直懵懂不知蕭月兒的公主身分，怎麼可能這麼巧的去西山？

寧汐沒有退縮，勇敢地回視大皇子冰冷懷疑的目光。「作噩夢那一晚，我隱隱約約便猜到了，不過沒敢確定。直到西山那一天，我才知道五小姐就是公主殿下。」

她回答得毫不遲疑，有條不紊，讓人挑不出任何的毛病來，可他為什麼就是覺得她還有所隱瞞？大皇子微微眯起雙眼，一臉的高深莫測。

寧汐不知花了多少力氣，才勉強維持著鎮靜。她撒了這樣一個彌天大謊，只要有一個小細節沒考慮周全，就會露了餡兒，到時候可就不只是她這條小命堪憂了，寧家上上下下所有人都會被她所累……

不，前世的悲劇絕不能重演！

寧汐努力平復紊亂的心跳，靜靜的和大皇子對視，絕不露半分心虛。

大皇子沈吟片刻，緩緩地說道：「我暫且相信妳，希望妳日後不要做出令月兒和我失望的事。」

寧汐心裡一鬆，眼裡跳躍出幾分欣喜。「多謝大皇子殿下。」太好了，總算是安然過關了！

大皇子瞄了她一眼，眼神深沈，讓人捉摸不出其中的意味，待落到了面色蒼白的蕭月兒身上，陡然變得柔和起來。「月兒，妳別怕，這不過是寧汐作的一場夢罷了。妳現在不是好好的嗎？」

「皇兄……」蕭月兒卻驚魂未定，被他這麼一哄，反而怔怔地落了淚。

大皇子憐惜地嘆口氣，攬住蕭月兒的肩膀，低低地哄了幾句。蕭月兒哽咽著哭個不停，不一會兒臉上便滿是淚痕。

寧汐站在一旁靜靜地看著這一幕，心裡泛起莫名的酸澀。只有她知道，蕭月兒確實和死亡擦肩而過。好在有她提醒，好在有忠心的荷香，好在有及時出現的容琮，蕭月兒安然無恙地活了下來。

這一世她重生而活，不僅改變了自己和家人的命運，在不知不覺中也影響到了別人的命運，容瑾、蕭月兒、邵晏，甚至還有四皇子的命運軌跡，都在悄然發生著變化。

大皇子對別人冷厲無情，對蕭月兒卻百般呵護。出了這次意外，以後必然會加倍保護蕭月兒，四皇子想再下手也不容易了……

寧汐腦子裡胡思亂想著，冷不防地和大皇子的目光在空中相接。

生平從未見過這樣一雙深沈的眼眸，看似平靜無波，卻深邃悠遠，讓人絲毫窺不出他的心思……

寧汐呼吸一頓，匆匆地垂下頭避開了大皇子的目光，也因此錯過了大皇子眼中飛逝而過的讚許。

他貴為皇子，身邊從不缺少各式各樣的美人。端莊的、美豔的、妖冶的、冷豔的、清純的、可愛的，應有盡有，寧汐的清麗秀美不算最出眾，卻有種奇異的魅力，讓人移不開目光。她的機智、勇敢、鎮定更是令人激賞……

大皇子不動聲色地按捺住心裡的漣漪，淡淡地說道：「月兒今天心情不太好，妳暫且回去，以後再召妳入宮。」

寧汐總算等到了這句話，忙不迭地跪下謝恩。

第二百三十九章　莫名敵意

出了宮之後，寧汐一直緊繃著的神經終於鬆了下來，只覺得全身痠軟一絲力氣都沒有，後背上的冷汗早已濕透了衣裳，黏在身上難受極了。

坐在她對面的高侍衛，冷冷地看著她蒼白的臉，譏諷的笑道：「妳倒是好運氣，居然能安然無事地出宮。」如果不是有公主護著她，只怕現在已經到牢裡了。

寧汐淡淡地一笑。「高大人謬讚了。是大皇子殿下格外開恩，才免了我的欺瞞之罪。」

高侍衛目光犀利，追問道：「妳到底說了什麼，殿下竟然肯放過妳？」他一直守在門外，只隱隱約約聽到隻字片語，根本不知其中詳情。

寧汐輕柔地應道：「我一直迷迷糊糊的，也不清楚大皇子殿下到底是怎麼想的，高大人如此好奇，不如去問問大皇子殿下。」

高侍衛被堵得啞然，眼裡射出森森的寒意。

寧汐剛經歷過一場狂風驟雨，哪裡還把他這點不善放在心上，索性閉上眼睛假寐，心裡卻暗暗詫異。

她和這個高侍衛之前只有一面之緣，加上今天也就見過兩次，說過的話寥寥可數，壓根兒談不上有什麼恩怨，可高侍衛卻對她有些莫名的敵意。這份敵意到底是從何而起？

到了半途，寧汐忽地睜眼說道：「我想直接回家，麻煩你送我回去。」她這副狼狽的樣子，還是不要出現在眾人眼前為好。

高侍衛不甚熱情地應道：「殿下吩咐我送妳回鼎香樓。」顯然是不想理睬寧汐的要求。

寧汐壓住心裡的不快，淡淡地說道：「高大人，大皇子殿下今天沒有大張旗鼓的叫我去訓話，反而借著公主殿下的名義讓我入宮，顯然是不想要這件事讓太多的人知道。要是我這副樣子回了鼎香樓，你猜會有多少人起疑心？」

高侍衛神色一凜，直直地看向寧汐。

寧汐還是那副蒼白嬌弱的樣子，可黑幽幽的眸子卻異常的平靜坦然，在高侍衛居高臨下的審視中絲毫不露怯意。「我現在想回家休息，你放心，我不會亂跑，也不會亂說。」

高侍衛暗暗咬牙，這個寧汐，看似纖弱，可膽量機智都不容小覷，幾句話就讓他啞口無言，憋屈地哼了一聲。「妳知道就好。」旋即撩開車簾，吩咐車伕改道。

那車伕先是一愣，正想多嘴問幾句，待見到高侍衛陰沈的臉色，立刻噤若寒蟬，連忙駕車改道。

待到了巷口，馬車便停了下來。

寧汐雙腿痠軟無力，好不容易撐著下了馬車，擠出一抹笑容。「多謝高大人送我回來，我家就在前面，不煩勞你多送了。」

高侍衛面無表情的應了句。「我得親眼見寧姑娘進了家門再回去覆命。職責所在，還請寧姑娘諒解。」

寧汐懶得和他多說，隨意地點了點頭，便抬腳走進了巷子裡。高侍衛冷著臉跟在後面。

在這兒住得久了，街頭巷尾的鄰居都認識她，有兩個坐在門口閒嗑牙的婦人笑咪咪的和寧汐打招呼，一邊正大光明的打量著高侍衛，心裡暗暗驚嘆不已。寧家的閨女長得好，身邊出現的男子都出色得令人眼熱，那個俊美得不似凡人的狀元郎不必細說，這個高高壯壯的男子也是個俊朗的男兒呢！

這麼想著，那兩個婦人的笑容越發的曖昧。

寧汐暗暗苦笑，心知這兩個婦人定然是誤會了，卻也懶得解釋，隨意地笑著點點頭，便匆匆的敲了自家的院門，沒承想等了半天也沒見阮氏來開門。

高侍衛等得有些不耐，皺著眉頭問道：「怎麼沒人應門？」

寧汐也在奇怪，面上卻平靜如常。「我娘大概是出去買東西了。」說著，從身上取出鑰匙開了門，院子裡果然空無一人，也不知阮氏去哪兒了。

寧汐瞄了高侍衛一眼。「高大人若是有空，進來喝杯茶再走吧！」擺明只是隨口說說。

怎麼也沒料到高侍衛竟然真的點了點頭。「也好。」抬腳便進了院子。

寧汐恨不得把說出口的話立刻收回來，卻是已經遲了，只能眼睜睜的看著高侍衛在院子裡四處轉悠，一雙銳利的眼睛四處張望。

寧汐站在一旁冷眼旁觀，淡淡地笑道：「我家共有四口人，除了爹娘，我還有一個哥哥，正在學館裡讀書。這個院子是今年年初買的，才住了半年多。不知高大人還想知道什麼，儘管問我就是了，我一定知無不言言無不盡。」

聽出她話語中的譏諷，高侍衛眼中閃過一絲怒意。他身為大皇子身邊的親隨，就算是朝中官員見了他也要客氣三分，何曾被人這般當面譏諷過？若是依著他平日的脾氣，早就發作了。不過，眼前這個少女有公主做靠山……他暫時還是放她一馬好了。

「怎麼到現在連杯茶都沒有，這就是你們家的待客之道嗎？」高侍衛故意找茬。

寧汐只得去廚房找了熱水，泡了茶端到待客的小廳裡。高侍衛大模大樣的坐在那兒，不緊不慢的喝著茶，也不多話，目光有意無意地落在寧汐臉上，像是在刺探什麼。

那種被敵視的奇怪感覺又來了！

寧汐忍不住問道：「高大人似乎對我有些成見，不知我到底做錯了什麼事，還是哪裡讓高大人看得不順眼？」

高侍衛沒料到她問得如此直接，咳嗽一聲。「寧姑娘這話說得嚴重了，我和寧姑娘只見過區區兩次，哪有什麼順眼不順眼。」

話說到這分上，寧汐也不打算遮遮掩掩了，秀眉微挑。「既然如此，高大人就請自便，我現在很累，打算休息了。」毫不客氣地下起了逐客令。

高侍衛顯然有些錯愕，猛地起身。「妳這是在攆我走？」眼神陰鷙得讓人心裡發毛。

寧汐心裡亂跳了一拍，面上倒還算鎮靜。「高大人這麼說可折殺我了，我是擔心你回去遲了，大皇子殿下會怪罪，這才提醒你一聲。」

一提到大皇子，高侍衛果然冷靜多了，也不知想到了什麼，眸光一閃。「多謝寧姑娘提醒，我這就告辭了。」

寧汐巴不得快點送這個瘟神出去，連句客套的挽留都懶得說，立刻揚起笑臉送他出了門。

待親眼看到高侍衛坐上馬車走了，寧汐才長長的鬆了口氣，迅速地拴門落鎖，看著厚重的鐵鎖，總算有了幾分安全感。然後，疲憊無力便湧了上來。

這半日的凶險，是她生平從未有過的經歷，比起西山那一日的驚心動魄有過之而無不及。好在急中生智，想法子敷衍了過去，不然，現在的她還不知被關到了哪座牢裡，能不能活著回家都是未知……

膝蓋處的刺痛陣陣襲來，寧汐打起精神，捲起褲腳。白皙柔嫩的膝蓋果然又紅又腫，稍微碰一下，疼得鑽心。寧汐倒抽口涼氣，忍痛擰了熱毛巾，輕輕地敷在膝蓋上。溫熱的毛巾一碰到膝蓋，先是一陣不適，然後才覺得舒適多了。

寧汐先是坐在床邊，不知不覺中，慢慢的滑到枕上，迷迷糊糊的便睡著了。

她睡得很沈，也不知睡了多久，甚至連院門被敲得震天響也不知道。

此時，阮氏正站在院門外，著急得團團轉。

她一個人在家無事，便去找了大嫂徐氏閒聊，眼看著天色將晚才回來。沒想到原來鎖在外面的鐵鎖沒了蹤影，她一急之下，連連敲門，可不管怎麼敲裡面也沒動靜。

隔壁的婦人聽到外面的動靜，笑著走出來說道：「寧家嫂子別急，中午的時候妳閨女回來了，肯定是從裡面反鎖了。」

汐兒回來了？阮氏鬆了口氣，笑著謝過那個婦人，又揚聲喊了幾句，沒承想寧汐根本沒回應。

這麼一來，阮氏又開始忐忑不安了。若是寧汐在家，不可能聽不到這樣大的動靜吧！怎麼還不來開門？

正在此刻，身後響起了一個熟悉的聲音。「娘，您怎麼站在外面不進去？」

阮氏一喜，連忙回過頭來。「暉兒，你回來得正好。快些翻牆進去看看，聽鄰居說汐兒早就回來了，也不知怎麼回事，竟然一個人把門反鎖了，我怎麼喊也不見她來開門……」

寧暉聽得面色一變，顧不得多問，立刻捲起袖子，翻了牆頭跳進去。又用鑰匙開了門，待阮氏進來之後，兩人不約而同的一起跑到寧汐的屋子裡。

待見到睡得沈沈的寧汐，才齊齊鬆了口氣。

阮氏又是好氣又是心疼的抱怨。「這丫頭，大白天的，把門反鎖起來做什麼？」害得她擔心了這麼久。

寧暉笑道：「好了，娘，妹妹沒事就好，您就別發牢騷了。」邊說邊走上前，為寧汐蓋好被子。這麼大的人了，也沒個睡相。瞧這褲腳，捲得這麼高……

寧暉的目光落到寧汐的膝蓋上，笑容忽地一頓，不敢置信地瞪大了眼睛。「娘，您快過來。」

「怎麼了？這麼大驚小怪的。」阮氏絮叨著走上前來，順著寧暉的目光看了過去，待看清楚寧汐的膝蓋之後，面色一變。

第二百四十章　坦承

那一片紅腫異常的刺目，在白皙的小腿映襯下，簡直令人心驚！分明是跪得太久了才會變成這樣！是誰這麼對寧汐？

寧暉眼裡閃動著怒火。「妹妹一大早就被公主派人接進宮，肯定是在宮裡被罰跪了。」即使在睡夢中，寧汐也依然皺著眉頭，面色蒼白憔悴，令人看了心疼不已。

阮氏憐惜地嘆道：「怪不得我剛才敲了半天門汐兒都沒來開門。唉，每次去宮裡都好好的，怎麼這次會成這樣？」

寧暉越想越惱火，冷哼一聲道：「那個公主根本就是不懷好心，以後千萬別讓妹妹再入宮了。這次是被罰跪，下次還不知道會怎麼樣……」

激動之餘，聲音不免大了些。

寧汐終於被吵醒了，睜開迷濛的睡眼，弱弱地喊了聲。「娘，哥哥。」一副有氣無力精神懨懨的樣子。

阮氏心疼極了，見寧汐掙扎著起床，忙扶著寧汐坐了起來。

寧暉沈聲問道：「妹妹，妳的膝蓋是怎麼回事？是不是公主欺負妳了？」眼裡閃動著不容錯辨的怒意。

寧汐苦笑一聲。「哥哥，你誤會了。今天若不是公主殿下，我能不能安然回來都不一定。」

寧暉一愣，滿臉的疑惑不解。「可今天派人接妳入宮的不就是公主嗎？難道還有別的人刁難妳？」

阮氏也急急地追問。「汐兒，到底是怎麼回事？」

面對兩雙盛滿了關切的眼睛，寧汐忽然沒了撒謊的勇氣。這是她最近最親的家人，是她發誓要守護的親人，他們毫無保留的信任她，她怎麼可以無休止的欺騙他們？

以前什麼都不能說什麼都不敢說，可現在，大皇子和蕭月兒已經知道了部分實情，她又何苦隱瞞一切。至少，也該告訴家人一些秘密了……

寧汐想了想，終於下定了決心。「有些事我一直在瞞著你們，等爹回來，我一併告訴你們。」

阮氏和寧暉面面相覷，心裡滿是疑雲，見寧汐精神萎靡，卻又不忍追問了。暫且將心裡的疑問按捺下來，一切等寧有方回來再說吧！

晚飯很豐盛，香噴噴的粳米飯，紅燒肉、糖醋鯉魚、炒青菜外加一盤涼拌黃瓜。寧汐餓了一天，肚子早已空空如也，偏偏沒什麼食慾，硬撐著吃了半碗就擱了筷子。

寧暉似乎也有些心事，匆匆地吃了一碗之後，就和寧汐一起去了小書房待著。手裡捧著一本書，可卻一個字也沒看進去。

兄妹兩個就這麼安靜的坐在書房裡，各懷心事，連聊天的興致都沒有。

到了子時左右，寧有方終於回來了。阮氏迫不及待的扯著他去書房，一邊快速地把之前的事說了一遍。「……汐兒這丫頭嘴緊得很，非等你回來才肯說，也不知她今天到底跪了多久，膝蓋都腫了……」

寧有方聽得心驚不已，急急地推開了書房的門喊道：「汐兒！」

寧汐等了半天，早已昏昏欲睡，被這一聲陡然驚醒，反射性的站了起來。沒承想動作過猛，一下子牽動了膝蓋上的痛處，忍不住「哎喲」一聲叫了起來。

寧有方等人都是一驚，一起圍了上來。

「妹妹，是不是膝蓋又痛了？」寧暉搶著問出口，寧有方和阮氏都是一臉的關切和焦急。

寧汐心裡一暖，擠出一抹笑容。「剛才用力過猛，膝蓋確實有點痛，現在已經好多了，你們不用擔心。」

不擔心才是怪事！寧有方皺著眉頭說道：「讓我看看怎麼樣了。」

寧汐只得捲起了褲腳，過了半日，膝蓋處的紅腫還沒消褪，在搖曳的燭火下看起來越發觸目驚心。

寧暉和阮氏之前看過一次，早有心理準備，倒還算鎮定。可寧有方卻猝不及防，臉色陡然變了，眼裡滿是怒意。「汐兒，這到底是怎麼回事？」

寧汐低低地說道：「爹，您先別急，坐下聽我慢慢說。」

寧有方按捺著怒火坐了下來，目光仍然在寧汐的膝蓋處流連，心被揪痛了。他捧在手心裡的寶貝女兒，何曾受過這樣的苦？

寧汐收斂了笑意。「今天接我入宮的，不是公主殿下，是大皇子殿下。」

什麼？眾人都是一驚，一起看向寧汐。

寧汐既然打算說出大部分實情，便也不再遮遮掩掩，將對大皇子說過的話又說了一遍。

「……爹、娘、哥哥，我知道這事聽起來有點荒謬，但確確實實是真的。我五、六歲的時候便開始斷斷續續的作這樣的夢，後來竟然一一應驗了。我很害怕，卻誰也不敢告訴。這一次若不是被大皇子抓住了把柄，我大概會把這個秘密一直藏在心底，永遠不會說出口。」

這、這也太荒謬了吧！

屋子裡一片沈寂。阮氏一臉錯愕，寧暉嘴巴張得老大，寧有方瞪大了雙眼，都是一臉的不敢置信。

寧汐無奈地笑了笑。「你們一時半會兒可能接受不了，不過，我說的這些都是真的。」她已經儘量多地說了實話，希望家人不會被嚇到才好。

寧有方最先回過神來，皺眉問道：「汐兒，這樣的事情妳為什麼不早點告訴我們。」為什麼要瞞這麼多年？

寧汐的笑容裡有幾分苦澀。「爹，我不是不想說，可我真的很怕，一旦說出口了，你們會害怕會嫌棄我。要是一不小心讓外人知道了，說不定會把我當成怪物。」一個人藏著一個天大的秘密，這種滋味絕不好受，若不是怕嚇到家人，她又何苦這般折磨自己。寧汐垂下眼簾，滿臉的落寞與淒清。

阮氏心裡一痛，溫柔地摟住寧汐，像哄孩子一般輕聲安撫道：「妳這傻孩子，不管怎麼樣，妳都是我們最疼愛的女兒，我們怎麼可能會嫌棄妳。」

依偎在溫暖的懷抱裡，聽著如此溫柔貼心的話語，寧汐滿腔的委屈一股腦兒的湧上心頭，忍了一天的眼淚終於落了下來。

她這麼一哭，寧暉的心裡也酸酸的，擠出笑容哄道：「別哭了，以後有我們在，誰也別想再欺負妳。」

寧有方迅速地說道：「暉兒說的對，皇子公主我們惹不起，總能躲得起，以後少和他們接觸來往就是了。」

寧汐哽咽著點頭，眼淚卻不由自主的往下滑落，不一會兒便將阮氏的肩膀哭濕了一片。不知哭了多久，寧汐的情緒才慢慢平穩下來，寧暉擰了熱毛巾來，替她擦拭臉上的淚跡，邊笑道：「妹妹，妳到底作過些什麼樣的夢，說來聽聽。」

寧汐白了他一眼，沒有吭聲。

寧有方卻神情一動，似是想到了什麼，不太確定地問道：「汐兒，當日妳千方百計的阻撓我來京城，是不是和妳作了什麼夢有關？」當年的事情早已成了寧有方心裡的一個結。雖然不願懷疑自己的女兒，可閒來無事的時候，難免也會暗暗猜測其中的原因，卻總是百思不得其解。現在想來，難道和寧汐神秘的夢境有關？

寧汐抿緊了嘴唇，輕輕地點頭。「是。」

寧有方聳然動容，緊緊地盯著寧汐的眼眸。「妳到底作過什麼樣的夢？」

阮氏和寧暉不知內情，聽得一頭霧水，一起看向寧汐。

寧汐深呼吸口氣，定定神說道：「我夢到你隨四皇子進了京城做大廚，還夢見你到京城兩、三年之後，就入宮做了御廚。聖上極為器重你，你聲名赫赫，誰見了你都要客氣三分……」

寧有方忍不住打斷寧汐。「這不是好事嗎？為什麼妳要阻撓我來京城？」她口中描述的情景，是他畢生孜孜追求的夢想啊！

寧汐靜靜地看著寧有方，黑眸裡滿是痛楚。「是，一開始確實很好，可後來，四皇子卻利用你在御膳中做了手腳，當今聖上忽然生了重病，過沒幾日，就駕崩了。」

然後，四皇子即位做了皇帝。再然後，狡兔死走狗烹。寧有方被處以凌遲極刑，受盡痛苦而亡。寧家人死的死亡的亡，女眷全部被充為官妓。寧家一夕之間滿門凋零，從人人豔羨的高處重重的落下，無葬身之處！

「……爹，我一連幾個月都作同一個這樣的噩夢。」寧汐的臉異常的蒼白。「每次醒來，我都嚇得一身冷汗。我害怕極了，我不想讓你來京城。就算只有一成的機會成為現實，我也不想你冒這個險。所以，當四皇子出現以後，我便下定決心，無論如何也要阻止這一切發生。我先去買了番瀉葉，熬了水用來和麵做包子，你那天吃了之後，拉肚子拉得厲害。我本以為這樣就行了，沒想到你居然硬撐著要做菜。我只好在菜餚上又動了手腳，故意悄悄多放了鹽。沒想到四皇子嗜鹹，竟然意外地投了他的口味。他果然和夢裡一樣，邀請你到京城做大廚，我實在沒別的辦法，只好大著膽子替您請辭。好在老天垂憐，您最後總算拒絕了四皇子的邀請。」

一場滔天大禍，就此化為無形！

這一番石破天驚的話，在寧有方的心裡掀起了滔天巨浪。他愣愣地站在原地，半晌沒有說話。

第二百四十一章　想見而不得

寧汐絕不可能騙他，那麼她說的這一切，本該在之後的幾年裡陸續發生。他會如願以償的做上御廚，成為大燕王朝最風光的廚子，會成為寧家的驕傲。可是，他也會一時糊塗做下錯事，受盡痛苦而死，更會累及所有的家人……

寧有方呆立在原地，臉上一絲血色都沒有。

寧暉總算聽出了些門道來，忍不住問道：「妹妹，妳真的作過這樣的噩夢嗎？」簡直太可怕了，光是這麼聽著，身上便不停地冒冷汗。當年被噩夢侵襲糾纏的寧汐，又會是什麼感受？

寧汐扯了扯唇角，低低地應道：「這是我作過最可怕的噩夢，一連幾個月，每天晚上都作同一個噩夢。直到四皇子離開京城，我才從噩夢中掙脫開來。」

現在回想起來，真不知那些日子是怎麼熬過來的。

阮氏動了動嘴，卻又不知要說些什麼，愣了半天，才擠出一句。「汐兒，這麼可怕的事情，妳早該告訴我們。」有人分擔，總好過一個人藏著這麼沈重的秘密。

寧汐無力地笑了笑，看向寧有方。「爹，對不起，我不該一直瞞著您。」她也曾無數次的想過，如果當日將實情原原本本地告訴寧有方，或許她也不會這麼辛苦。可現在回想起來，她卻一點都不後悔。

只要家人能安然無恙，就算吃再多的苦她也心甘情願。

寧有方終於有了點反應，定定的看了寧汐半晌，忽地張開手臂摟住了寧汐。「乖女兒，這些年妳受苦了。」這幾年寧汐日漸出落成了大姑娘，寧有方已經很久沒這樣親暱的抱過她了，久違的懷抱溫暖極了。

眼淚唰地湧出眼角，模糊了視線。寧汐在寧有方寬厚的懷裡放聲哭了起來，似要把這些年所有的痛苦都哭出來一般。

寧有方憐惜地撫摸著寧汐的髮絲，悄然長嘆。

阮氏也走上前來，攬住寧汐的肩膀，寧暉也靠了過來。燭火跳躍中，一家四口緊緊的依偎在一起。

寧汐把隱藏許久的秘密終於說出了口，全身都輕鬆了許多。淚水肆意之後，倦意上湧，竟然伏在寧有方的懷裡睡著了。

阮氏正待推醒寧汐，寧有方忙輕噓一聲。「汐兒一定累壞了，妳別吵醒她，我現在抱她回床上睡。」說著，小心翼翼地抱起寧汐，穩穩的走到寧汐的屋子裡，慢慢地放到床上。

阮氏為寧汐蓋好被子，愛憐的俯身輕吻寧汐的額頭。「好好睡吧！有爹娘在，以後再也不會作噩夢了。」

寧汐睡得很沈，顯然沒聽見阮氏的話，卻無意識的舒展了眉頭。

第二天一大早，寧有方早早的起床做早飯，邊低聲叮囑阮氏。「汐兒膝蓋腫得厲害，這兩天哪兒也別去了，讓她好好的在家裡休息。妳待會兒去藥鋪子裡買些藥膏替她塗一些，也能好得快些。」

阮氏點點頭應了，遲疑了片刻問道：「這事要不要瞞著容瑾？」

身懷不為人知的異能，總讓人有些莫名的驚懼。寧汐一直死死的守著秘密，連家人都被蒙在鼓裡，顯然也有諸多顧慮。現在迫不得已說了出來，最親密的家人自然能包容。可容瑾畢竟還是「外人」，誰知道他聽了這些會是什麼反應？

「暫時別說。」寧有方不假思索地應道：「汐兒一向有主見，若是想告訴他自然會說。」頓了頓，又沈聲說道：「如果容瑾為此疏遠汐兒，只能說明他們兩個沒緣分，沒什麼好惋惜的。」到了這步田地，也該做好最壞的打算了。

阮氏想了想，略有些無奈的說道：「你說的對，他們的事情，我們還是別插嘴的好。」

正低聲說著話，咚咚的敲門聲又傳了過來，不用想也知道，肯定是容瑾來了。

阮氏去開了門，站在門外的，果然是容瑾。

容瑾一如既往的淺笑著打了聲招呼。「寧大娘，打擾了。」

阮氏的笑容卻不如往日熱情。「快請進，早飯已經做好了，正好一起吃。」

容瑾何等敏銳，立刻察覺出些微的不對勁來，面上卻不動聲色，淺笑著點頭走了進來。待見了寧有方和寧暉，越發覺得奇怪。

今天早上寧家人都有點怪怪的，對他的態度不冷不熱。前兩天還好好的，這是怎麼了？

容瑾眸光一閃，笑著問道：「汐兒怎麼沒在？」

阮氏含糊其詞地應道：「汐兒今天不太舒服，還在睡呢！這兩天就不去鼎香樓了，在家裡好好休息。」

容瑾面色微微一變。「她怎麼了？生病了嗎？」

阮氏遲疑了片刻，才點點頭。不要說是容瑾，就連寧暉都快看不下去了，就這樣的演技，連瞎子都能看出有問題。

果然，容瑾雙眸微眯，神色冷了下來。「寧大娘，汐兒到底怎麼了？」他們到底想瞞什麼？

阮氏無言以對，氣氛陡然尷尬起來。寧有方咳嗽一聲說道：「汐兒確實有些不舒服，這兩天要好好休息，你等過兩天再來找她吧！」

容瑾抿緊了唇角，沈聲說道：「寧大叔，我等不了兩天，我現在就要見汐兒。」他們越是遮掩，他越是滿心不安。不確定寧汐安然無恙，他絕不可能離開寧家！

容瑾的語氣異常的堅決。寧有方對他的脾氣也稍稍瞭解一些，躊躇片刻才說道：「汐兒還沒醒，你若是想見她，得等一會兒，不知會不會耽擱了你的正事……」

「沒關係，我等就是了。」容瑾不假思索地接道。寧有方和阮氏再也無話可說，只好點點頭應了，埋頭默默的吃起了早飯。

寧暉匆匆吃了早飯，便去了學館。寧有方則去了鼎香樓。

阮氏忙著收拾飯桌，又刷碗掃地洗衣服。不知是有意還是無意，壓根兒不給容瑾問話的機會。

容瑾心下了然，索性出了屋子，束手站在樹下，遙遙的看著寧汐的屋子，心裡不停的揣測著其中的原因。不過才一天，難道就發生什麼變故了？

不知站了多久，腿都有些痠麻了，可寧汐還是沒出現。

容瑾心裡默默計算著時間，暗暗著急。若是放在平時，他多等片刻也沒什麼關係，可今天偏偏有些重要事情，非去不可……

又等了片刻，容瑾終於按捺不住性子了，走到寧汐的屋子前，正打算敲門，忽然聽到阮氏的聲音在身後響起。「你還是等有空再來吧！汐兒昨天很累，又睡得很晚，你別吵醒了她。」

容瑾的手在半空中停頓了一下，緩緩地收了回去，然後轉身。「好，那我有空再來看她。」又深深地回頭看了一眼，這才走了。

阮氏看著容瑾出了院門，悄然嘆了口氣，希望容瑾和寧汐能安然邁過這個坎兒才好……

日上三竿，寧汐終於醒了，卻一動也沒動，懶懶地躺著，靜靜地看著帳頂。深埋在心裡的秘密吐露了大半，整個人陡然輕鬆了許多，又覺得莫名地虛弱。腦子裡空空的，什麼也不願想了。

門咿呀一聲被推開，阮氏走了進來。見寧汐睜著眼，忍不住笑道：「我還以為妳要一覺睡到晚上呢！」邊說邊用手摸了摸寧汐的額頭。還好，額頭不算很熱，看來沒發燒。又低頭看看寧汐的膝蓋，頓時又皺起了眉頭。

大天白日的看著，紅腫的一片似乎更刺目了。

再看寧汐一副慵懶無力的樣子，阮氏越發心疼，低聲說道：「我剛才去了藥鋪裡，給妳買了盒藥膏回來。妳先躺著別動，我這就去拿來給妳抹一點。」

寧汐嗯了一聲。待阮氏替她小心的抹了一層藥膏之後，膝蓋果然舒服了一些。寧汐打起精神起床，喝了點米粥之後，總算有力氣張口說話了。「娘，今天容瑾來了嗎？」

阮氏正打算和她說這些，嘆道：「來倒是來了。不過，因為我們不肯讓他見妳，他似乎有些不太高興。」

容瑾什麼脾氣，寧汐比誰都清楚，聞言淡淡地笑了。如果換了別人這麼對他，只怕他當時就翻臉了。現在卻得為了她按捺住脾氣，不知心裡怎麼憋屈呢！

阮氏瞄了寧汐一眼，低低地說道：「汐兒，那件事妳打算告訴他嗎？」

寧汐想了想，緩緩地說道：「等等再說吧！」

她和容瑾之間很微妙，既互相傾心，卻又都有所保留，各自隱藏著不願說的秘密。距離似近實遠，還沒到完全交心的那一步。在這樣的情況下，她只能自私一些，多保護自己一些。

阮氏點點頭。「對，這種事可不能隨便亂說。要是你們日後能在一起，慢慢告訴他也不遲。」早早說了，萬一把容瑾嚇跑怎麼辦？

寧汐一眼便看出了阮氏的心思，忍不住啞然失笑，心底又覺得暖暖的。愛情讓人心醉神迷，卻永遠充滿了不定的因素。親密恩愛的兩個男女，說不定為了一點點的小事就起了嫌隙就此訣別。

親情卻是不一樣的。或許不激烈，或許有些淡然，可卻彌足久遠，溫暖人心。

第二百四十二章　心結

寧汐在家中靜養了兩天，把一盒藥膏都抹完了，膝蓋總算有所好轉，不再紅腫，只隱隱的有一片瘀青，總算走動自如了。

寧汐在家中有些待不住了，鬧騰著要去鼎香樓做事。

阮氏嗔怪地白了她一眼。「一個姑娘家，身上落了疤痕多難看，怎麼著也得等完全好了再去。那麼大的鼎香樓，廚子足足有幾十個，少了妳一個也不至於關門。妳哪兒也不准去，就給我在家裡待著。什麼時候膝蓋完全好了，什麼時候再去鼎香樓。」

語氣異常的堅持，顯然沒有絲毫商量餘地。

寧汐深知阮氏的脾氣，別看她平日裡溫柔隨和，可卻是外柔內剛，真正堅持某件事的時候，還是順著她比較好。

想及此，寧汐連連陪笑。「是是是，我一切都聽娘的吩咐。」那一副諂媚狗腿的樣子，頓時把阮氏惹笑了，親暱地點了點寧汐的額頭。「妳這丫頭不知生得像誰，天生的鬼靈精。」

寧汐甜甜的一笑，親熱地依偎著阮氏的肩膀。

阮氏笑了一會兒，忽地想起一件事來，遲疑地問道：「汐兒，容瑾這兩天都沒來，是不是生我和妳爹的氣了？」

那天早晨走的時候，容瑾明明說了會來找寧汐，可這兩天卻不見蹤影，該不是又嘔氣了吧！

寧汐啞然失笑。「娘，您別胡思亂想好不好？這點小事他不會放在心上的，肯定是被事纏住了才沒來。」容瑾不至於這點度量都沒有。以他的個性，這兩天既然抽不出空過來，想來一定是有要事。

被寧汐這麼一說，阮氏才稍稍放了心。「不是生我們的氣就好。」

娘兒倆正說著閒話，就聽敲門聲響了起來。

寧汐眼眸一亮，阮氏也忍不住笑了。「瞧瞧，這不是來了？」邊笑著起身去開門。門開了，出現在寧家小院外的赫然是一個熟悉的男子面孔，卻不是容瑾……

阮氏微微一怔，旋即熱情地招呼道：「展瑜，你怎麼有空來了，快些進來。」

張展瑜笑著走了進來。「師娘，我聽師傅說，汐兒這兩天身子不舒服，就想著過來看看。」

眼角餘光瞄到一個熟悉的窈窕身影，心裡陡然亂跳了一拍。旋即定定神，笑著打了招呼。「汐兒，妳現在好些了嗎？」

寧汐循聲迎了出來，見來人不是容瑾，心裡掠過幾分失落，打起精神笑道：「張大哥，多謝你來看我，我已經好多了呢！」

目光瞄到張展瑜手中拎著的幾樣零食，頓時眼睛一亮，笑嘻嘻的問道：「給我帶什麼好吃的了？」

張展瑜笑了笑，將手裡的東西一股腦兒的塞到寧汐的手上。「我在糕點鋪子裡隨意買的。」

話說得輕描淡寫，可寧汐打開一看，上面的幾樣糕點分明都是她平日裡最愛吃的。顯然，這些絕不是「隨意」買的。

寧汐心裡說不出的酸澀與內疚，這些天她一直躲著張展瑜，容瑾又時常去鼎香樓找她，張展瑜不可能看不出是怎麼回事，卻默默的什麼也沒說，還一如既往的關心她疼愛她……

「張大哥，謝謝你。」除了這句普通得不能再普通的話，她什麼也給不了他。

張展瑜看著寧汐眼中的愧疚，心裡像喝了兩斤黃連，苦澀得難以形容，面上竟還能擠出笑容來。「跟我還這麼客氣做什麼。」

頓了頓，若無其事地扯起了鼎香樓的事情。「妳這兩天沒去，可把孫掌櫃急死了。每天都有好多客人慕名前來，一聽說妳不在，就開始嚷嚷。孫掌櫃每天陪笑臉，臉都笑僵了。」

他說得詼諧有趣，寧汐聽得格格直笑。氣氛陡然輕鬆起來。

阮氏見他們兩個說得熱鬧，索性找個藉口回屋去了，屋子裡只剩下寧汐和張展瑜兩人。

寧汐心裡有些不自在，唯恐張展瑜說些什麼，竭力的扯開話題，心裡的愧疚卻越來越濃。

張展瑜焉能不懂她的心意，心不在焉地接了幾句，忽地說道：「汐兒，妳不必覺得對不住我。」

寧汐笑容一頓。

既然開了頭，下面的話自然順溜多了。「以前是我癡心妄想，趁著妳和容少爺嘔氣冷戰的時候接近妳，妳一時感動，就和我親近了一些。可是，妳對我沒有男女之情……」張展瑜的眼裡掠過一絲酸澀，咬咬牙繼續說道：「這些我都知道，卻不想說破，奢望著再過一、兩年，妳能忘了他，真正和我在一起。」

可那一天，他忐忑不安地站在後門口等她回來，等來的卻是她和容瑾親暱攜手而來。那一刻，她美得燦爛奪目，美得驚心動魄。可這份綻放的美麗，卻不是因為他，而是因為容瑾。

他清楚地知道，他的美夢就此結束了。或許她會敬重他喜歡他，卻再也不可能有愛上他的一天。她的心，已經全部給了容瑾……

「汐兒，妳心地善良溫軟，有些話妳根本說不出口。」張展瑜凝視著寧汐，輕輕地說道：「今天就由我來替妳說。妳放心，我不會纏著妳不放。從今以後，妳還是我的汐妹子，我還是妳的張大哥，我們就像兄妹一樣，好不好？」

寧汐眼眶早已濕潤了，哽咽著喊道：「張大哥，對不起，都是我不好……」她也曾努力過，想要忘掉容瑾和張展瑜在一起，可不管她怎麼努力，都沒辦法做到。她喜歡他信賴他敬重他，獨獨少了愛……

「傻丫頭，」張展瑜的眼角也濕潤了，卻擠出了溫和的笑容來。「這有什麼對不起的。我們以後還像從前那樣，別疏遠了就好。」

她的為難，她的閃躲，她的愧疚，他都一一看在眼底，心痛難過甚至怨懟，他都有過，可到後來，終於還是想開了。

如果他不親手解開這個結，只怕以後連這點兄妹的情誼也保留不住了！

寧汐再也忍不住，眼淚一滴一滴地滑落下來。

張展瑜手動了動，終於忍住了為她拭去眼淚的衝動，從身上掏出一塊乾淨的帕子遞了過去。「快些把眼淚擦了，要是讓師娘看見了，肯定以為我在欺負妳。待會兒用棍子攆我出去，我可就丟人了。」

寧汐被逗得破涕為笑，接過帕子擦了眼淚。情緒平穩下來，頗有些不好意思地說道：「手帕被我用髒了，等洗乾淨了再還給你。」

張展瑜笑著點點頭，不想再繼續這個令他痛徹心腑的話題，故作輕鬆地笑道：「我難得告假出來，今天就不回去了，怎麼著也得賴一頓午飯再說。」

寧汐心結一解，整個人都輕鬆歡快起來，笑咪咪地說道：「好，我這就去讓我娘買些菜回來，今天中午我親自下廚。」

張展瑜含笑點頭，目光靜靜的落在寧汐美麗的笑顏上，心底的酸楚和難過，只有他自己知道。從今以後，他要安分老實的退回原位，只能做她的張大哥了……

寧汐活潑歡快輕鬆，張展瑜溫和微笑，竭力隱藏眼中那一絲痛楚。阮氏是過來人，豈能看不出寧汐和張展瑜之間的微妙，卻也不便說破，只當作什麼也不知情罷了。

寧汐精心做了幾道家常菜，麻婆豆腐麻辣爽口，紅燒茄子綿軟香濃，酸豆角炒肉末酸爽美味，再加一大碗油汪汪的紅燒肉，令人垂涎三尺。

張展瑜坐了下來，笑著讚道：「汐兒，妳的廚藝可越來越好了。」行家一出手，就知有沒有。寧汐做菜時動作熟稔，如行雲流水般自然，在一旁看著，簡直是種享受。而且，從頭至尾她既不嚐也不聞，顯然對自己的手藝極有信心。

寧汐毫不謙虛地接受了他的誇讚，俏皮的笑道：「今天你可有口福了，這道紅燒肉是我祖父最拿手的菜式，我今天特地做了給你嚐嚐。」邊說邊殷勤的為張展瑜盛了飯，又挾起一塊肥肥厚厚的紅燒肉放進碗裡。

張展瑜挾起咬了一口，那濃厚的肉香立刻在口中蔓延開來，讓人為之絕倒。明明沒放任何特別的調料，可肉的香味卻完全被激發出來，在口齒間流連徘徊不去。

「好！實在太好了！」張展瑜驚嘆不已。

寧汐眉眼彎彎的笑了，很是得意。這道紅燒肉本是寧大山的拿手菜，她吃過兩次，實在是記憶深刻，早已偷偷的把做法學到了手，今天小試牛刀，果然大獲成功！

阮氏也伸出筷子嚐了一口，連連點頭。「汐兒做的這道紅燒肉，比起妳祖父做的也不差呢！」

寧汐被讚得渾身舒暢，又挾起一塊送入張展瑜的碗裡。「張大哥，你喜歡吃就多吃點。」然後再挾起一塊給阮氏。

阮氏憐愛的看了寧汐一眼。「妳也多吃些肉，瞧瞧，妳這兩天又瘦了。」

正吃得熱鬧，敲門聲忽然又響了。

寧汐正欲起身開門，張展瑜笑著說道：「妳身子還沒好，我來去吧！」說著，便大步走了出去開門。

寧汐來不及阻止，心裡暗暗著急，忙也跟了出去。

不出所料，門外站著的，果然是一臉倦色的容瑾。

第二百四十三章　醋意大發

容瑾的笑意僵在唇角，冷然地看著張展瑜。

張展瑜和寧汐的心結已經解了，可並不代表他對搶走寧汐的容瑾會有什麼好感，也淡淡地看著容瑾。

兩人既不說話也不動作，彼此間的敵意異常明顯。

寧汐暗道一聲不妙，硬著頭皮走上前。「容瑾，你吃過了沒有，一起進來吃午飯吧！」

一起？容瑾眼眸微眯，心裡暗暗冷哼一聲，淡淡地應道：「也好。」

寧汐對他脾氣再清楚不過，知道他肯定又在吃乾醋了，暗暗頭痛不已，面上卻擠出笑容來，招呼兩人。「別在這兒傻站著了，飯菜都快涼了。」

張展瑜笑著點點頭，見容瑾面色不豫，心裡莫名覺得愉快。

容瑾進了飯廳，瞄了飯桌一眼，心裡又是一陣不快，飯桌上擺了三副碗筷，飯菜都有動過的痕跡。很顯然，在他來之前，他們三人有說有笑吃得很熱鬧。更令他不快的是，張展瑜坐的位置，不偏不巧就是他平日坐的那張椅子……

寧汐見容瑾直直的瞪著那張椅子，心裡暗暗叫苦，忙扯了扯容瑾的袖子，甜甜地笑道：「過來坐。」讓容瑾坐在了自己的椅子上，又忙著盛了碗米飯送到容瑾面前，再挾起兩塊肉汁飽滿的紅燒肉堆在米飯上，滿臉討好的笑容。「你一定餓了吧！來嚐嚐我做的紅燒肉。」

這一連串的動作倒是很有效果，容瑾眉宇舒展開來，拿起筷子吃了起來。

寧汐這才鬆了口氣，坐到了阮氏的對面。

這麼一來，張展瑜和容瑾不免有了臉對臉的尷尬。兩人時不時的低頭吃飯，偶爾對視一眼，火花四射。

阮氏看在眼底，心裡又是好笑又是好氣，又不免有三分得意。倒是不偏不讓，分別為容瑾和張展瑜挾了菜。

「多謝師娘。」張展瑜叫得煞是親熱。

容瑾哪肯示弱，微笑著說道：「多謝寧大娘。」其實，他一直有些輕微的潔癖，從不吃別人筷子挾過的菜。不過，此刻自然顧不上這些，巴不得阮氏多挾些菜給他才好。

聽到「寧大娘」這個稱呼，張展瑜笑容一頓。有些地方風俗便是如此，女婿稱呼岳丈為大叔，稱呼岳母為大娘。容瑾倒是真有臉叫出口……

寧汐心裡忐忑，飯菜到口中都沒了滋味。

容瑾素來小心眼，又愛吃飛醋，看到張展瑜在寧家吃午飯，心裡不知氣成了什麼樣子。若是想安撫容瑾，只要對張展瑜表現得冷淡些就行。可是，在聽過張展瑜那番話之後，她哪裡忍心這般對待他？真是左右為難啊……

「汐兒，吃些茄子。」張展瑜習慣性的為寧汐挾菜。這倒不是成心示威，平日在鼎香樓吃飯，都是一堆廚子圍坐在一起。一個個飯量都不小，動作稍慢一些，好菜就都光了，每次都是張展瑜為寧汐挾菜。

寧汐也習慣了張展瑜的舉動，笑著道了謝，吃得津津有味。

可這一幕落在容瑾的眼裡，別提多刺眼了。容瑾暗暗咬牙，擠出笑容來，也挾了滿滿一筷子豆角放在寧汐的碗裡。「汐兒，吃些豆角。」

寧汐焉能猜不出他那點小心眼，又是好笑又是窩心，甜甜地笑了。「嗯，你也吃。」

那抹甜美的笑容生生的刺痛了張展瑜的心，挾菜的動作頓了頓。他這是在做什麼？明明知道寧汐和容瑾兩情相悅，明明知道情人眼中容不下一粒沙子，明明知道他夾在中間寧汐會左右為難……

給容瑾添了堵，其實就是在給寧汐難堪啊！張展瑜低下頭吃飯，再也沒說過一句話。

他這麼一沈默，容瑾心裡自然痛快，心情一好，居然多吃了一碗飯。

寧汐對張展瑜多了一層歉意，在容瑾面前卻不好表露出來，心裡暗暗嘆息不已。

吃了飯之後，張展瑜俐落地挽起袖子，幫著收拾桌子。

阮氏連連說道：「這些事讓我來就行了。」

張展瑜笑了笑，手中動作未停。「今天來蹭飯已經夠不好意思了，師娘就給我個機會做點事吧，不然以後我哪還有臉再來。」

阮氏被逗樂了，也不再攔著他，去了廚房收拾鍋灶。

容瑾被比下去一頭，心有不甘，奈何養尊處優慣了，根本不知從何做起。這一猶豫的工夫，張展瑜已經把桌子收拾得乾乾淨淨，把一摞碗抱到廚房去了。

容瑾不自覺地繃緊了臉。

寧汐忍不住噗哧一聲笑了起來。這個容瑾，平日裡驕傲的昂著頭的樣子又跩又欠扁，可吃起飛醋來，卻像個孩子似的，讓人又好氣又好笑，又忍不住打從心底浮起絲絲甜意。

容瑾輕哼一聲，瞄了她一眼。「妳笑什麼？」

寧汐卻笑得越發歡快。「我在笑你唄！」

容瑾斜睨她一眼，俊臉滿是不快。「不準笑了，再笑我就不客氣了。」

他越是這樣，寧汐越是笑得停不住，俏臉紅撲撲的，眼裡閃著盈盈的笑意。「我就是要笑，你敢怎麼樣……」剩餘的話被淹沒在突如其來的吻裡。容瑾熾熱的黑眸近在咫尺，灼燙的嘴唇緊緊的壓在她柔嫩的紅唇上。

寧汐倏忽睜圓了眼睛，還沒等有什麼反應，容瑾又若無其事的退開了兩步，束手在身後，怡然自得地就像什麼也沒發生一般。

寧汐的臉騰地紅了，堪比開水的熱度。「你、你這個登徒子！流氓！無賴！」阮氏和張展瑜在隔壁的廚房裡，隨時都有可能過來。要是看見……老天，她以後還怎麼出去見人?!

容瑾偷香成功，心情大好，悠閒地笑道：「這可不能怪我，我之前警告過妳了。」

寧汐忿忿地瞪了他一眼，正待說什麼，就見張展瑜走了進來，只得把到了嘴邊的話又嚥了回去。

張展瑜瞄了俏臉若紅霞的寧汐一眼，心裡也不知是個什麼滋味，強自擠出個笑容。「汐兒，我先回去了。」

眼下這情形，張展瑜確實不適合再留下來了。寧汐歉意的笑了笑，挽留的客套話也不好再說，顧不得容瑾什麼反應，親自送了張展瑜出門，一直送到了巷口。

張展瑜停住了腳步，笑道：「不用送了，妳快回去吧！別讓容少爺等急了。」

寧汐咬著嘴唇。「張大哥，我……」

「汐兒，妳什麼也不用說。」張展瑜溫柔地打斷寧汐。「快回去吧！」

寧汐點點頭，低低道了聲再見，才轉身走了。張展瑜看著寧汐的背影，默然良久，終於轉身離開了。

容瑾對寧汐送張展瑜一事顯然不太高興，俊臉上毫無笑意，見寧汐翩然回轉，臉色才好看了一點。

阮氏咳嗽一聲笑道：「我要出去買點東西，汐兒，記得把門反鎖。」免得有人隨意推門進來，見到寧汐和容瑾獨處壞了名節。

寧汐點點頭，待阮氏走後，將門反鎖好，偌大的院子裡，只剩下她和容瑾了。

還沒等轉身，她便落入一個溫暖的懷抱裡。一雙胳膊緊緊的環抱著她的身子，溫熱的唇細細密密的落在她的耳際，又癢又麻，心裡湧起陌生的騷動。

「別、別在這裡。」寧汐似嘆息又似呻吟的低喃。「到我屋裡去……」

這個提議顯然很合容瑾的心意，低笑一聲，就這麼抱起寧汐，大步走到了寧汐的屋子裡。

寧汐從容瑾的懷中掙扎著站起來，關了門，正待抬頭說話，就被貪得無厭的嘴唇捉住。熱辣的舌細細的描繪過她的唇邊，毫不客氣地探入她的唇裡，汲取她口中的甜蜜與柔軟。

寧汐伸出細長的胳膊，摟住容瑾的脖子。

容瑾身子一顫，吻得越發熱切，雙手緊緊地攬住她不盈一握的纖腰，源源不斷的熱力從他的手心處滲入她的皮膚裡。

寧汐身子漸漸熱了起來，模模糊糊中，只覺得一隻溫熱的手略有些急切的移到了她的小腹處，然後慢慢往上游移。

寧汐一驚，正待掙扎。

容瑾喘息著移開了嘴唇，在她耳邊低語。「別怕，我不會亂來，就摸一摸……」

寧汐羞不可抑，臉頰緋紅，水汪汪的大眼明媚得似能滴出水來，不敢直視容瑾熾熱的雙眸。

容瑾得到默許，心裡舒暢極了，大手輕柔小心的覆住一方柔軟。隔著薄薄的衣衫，也能感受到那份綿軟與溫熱，那觸感實在美妙得無法形容，一股前所未有的熱流從心底湧起。

寧汐被那隻大手揉搓得渾身發燙，連睜眼的力氣都沒有，只覺得容瑾的呼吸漸漸粗重，悄悄睜眼，容瑾略帶潮紅的俊臉已湊了過來，眼眸中閃耀著從未有過的情慾與熱切，灼燙得似能將人的心都融化一般。

寧汐心裡狂跳不已，忙不迭的推開容瑾，結結巴巴地說道：「你、你別亂來！」

容瑾稍稍清醒過來，默默地背過身去平復紊亂的心跳。

寧汐低頭整理凌亂的衣襟，又理了理髮絲，總算稍稍平靜下來。

過了半晌，容瑾才回轉過來，挑眉笑道：「好在我們兩個人裡有一個理智一點。」不然，他可不知道自己能不能控制得住。

第二百四十四章　寧汐的秘密

寧汐紅著臉啐了他一口，眼波流轉，少女嫵媚的風情在眼角眉梢裡畢露無遺。

容瑾心裡一酥，悄然握住寧汐的手，低聲笑道：「我這兩天被朝中的事情纏住了，一直沒時間過來陪妳。」

寧汐柔聲應道：「你不說我也能猜到，放心好了，我沒生你的氣。」

她這麼大度坦然，容瑾心裡反倒不是滋味了，涼涼地說道：「是啊，反正有人來陪妳，我來不來也無所謂。」

寧汐又是好氣又是好笑又是無奈。「你別亂吃飛醋好不好？張大哥見我連著幾天沒去鼎香樓做事，就來看看我。人家來一趟，總得留著吃頓飯再走，誰想到你這麼巧的也來了……」話一出口，就知道不對，連忙補救。「我的意思是，要是知道你會來，我就不留他吃午飯了。」

「我有那麼小心眼嗎？」容瑾斜睨了她一眼。

當然有！寧汐忍住笑，連連正色否認。「當然不是。你是我見過男子當中最有男子氣概最大度的。」

這個馬屁拍得正中紅心，容瑾面色總算緩和多了。

寧汐乘機柔聲說道：「容瑾，我和張大哥就像兄妹一樣，你別總惦記他了。」頓了頓，又輕輕地說道：「他今天特地對我說，以後和我就像兄妹一樣來往，絕不涉及男女之情。」

容瑾一怔，微微挑眉。「他真的這麼對妳說？」

寧汐輕嘆著點頭。「是。」這份深情，她注定是辜負了！

容瑾默然，半晌沒有吭聲。以前他一直不太瞧得上張展瑜，就憑張展瑜那副不慍不火的樣子，哪一點能比得上自己？可這一刻，他忽然意識到自己一直小看了這個張展瑜。若是彼此換個位置，他自問絕不可能有如此的胸襟坦然放手……

容瑾難得的自我反省。「汐兒，我是不是很自私任性不講道理？」

其實，還有一點點的幼稚。寧汐聰明的沒把這句話說出口，笑著安撫道：「當然沒有，我就喜歡你現在的樣子。」

和沈穩細心的張展瑜相比，容瑾的脾氣只能用陰晴不定反覆無常來形容，既小心眼又愛吃醋，還時不時的發脾氣，說話有時刻薄有時尖酸有時冷漠，實在是彆扭又難纏。

可即使如此，她還是很喜歡很喜歡他，喜歡看他驕傲的挑眉，喜歡看他冷著臉吃醋……

容瑾心底冒出的不安和忐忑，被寧汐眼底的柔情一點一點的融化了。猛地一把摟住寧汐嬌軟的身子，將頭埋進她的脖頸處，悶悶的聲音傳了過來。「汐兒，我以後再也不亂吃醋了。」

寧汐唇角揚起甜蜜的弧度，輕輕地嗯了一聲。以他這樣的醋勁來看，想做到這一點只怕不太容易，不過，有這樣的態度總算是不小的進步。

兩人相擁在一起耳鬢廝磨了一會兒，才說起了正事。

容瑾審視懷中的嬌顏，問道：「前兩天妳到底出什麼事情了？生病了嗎？」寧家人態度的微妙轉變，寧汐突如其來的休息靜養，其中分明有些不為人知的內情。這幾天他一直在心裡琢磨此事，總覺得有些蹊蹺。

寧汐猶豫了片刻，才吐露了部分實情。「那一天公主殿下派人接我入宮，結果，那個崔女官領我去見的是大皇子殿下。」

容瑾一驚，目光灼灼。「他為什麼要見妳？是不是和公主有關？」

果然敏銳，一眼便看出了事情的關鍵。寧汐點點頭，低低地將那天的事情道來，和對寧家人的說辭大抵一致。

她說得輕描淡寫，可容瑾卻越聽越心驚，眸光閃爍不定的落在寧汐白皙的臉上。「妳真的作過這樣的噩夢？」

最重要的一刻終於來了！

寧汐深呼吸口氣，勇敢地抬頭直視容瑾。「是，而且每次作的噩夢都和我最親近的人有關，每次都很靈驗。所以，自從那一次作過有關公主的噩夢之後，我很害怕她出事。又不敢直接說出口，只好想了個法子，先用銀子買通了胡半仙，再領著公主去見他。胡半仙按著我之前說過的話對公主說了一遍，公主果然被嚇到了，也有了戒心。可真正到了那一天，我還是擔心她，所以才會一個人悄悄去了西山。」

不然，還有什麼原因能解釋這樣的湊巧？

容瑾啞然，定定地看著寧汐，心裡卻掀起了滔天巨浪。原來，世上有這麼多稀奇古怪無法用科學來解釋的事情。比如他的出現，比如她的夢境……

這短短的片刻沈默，卻像過了天長地久。除了彼此的呼吸和心跳，屋子裡再沒有一絲響聲，那份異樣的安靜，令人難受極了。

寧汐靜靜的看著容瑾，等待著容瑾的回應。

不知過了多久，容瑾才吐出幾個字。「妳怎麼不早點告訴我？」

他相信了！寧汐心裡一鬆，唇角露出一抹苦笑。「你讓我怎麼說？這麼多年來，這件事我連爹娘哥哥都一直瞞著，唯恐被人知道一星半點。」頓了頓，垂下眼瞼低低的嘆息。「容瑾，現在你知道我的秘密了，還會喜歡我這麼一個怪物嗎？」

最後一個字音還沒完全吐出口，她就被一雙有力的胳膊緊緊的摟住了。「不准妳這麼說自己！不管妳有多少秘密，我都喜歡妳，妳別妄想我會放手了！」語氣一如既往的霸道任性。

寧汐心裡泛起些微的甜意，又有些莫名的酸澀，眼眶陡然濕潤了。

她最大的秘密，終於以這樣的方式呈現在容瑾的眼前。如果容瑾露出懼怕惶恐或是嫌棄，她和他的情路也就走到了盡頭。好在容瑾沒有嫌棄她，一絲一毫也沒有……

「傻丫頭，怎麼又哭了？」容瑾笨拙的用手拭去她的眼淚，略帶無奈的哄道：「別怕，一切都過去了，以後有我在，沒人敢欺負妳。」

寧汐吸了吸鼻子，輕輕點頭，眼睛紅紅的。

容瑾愛憐地輕吻她的眼瞼，緩緩的往下游移，直至尋覓到柔軟的紅唇。他前所未有的耐心溫柔，細細的吻著她的唇瓣，火熱的舌在她唇上吮舔游移，只感覺到懷中的身子輕顫不已，才漸漸地用力。

容瑾一手緊緊的摟著寧汐的纖軟的腰肢，另一隻手不安分的攀上了她胸前的柔軟，輕輕地撫摸揉搓。那美妙的感覺令人心蕩神馳，容瑾全身都熱了起來，手下微微用力。

寧汐臉頰潮紅，星眸微閉，口中逸出一聲呻吟，被容瑾吞沒入口中，唇舌糾纏中，彼此激烈的心跳聲清晰可聞。在有情人的耳中，這比世間任何音樂都更動聽。

就在熱烈糾纏之際，容瑾的動作忽然停了！低喘一聲，抬起頭來，眼眸中的氤氳情慾清晰可見。

寧汐眼神迷離的看著容瑾，怎麼突然停了？

容瑾看著她誘人的紅唇，聲音異常的沙啞。「汐兒，不能再繼續了。」湊到寧汐的耳珠邊低喃。「再這樣，我不知道自己會做到哪一步。」

君子不欺暗室，這句話說來容易，可真正做來卻是太難太難了，他不知花了多少力氣才克制住更進一步的衝動！

寧汐漸漸地回過神來，細細地品味容瑾的話，臉頰似火燒一般滾燙，又羞又惱的擰了容瑾的腰際一把。然後迅速地推開容瑾，堅決保持兩步以上的距離。容瑾裝模作樣的呼痛，眼底卻滿是笑意。

說開此事之後，兩人自然更親密了一層。容瑾想了想，問道：「汐兒，大皇子放妳回來之前，有沒有說點別的？」

寧汐搖搖頭。「沒說別的，只說了以後會再召我入宮。」

容瑾眸色一暗，不知想到了什麼，眉頭微微皺了起來。

「怎麼了？」寧汐忍不住追問一句。

容瑾眉宇舒展，隨意地笑了笑。「沒什麼。」若無其事地扯開話題。「對了，大皇子問話的時候，沒讓妳受皮肉之苦吧！」

「這倒沒有，只是跪得有點久，膝蓋有些腫……」話音未落，容瑾面色一變，一個箭步衝過來。

「快些讓我看看。」不由分說的將她一把抱起放到椅子上，又蹲下身子為她捲起褲腳。待看到白嫩的膝蓋處那一片礙眼的瘀青時，眼裡射出的寒光簡直能殺人了。

寧汐唯恐他一個衝動做出什麼不智的事情來，忙說道：「你放心，這兩天抹了藥膏，已經好多了，一點都不疼了。」

容瑾面色難看極了，大手輕輕地撫上寧汐的膝蓋，緩緩地在瘀青處揉搓。如果換了別人，他一定不會放過對方，可偏偏是位高權重遠勝自己的大皇子……這種無能為力的感覺很糟糕！

寧汐依偎在他的肩膀上，輕輕地說道：「這也不能怪大皇子。我欺瞞公主在先，他護妹情切，自然會發怒，只罰我多跪一會兒，已經算是寬宏大量了。我休息幾天，已經好多了，你別往心裡去了好不好？」要是容瑾對大皇子心存芥蒂，日後在朝中相處露出端倪可就不妙了。

容瑾豈能不懂她的苦心，無言地摟緊了她軟軟的身子，半晌沒有說話。

第二百四十五章　廚藝大賽

日子一晃進了九月。

天氣斂去了幾分燥熱，餘威仍在，正午的時候，陽光明晃晃的有些刺眼。

寧汐一如既往的忙碌，常被請到各府上為宴會掌勺，名頭越來越響。容瑾時不時地出入鼎香樓，和寧汐之間的親暱幾乎成了半公開的秘密。

這樣的花邊緋聞悄悄地在貴族小姐的圈子裡悄然流傳開來，有人驚訝有人羨慕有人嫉妒有人眼熱有人忿忿，想見寧汐的人越來越多。要嘛到鼎香樓來吃飯，要嘛借著舉辦宴會的名義請寧汐上門，等親口嚐過了寧汐的手藝之後，又驚豔於寧汐精妙絕倫的廚藝。

一時之間，寧汐的身價水漲船高，甚至有隱隱超越寧有方的架勢。

寧有方得意極了，言談中不免有些洋洋自得，被幾位大廚輪番取笑了一通。「寧老弟，你這是教會徒弟餓死師傅，現在客人到鼎香樓來，第一句問的可不是你了。」

「是啊，我們鼎香樓少了你行，少了汐丫頭可不行。」

寧有方聽得眉開眼笑渾身舒暢，得意之餘，不免又多喝了兩碗。正打算倒第三碗的時候，一隻纖細的手凌空伸了過來，不客氣地從他手中奪過了酒碗。「爹，您已經喝了好幾碗了，再喝就要醉了。」

寧有方咧嘴一笑，一點也不生氣。「好好好，我都聽閨女的。」眾廚子都哄笑起來。

亭亭玉立的少女也抿唇笑了起來，眉眼彎彎，嬌美的俏臉散發出一層晶瑩的光輝，讓人不敢逼視。

張展瑜含笑看著寧汐，心裡暗暗唏噓。寧汐原本就是個小美人兒，粗布麻服也不掩麗色，不管走到哪兒，都會引來路人的側目，不過，還沒到令人過目難忘的地步。

可現在，她卻美得動人心魄，眼波流轉，淺顰低笑，都是那麼柔美動人，讓人忍不住沈醉其中，捨不得移開目光。

這樣的如花綻放的美麗，是因為容瑾吧……

張展瑜還在笑著，心習慣性的抽痛了一下。那痛楚並不尖銳，卻綿長深遠，就像整個心被掏空了一般，空蕩蕩的沒有著落。

自從那一次在寧家和寧汐談心之後，他安分守己地退回了原位，謹慎的做她的張大哥，再也不越雷池一步，言談舉止都和她保持一定的距離，從不涉及男女之私。他的坦蕩和寬厚，換來的是寧汐由衷的感激和尊敬，就連容瑾對他的態度也緩和了許多，不像以前那般橫眉冷眼了，見了他和寧汐在一起說話，也不再反應過度了。

對此，寧汐自然高興，真心的拿張展瑜當自己的親哥哥一般看待。寧有方也因為心存歉疚，對他比以前更好。

他做不了寧家的女婿，卻多了親人，也算稍稍安撫了心中的孤寂和酸楚。可沒人知道，每次見到寧汐燦爛的笑容時，他的心是怎樣的痛……

寧汐的妙目看了過來，關切地問道：「張大哥，你臉色不太好看，是不是哪兒不舒服？」

張展瑜定定神笑道：「沒有，我身體結實得很，大冷天洗冷水澡也沒問題。」

寧汐被他誇張的語氣逗笑了，笑聲如黃鶯初啼，清脆婉轉。

張展瑜將心中蕩起的漣漪按捺住，笑著說道：「汐兒，聽說預定妳桌席的客人已經排到五天後了。」

寧汐甜甜地一笑。「孫掌櫃還替我接了幾份請帖，再有客人來，得排到十天後了。」

張展瑜微微一怔，旋即笑了。「果然是人的名樹的影。」寧有方的桌席預定也只有三、四天而已。

寧汐倒沒有飄飄然，淡淡地一笑置之。她固然對自己的廚藝很有自信，卻也知道現在的名氣其實頗有幾分僥倖。她的年少美貌，甚至比她的廚藝更出名。再有容瑾相伴的傳言，食客們爭相追捧不足為奇。

總有一天，食客們提起她的時候，最先談論的是她過人的廚藝，而不是別的。

「好消息，大好消息！」孫掌櫃滿面紅光的小跑了進來，興奮的嚷道：「眾位大廚請過來，我有個好消息要宣佈！」

眾人被他的激動興奮感染，急急的湊了過來。寧汐沒好意思和眾人擠，站得稍微遠了幾步。

張展瑜很自然地站在了她的身邊，低笑道：「看孫掌櫃這架勢，肯定是接到大生意了。」每逢有貴客包場或是有聲望的貴族世家來請大廚去掌勺時，總能看到孫掌櫃激動的樣子。

寧汐忍俊不禁地笑了，深以為然。

就在此時，孫掌櫃格外亢奮的聲音傳了過來。「剛才我接了一份告示，大皇子殿下即將親自出面舉辦一次別開生面的廚藝比賽……」

寧汐心裡一動，連忙踮起腳尖豎起耳朵。可眾廚子聽了第一句便開始激動起來，七嘴八舌的問個不停，反而把孫掌櫃的聲音淹沒了。

寧有方連忙喊道：「大家靜一靜，先聽孫掌櫃說。」他的嗓門比孫掌櫃大得多，眾人頓時安靜了不少，一起看向孫掌櫃。

孫掌櫃也不賣關子，迅速的將此事的原委道來。「這次神廚大賽是由大皇子殿下親自出面舉辦，京城各大酒樓都接到了告示。具體賽制還沒公布，不過，聽說廚藝出眾的，會被選進御膳房做御廚……」

眾大廚又是一陣譁然，一個個的眼都亮了起來。寧有方更是雙目放光，不自覺地握緊了拳頭。御廚啊……

做廚子的收入雖然不錯，可地位卻很低微。就算成為名動四方的大廚，在貴人們的眼中依舊什麼也不是。可做了御廚就完全不一樣了，不但光宗耀祖，還有了正式的官階品級。對普通廚子來說，無異於一步登天。對寧有方來說，更是他藏在心底最深處的夢想。如今，這個夢想近在眼前，他焉能不激動？

別的大廚想法也差不多，一個個交頭接耳興奮至極，彷彿這邊參加了神廚大賽那邊就能入宮做御廚似的。

孫掌櫃含笑等了片刻，待眾人激動的情緒稍稍平穩下來，才又接著說道：「不僅是我們京城的廚子有資格參加這次廚藝比賽，全國各地都張貼了告示。所有廚子想參加比賽，必須要過了初賽才有資格。不過，今天那位莫管事說了，我們鼎香樓和雲來居、百味樓還有一品樓，可以各派一位大廚直接參加決賽。」

京城最出名的四大酒樓，自然有被另眼相看的資格，眾人的目光唰的落到了寧有方的身上。毫無疑問，寧有方是最有資格代表鼎香樓的那一個！

寧有方雙目炯炯發光，眼底的那一抹志在必得顯而易見。

孫掌櫃笑了笑，又接著說道：「寧老弟若是願意代表我們鼎香樓參加比賽，自然是件好事。其他的大廚也不用失望，若是想參加比賽，三天以後到莫管事那兒報名就行了。」

「莫管事人在哪兒？」最先問出口的，是周大廚。

孫掌櫃笑著應道：「莫管事剛才說了，到時候他會在一品樓的大堂裡設立報名處。大家若是想一試身手的，儘管報名參加。報名費用是二兩銀子，一律由我們鼎香樓來出，大家儘管放心。」

孫掌櫃如此慷慨大方，眾大廚別提多興奮了，紛紛咧嘴笑了起來。

「多謝孫掌櫃了。」

「有這樣的好事，我們可得好好湊湊熱鬧。」

「就是就是……」

眾人討論得異常熱烈，張展瑜也怦然心動了，忍不住瞄了寧汐一眼，不由得一愣。

寧汐不知在想些什麼，竟然蹙著眉頭，面色凝重。

「汐兒，怎麼了？」張展瑜低聲問道：「有什麼不妥嗎？」

當然不妥。大皇子為什麼忽然舉辦這樣的廚藝比賽？區區二兩銀子的報名費，對堂堂的皇子來說自然沒多大吸引力，所以不存在斂財這一說。至於利益，就算選出了幾個廚藝高超的廚子來，對大皇子能有什麼用？

寧汐低聲應道：「我總覺得這事來得有些奇怪。」大皇子絕不會無端的舉辦這樣的比賽，背後到底是什麼目的，實在令人費解。

張展瑜笑道：「這有什麼奇怪的？當今聖上喜歡美食，這一點人盡皆知。大皇子殿下舉辦廚藝比賽為聖上挑選合意的廚子，自然是要討聖上歡心。」太子人選遲遲未定，皇子們各出奇謀爭寵也是常理。

被他這麼一說，寧汐也覺得自己反應過度了，沈吟了片刻才笑道：「細細想起來，這事倒是難得的好機會。」正是廚子們揚名立萬的好機會呢！

對各大酒樓來說，更是好事一樁。廚子們的名頭響了，酒樓的名氣也會跟著大漲，還愁沒大把大把的銀子賺嗎？

張展瑜眸光閃動。「嗯，確實是好機會。」哪個男人甘心一輩子這麼平庸？有這樣的好機會，當然要盡全力一搏。

寧汐莞爾一笑，打趣道：「那你可一定要去參加。等名頭響了，別忘了提攜我才是。」

張展瑜笑了笑，眼裡閃動著光芒。

正說笑著，寧有方走了過來，朝寧汐使了個眼色，寧汐立刻會意過來，隨著寧有方一起進了小廚房。

第二百四十六章 一絲疑雲

寧有方小心翼翼地將門關好，才正色問道：「汐兒，妳作的那個噩夢，到底是從我進京城開始，還是從我在四皇子府上做了廚子之後？」

寧汐描述過的那一幕噩夢，深深地印在他的腦海裡，每當想起便心底發涼，整個人如同被浸入了冰窖裡。可現在有這麼好的機會擺在眼前，他怎麼捨得錯過！

寧汐默然片刻，才笑著嘆口氣。「爹，您既已有了決定，不必再顧慮這些了。」

以寧有方的廚藝，在比賽中一定能大放異彩，被選作御廚的可能性極大。前世寧有方淒慘的結局依然歷歷在目，她打從心底不願意寧有方進宮，可她怎麼能忍心因為前世的陰影阻止寧有方追求自己的夢想？

寧有方見寧汐這麼說，神情頓時一鬆，笑道：「妳這麼說，我就放心了。」頓了頓，又試探著問道：「我想進宮做御廚也沒問題吧？」這是他這輩子最大的夢想，無論如何，他也要試一試。

寧汐笑道：「爹，不管您要做什麼，我都會支援您的。」這一世，寧有方和四皇子已經沒了牽扯，就算將來有機會進宮做御廚，也不會再重蹈前世的覆轍了吧！

寧有方得到了寧汐的全力支持，咧嘴一笑，全身都輕鬆起來。「汐兒，妳也去報名試試吧！」以寧汐的廚藝，進決賽絕對沒問題。到時候父女倆一起揚名京城，那該是何等的風光！

寧汐笑著點點頭。

阮氏知道此事後，倒是有些顧忌，憂心忡忡地說道：「汐兒她爹，你想參加廚藝比賽我不攔著你。不過，還是別搶著去做什麼御廚了。你在鼎香樓做主廚不是挺好的嗎？」寧汐曾描述過的夢境，已經深深的印在寧家人的腦海裡，一提到「御廚」兩個字便有種不寒而慄的感覺。

寧有方不以為然的笑道：「酒樓大廚和御廚怎麼能相提並論，要是我能做了御廚，我們寧家可就一下子風光了。」

「可是……」

「娘，」寧汐柔聲地插嘴。「您別擔心。只要爹保持戒心，做事小心謹慎些，肯定就不會有事的。」

阮氏見寧汐也這麼說了，略有些怏怏地住了嘴，可眉頭卻皺著，顯然還是不贊成寧有方去爭奪御廚的位置。

等寧汐走了之後，寧有方拉著阮氏的手說了心裡話。「我想做御廚，不僅是為了我自己，也是為了暉兒和汐兒考慮。」

阮氏微微一怔。「你的意思是……」

寧有方嘆口氣。「暉兒已經不小了，也到了說親的年齡。可我們這樣的門第，有什麼樣好人家的姑娘肯嫁過來？要是我能出人頭地混出點名堂，將來暉兒也能攀一門不錯的親事。還有汐兒，容瑾喜歡她是沒錯，可容府的人未必肯讓他娶一個廚子的女兒為妻。」

退一萬步說，就算寧汐能嫁到容府去，也會因為娘家太低微被人瞧不起。他這個做爹的，就算為了兒女也要好好搏一把。

一提到寧暉和寧汐，阮氏的態度便軟了，半晌沒有說話。

寧有方攬著她的肩膀低聲說道：「我知道妳在擔心我，放心好了，既然知道了汐兒的噩夢，我絕不會落到那步田地的。」

阮氏哽咽著點點頭，將頭靠在寧有方的肩膀上。寧有方不慣說甜言蜜語哄人，略有些笨拙的為她拭去眼淚，然後緊緊的摟著阮氏，久久沒有再說話。

過了許久，阮氏的心情才平靜了一些，好奇地問起了這次廚藝比賽的具體事項。

寧有方笑道：「具體的賽制現在我也不清楚。不過，聽孫掌櫃的意思，這次廚藝比賽的規模可不小。到時候我代表鼎香樓直接參加決賽，至於汐兒，得先去報名，先從初賽開始。」

阮氏忍不住嘀咕了幾句。「汐兒也是大姑娘了，這麼拋頭露面只怕不好吧！」

寧有方啞然失笑。「她平時在鼎香樓見的客人也不算少，再加上常去各貴人府上走動，已經拋頭露面很久了，多這一遭也不算什麼。」寧汐天賦過人，廚藝已經不在他之下，這次正是她大放異彩的好機會。

阮氏嗔怪地白了他一眼。「你也不動腦子想想，汐兒現在名頭已經不小了，要是再去參加什麼廚藝比賽大出風頭，容瑾心裡能樂意嗎？」哪有男子有這般胸襟的？

寧有方被這麼一提醒，也開始覺得有點不妥了，撓撓頭說道：「那怎麼辦？」寧汐分明也是躍躍欲試的樣子，這個時候再阻止她似乎有點遲了……

阮氏想了想，說道：「離報名還有幾天，先看看容瑾的反應再說吧！」

也好，寧有方點點頭應了。

不知從何時開始，容瑾一大早到寧家吃早飯已經成了慣例，幾乎是天天準時出現。阮氏一大早便開了門，等早飯忙得差不多了，容瑾也就到了，喊了聲「寧大娘」、「寧大叔」之後，便自如地坐到了寧汐的身邊，低聲調笑道：「妳今天穿這身衣服真好看。」

寧汐嬌嗔地白了他一眼。「巧言令色。」她穿的衣服明明和昨天的差不多，都是洗得泛白的粗布衣裳，哪裡稱得上好看？

容瑾低低地一笑。

情人眼裡出西施，此話一點不假。在他眼中，寧汐一天比一天更嬌美動人，不施脂粉也掩不住那份渾然天成的麗色。見慣了寧汐的樸素自然，再看那些精心雕琢的女子，便有了庸脂俗粉的感覺。

阮氏只當沒看見小倆口眉來眼去的親暱，笑著說道：「容瑾，有件事得和你商量一下。」一開始這麼叫還有些不自在，可現在叫得久了，倒也習慣了。

容瑾挑眉一笑。「是為了廚藝比賽的事情吧！」

阮氏和寧有方都是一愣，不約而同地問道：「你怎麼知道的？」

容瑾瞄了滿臉訝然的寧汐一眼，徐徐的笑道：「此次廚藝比賽，是由我未來的二嫂一手促成，又是由大皇子殿下親自主持，朝中上下早已傳得人盡皆知，我當然知道了。」

未來的二嫂？寧汐先是一怔，旋即反應過來，不由得抿唇笑了。蕭月兒和容琮已經定了親事，年底就會成親，可不正是容瑾未來的二嫂嗎？

以蕭月兒的受寵程度，想舉辦這樣的比賽自然輕而易舉，大皇子出面操辦也在情理之中了。

想通此節之後，寧汐心裡最後一絲疑雲也散了，笑著說道：「我爹代表鼎香樓直接參加決賽，我得先去報名，通過初賽才有資格參加決賽呢！」

她也打算參加廚藝比賽？容瑾笑容一斂，眉頭微皺。雖然一言未發，可那份不贊成卻隱隱的流露了出來。

阮氏和寧有方迅速地交換了個眼色，然後寧有方咳嗽一聲說道：「汐兒，這樣拋頭露面的事情，妳總該問問容瑾的意見。如果實在不妥，妳還是別參加了。」為了這樣的事情起口角可不好。

寧汐秀眉微挑，似笑非笑的瞄向容瑾。「容三少爺，你意下如何？」她倒要看看容瑾會怎麼說。

容瑾不想在寧有方夫婦面前和寧汐起爭執，淡淡地笑道：「汐兒參加廚藝比賽是好事，我沒什麼意見。」話倒是說得漂亮，可眼底分明流露出了不贊同。

寧汐不滿地瞪了他一眼。

阮氏朝寧有方使了個眼色，寧有方迅速地心領神會，笑著和阮氏一起起身收拾碗筷，麻溜地去了廚房，飯廳裡只剩下容瑾和寧汐兩個人。

寧汐繃著俏臉，不悅地問道：「你為什麼不想讓我參加比賽？」

容瑾無奈地解釋。「汐兒，妳誤會我了，我沒這麼小心眼，妳廚藝過人，缺的正是這樣一個好時機，才能真正的揚名京城，我很高興妳能遇到這樣的機會。只不過，妳不覺得這事情有點蹊蹺嗎？」之前什麼預兆也沒有，忽然就來了個什麼廚藝比賽，還打著挑選御廚的名頭，總讓人覺得此事不同尋常。

聽了這番話，寧汐的臉色總算好看多了。「其實，我也覺得這事有些奇怪，好端端的，公主殿下怎麼會想起要舉辦廚藝比賽？」大皇子事務繁忙，竟然還能撥出空來關注這樣的小事，更讓人覺得有些詭異。

兩人對視一眼，都看到彼此眼中的疑竇。

容瑾沈吟了片刻，低聲問道：「這兩個月裡，公主殿下有沒有召見過妳？」

寧汐搖了搖頭。自從那一次從皇宮出來之後，蕭月兒再也沒召見過她了。她雖然有些失落，可又暗暗鬆了口氣。說真的，她真不知該怎麼去面對現在的蕭月兒……

容瑾的眉頭又擰了起來。

他本以為蕭月兒是顧念和寧汐的情誼，才會特地舉辦了這樣的廚藝比賽。好讓寧汐父女大出風頭，甚至還有進宮的機會。可如果蕭月兒真的有這樣的心意，總該和寧汐先通個氣才對吧，這其中到底有什麼不為人知的隱情？

容瑾心念電閃，腦中忽地掠過一個念頭，面色頓時凝重起來。

寧汐暗暗一驚，連連追問道：「容瑾，你是不是猜到什麼了？」

第二百四十七章　一見傾心

容瑾哪裡肯說，笑了笑說道：「也許是我們兩個太多心了。算了，別想這個了。妳只管去報名，一切都有我呢！」

寧汐略有些不滿地瞪了他一眼。「別顧左右而言他，你到底想到什麼了？」他分明有些事情在瞞著她。

容瑾攤攤手，一臉的無辜。「我若是知道什麼，怎麼可能不告訴妳？」

聽這話音，寧汐便知道容瑾是不可能再說什麼了，只得暫且將這個疑問按捺了下去。

這樣規模浩大的廚藝盛事，在大燕王朝前所未有，躍躍欲試的廚子們比比皆是。因為報名處設立在一品樓，這兩天一品樓的門檻都快被踏破了。

一品樓的李大掌櫃說話行事最是圓滑，不管有誰前來詢問，都笑稱不知詳情。眾廚子們胃口被吊得老高，整日裡談論的話題不離左右。區區三天，廚藝比賽的消息便迅速的傳到了街頭巷尾，幾乎人盡皆知。

等到正式報名那一天，一品樓被圍得水洩不通。各家酒樓的大廚，還有聞風而來湊熱鬧的食客，把一品樓的大堂擠得滿滿的，一片嘈雜聲。一個膚白無鬚的中年男子站在那兒，眉頭緊緊的皺著，眼中有三分不耐。

李大掌櫃一臉陪笑的說道：「莫管事，這裡人多口雜，還是到樓上雅間坐著吧！誰想報名，小人便讓他們一個個的上去。」

莫管事矜持地點點頭。「也好。」說著，便領著身後的侍從上了樓。

廚子們有不知道他身分的，忍不住竊竊私語。「這個人是誰啊！瞧他這副高高在上的樣子，簡直不把人放在眼底。」

「就是就是，你們瞧見沒有，剛才他都沒正眼看人一眼……」

有知道莫管事底細的，忍不住插嘴道：「你們還不知道吧！他可是大皇子殿下府上的大管事，聽說很得器重的。」

眾人頓時噤聲，沒人敢多嘴了。皇子府上有體面的大管事，架子擺得大些倒也正常。

等了半天，才見到一個小廝模樣的男子大搖大擺的站到了樓梯口，揚聲說道：「要報名的廚子，一個個排隊。莫管事說了，要是有人推擠，立刻轟出去，取消參賽資格。」

話是這麼說，可哪一個不想朝前擠一擠，再加上湊熱鬧的踮起腳尖東張西望，實在是有些混亂。那個小廝有些著急，扯著嗓子大喊，只可惜效果甚微。

站在角落裡的寧汐將這熱鬧的一幕盡收眼底，忍不住笑了起來。大堂裡的廚子足有幾十個，還有人不斷地往裡湧，照眼前這個架勢，只怕今天一天都忙不完。

張展瑜顯然深有同感，低聲說道：「汐兒，要不我們明天再來吧！」反正接下來的五天都可以來報名，也不急著這一刻。

寧汐笑著點頭，隨意瞄一眼，發現同來的大廚們都已經吵吵嚷嚷的排上隊了，便和張展瑜一起往外走。眼角餘光忽地瞄到一個眼熟的身影，不自覺地停住了腳步。

那個穿著淺紫衫裙的俏麗女子，不是上官燕又是誰？

上官燕顯然也看到寧汐了，眼底閃過一絲冷笑。自從那一次容府比試過後，她們兩個再也沒打過照面，不過，卻一直留意著彼此的消息。對寧汐的聲名大振，上官燕是各種羨慕嫉妒恨外加不服氣，現在難得的碰了面，上官燕自然不肯放過！

「寧姑娘，好久不見。」上官燕走上前來，不冷不熱的寒暄。

寧汐挑眉一笑。「上官姑娘別來無恙？」

上官燕冷笑一聲。「我好得很。看來，這一次廚藝比賽妳也打算參加了，我們兩個總算又有機會『切磋』廚藝了。」

對這樣明顯的挑釁，寧汐絲毫不懼，施施然一笑。「隨時恭候！」

兩雙妙目對視間，火花四射。

冷眼旁觀的張展瑜不費絲毫力氣就猜出了這個紫衣少女的身分，容貌俏麗廚藝出眾，又從一品樓的後廚房方向過來，肯定是和寧汐齊名的那個上官燕。

以前便聽說過一品樓的上官燕美貌出眾廚藝過人，現在看來，雖然不知廚藝到底如何，不過，樣貌倒確實不俗。雖然比不上寧汐的清麗秀美，可也別有一番少女的嫵媚，又生得高䠷婀娜，難怪能和寧汐並稱京城雙姝。

張展瑜淡淡地想著，隨意地瞄了上官燕一眼，便移開了目光。

上官燕眼角餘光瞄到他漫不經心的一瞥，心裡生出些許惱意。

其實，她老遠就留意到這個年輕男子了。高高的個子，皮膚略黑，面容俊朗端正，眼神清朗，唇邊一抹淺淺的笑容。雖然大堂裡擠滿了人，可他的沈穩俊朗卻瞬間闖入她的眼簾。她故意走上前來和寧汐說話，可不完全是為了挑釁……

沒想到，他竟然連看都不肯正眼看她一眼，大大的挫傷了她的少女自尊心。

上官燕暗暗咬牙，面上卻揚起笑容。「聽說寧姑娘近來大出風頭，經常出入各貴人府上，真讓人羨慕不已。」頓了頓，故意意味深長的補了一句。「說起來，我也一直很好奇呢！不知寧姑娘什麼時候會嫁到容府，到時候我可要討一杯喜酒喝。」

這話乍聽沒什麼，細細一品味，卻能咂摸出些別的意思來。不誇寧汐廚藝出眾，卻故意提起容瑾，分明是在暗示寧汐的聲名大振是因為容瑾。

寧汐笑容未減，眼底卻冷了幾分，淡淡地笑道：「上官姑娘，這話可不能亂說。我和容三少爺只是相識而已，妳這麼說讓人聽見了，豈不是損了我的閨譽。」

上官燕故作訝然。「哎呀，妳可千萬別誤會，我絕沒有貶低妳的意思，妳和容三少爺心心相印，早就傳得沸沸揚揚了，我可一直替妳高興呢！」

寧汐皮笑肉不笑地應道：「多謝上官姑娘關心。」

張展瑜咳嗽一聲，低聲說道：「汐兒，時候不早了，我們別在這兒耽擱時間了，還是回去吧！」聲音低沈悅耳，似乎撓中了人心底的癢處。

上官燕終於忍不住看了張展瑜一眼。這麼近的距離，張展瑜俊朗的眉眼異常的清晰，說不出的好看。上官燕只覺得俏臉隱隱的發熱，一顆心不受控制的怦怦亂跳起來。

好在寧汐急著離開，並沒察覺她的異樣，點點頭便轉身走了。張展瑜穩穩地跟了上去，走出老遠直到身影消失不見，也沒回頭看上官燕一眼。

上官燕怔怔地立在原地，心裡也不知是個什麼滋味。

這一切，張展瑜卻是渾然不知，邊走邊笑道：「汐兒，這個上官燕輸在妳手裡，似乎不太服氣啊！」瞧她剛才那副挑釁的架勢，只怕以後會找時機和寧汐再次比試。

寧汐自信的笑了笑。「由不得她不服氣。要是再找上我，非讓她輸得心服口服不可！」

張展瑜聽得啞然失笑，調侃道：「是是是，那是當然。就憑她那點手藝，怎麼可能是妳對手。」

寧汐笑道：「好了，你別來臊我了。上官燕雖然比我差了那麼一點點，可廚藝確實有獨到之處。」實事求是的說，自小就接受各種廚藝訓練的上官燕堪稱她的勁敵，若是她不拿出全副本領，只怕也贏不了對方！

兩人有說有笑的回了鼎香樓，打定主意第二天再去報名。

孰料，到了第二天，一品樓的大堂裡仍然擠滿了廚子，其中不乏操著外地口音的。寧汐和張展瑜只好去排了隊，等了近一個半時辰，才輪到寧汐上樓報名。

門一開，就見莫管事大搖大擺的坐在那兒，身邊有一個專門負責記錄的文書，另有兩個小廝模樣的在給他捶背。他明明聽到開門的聲響，卻只當沒聽見一般，依舊半閉著眼睛。

寧汐對趾高氣揚的莫管事好感不多，卻也只能按捺下性子站在一旁。

莫管事懶懶地睜開眼，待看清楚寧汐的模樣，眼中頓時閃過一絲驚豔，說出口的話卻稍顯刻薄。「妳這點年紀，會下廚嗎？」

這話聽著真讓人惱火，寧汐淡淡地瞄了莫管事一眼。「不會下廚到這兒來報名做什麼，我又不是閒著沒事做。」話語實在不算客氣。

莫管事面色微變，眼中怒意一閃而過。若不是看在對方年少貌美，只怕早就翻臉攆人了。「小姑娘，這次廚藝比試可不是鬧著玩的，排名前十的都有面見大皇子殿下的機會，若是表現出色，還會被選進宮裡做御廚，來報名的都是赫赫有名的大廚。依我看，妳還是別浪費這二兩銀子了，拿回去買幾朵絹花戴吧！」

充滿嘲弄的話語一出口，一旁的人都哄笑了起來。

這兩天前來報名的大廚比比皆是，大多在三、四十歲，像這麼青蔥水嫩的小姑娘可是絕無僅有。誰能相信這麼一個美麗的少女擅長廚藝？

寧汐第一次受到這樣不客氣的奚落和輕視，也動了怒，笑容一斂，冷冷地說道：「送到鼎香樓的告示上面可沒有限定性別的說法。」

鼎香樓？莫管事笑容一頓，腦中忽地想起一件事來，語氣陡然慎重了許多。「妳叫什麼名字？」

第二百四十八章　躲之不及

身為大皇子府上專門負責外務的管事，莫管事的消息一直很靈通。公主殿下在宮外結識了一個手帕交的事情，他早就有所耳聞。只聽說是鼎香樓裡的廚子，姓寧，樣貌年齡卻是一概不知。一聽寧汐提起鼎香樓，他陡然生出了聯想。

果然，就聽清脆悅耳的少女聲音響了起來——

「我叫寧汐。」

竟然真的是她！莫管事一驚，下意識地擠出了笑容來。「原來是鼎香樓的寧姑娘，久仰大名，剛才真是失敬了。」前倨後恭，態度改變得如此之快，令人咋舌。

站在一旁的幾個小廝都是一愣。莫管事一向眼高於頂，等閒人從不放在眼底，這會兒怎麼忽然對一個廚子這麼客氣了？

寧汐隱隱猜到了其中的緣故，秀眉微挑，淡淡的笑了。「莫管事客氣了，現在可以開始報名了嗎？」

她和蕭月兒交好的事情，知道的人並不多。不過，這個莫管事既然是大皇子府上的得力管事，知道一些也不足為奇，怪不得一聽她的名字就立刻換了個人似的。

莫管事連連笑道：「當然可以，我現在就讓人記錄下寧姑娘的名字。」待到要交報名費的時候，卻是無論如何也不肯收，還揚著笑臉說道：「寧姑娘廚藝高超，在這次廚藝比賽定能大放異彩。這點區區報名費用實在不值一提，千萬別再和我客氣了。」

果然是見風使舵型人才，怪不得能在大皇子府上做到外務管事。

寧汐只得笑著領了這份人情，剛才那點不愉快的口角也不好再提起，問了初賽的時間便出了雅間。

說來也巧，剛一出門便又遇到了上官燕。

今天的上官燕似乎精心收拾過一番，臉上薄施脂粉，多了幾分明豔。見了寧汐，只淡淡地點了點頭，便算打了招呼。寧汐還以顏色，同樣淡然的點頭，兩人默然地擦身而過。

到了樓下，張展瑜急急的迎了上來問道：「怎麼樣？報過名了嗎？」

寧汐笑著點頭。「嗯，報過了。聽說初賽定在十天後。到時候所有報名的廚子要比試三輪，先是辨別食材，再比刀功，最後才比火功。」每一輪都是淘汰制，只要有一項不合格，便立刻被淘汰。只有三樣都合格的，才有資格參加決賽。

至於決賽的賽制如何，現在倒是不太清楚，只聽說會請來御膳房的頂級御廚來做評判打分。到最後能進入前十名的，能得到二十兩的賞銀。表現突出的，會被選進宮裡做御廚。

「……張大哥，這樣的好機會你可要好好把握。」寧汐笑道：「最好是你和爹一起被選中做御廚，到時候我們鼎香樓可就真正名揚京城了。」

張展瑜笑了笑。「妳別光顧著說我，妳呢？難道就沒動過這個心思嗎？」

怎麼可能沒動過？寧汐笑嘆口氣。「我廚藝再出眾，也不可能被選中做御廚。」大燕王朝開國一百多年了，還從沒有女子入宮做御廚的。

張展瑜正待說什麼，就見一個小廝站到了樓梯口，朝他喊了聲。「那個穿藍衣服的，輪到你了。」語氣實在不算客氣。

張展瑜應了一聲，便上了樓梯。上官燕正巧從裡面退了出來，和張展瑜打了個照面，芳心陡然一跳，明眸定定的落在張展瑜的臉上，眼底隱隱流露出一絲期盼。

奇怪，她這麼看著他做什麼？他和她一點都不熟好吧！張展瑜略一皺眉，只當沒看見上官燕，直直地走了過去，推門而入的動作毫不遲疑。

上官燕的笑容頓時僵在了唇角，恨恨的跺了跺腳，才下了樓。老遠的看到寧汐百無聊賴的站在大堂的角落處，猶豫了片刻，終於咬牙走了過去。

寧汐見上官燕直直的走到自己面前，也是一愣。她們兩個雖然年齡相仿又同是廚子，可實在沒什麼共同語言，甚至可以算是彼此最大的勁敵。該說的狠話昨天又說過了，她還來找自己做什麼？

上官燕顯然也有幾分尷尬，咳嗽一聲。「十天以後就初賽了，妳可別讓我失望。」純粹沒話找話說。

寧汐暗暗好笑，下意識地應道：「希望能在決賽裡遇到妳。」

上官燕自信的挑眉，眼裡閃著勃勃的野心。「我的目標可不僅僅是決賽，這一次廚藝比賽是要選御廚的妳知道吧！我一定要成為大燕王朝第一個女御廚，妳就等著吧！」

寧汐微微一愣，女御廚……

「怎麼，妳不相信我有這個實力嗎？」上官燕唇角浮起一絲冷笑。「上一次在容府，我一時大意才輸給妳，這回我會讓妳看看我壓箱底的本事。」

寧汐笑了笑，乾脆俐落地應道：「那我就拭目以待了。」

談話到此，本該告一段落了，可上官燕卻還是沒走，就這麼乾巴巴的站在這兒和寧汐大眼瞪小眼。寧汐心裡越發覺得奇怪，總覺得上官燕今天有點怪怪的。可具體怪在哪裡，偏又說不出來……

「汐兒，我也報上名了。」張展瑜溫和含笑的聲音響起。

寧汐笑咪咪地點了點頭，眼角餘光忽地瞄到上官燕發亮的臉龐，心裡陡然閃過一個念頭。老天，該不會是她想的那樣吧！上官燕才見過張展瑜一面而已……

張展瑜對上官燕卻沒什麼好感，見她和寧汐並肩站在一起，反射性地皺了皺眉頭，卻絲毫沒有和她搭話的興致，只笑著對寧汐說道：「今天反正沒什麼事，我陪妳出去轉轉，買些零食回去給大夥兒吃。」

寧汐笑著應了。「也好。」頓了頓，忽地笑道：「對了，張大哥，我給你們兩人介紹一下。這位漂亮姑娘就是一品樓裡的上官姑娘。」又看向雙眸晶瑩閃亮的上官燕道：「他叫張展瑜，是我爹的徒弟，也是我的師兄。」

上官燕總算有了正大光明的機會和張展瑜對視，一向落落大方的她竟然也有些羞澀。「張大哥你好。」

張大哥？張展瑜被噎了一下，連忙說道：「上官姑娘還是叫我張展瑜吧！」他們還沒熟到這樣稱呼的地步吧！

上官燕笑容一頓，卻執意說道：「你比我大幾歲，我叫一聲張大哥也是應該的。張大哥也別叫我什麼上官姑娘了，叫我燕兒吧！」

張展瑜對這樣的熱情實在大感吃不消，連連朝寧汐使眼色。

寧汐忍住笑意，一本正經地說道：「張大哥，既然上官姑娘都不介意了，你就喊一聲好了。」上官燕倒也是個坦率熱情的女孩子，對張展瑜的那點愛慕，幾乎全部寫在了臉上，讓人想裝著不懂都不行。

張展瑜不著痕跡地瞪了寧汐，再看向上官燕，又是那副客客氣氣的樣子。「上官姑娘，我和汐兒還有事，就不多奉陪了。」說著，便落荒而逃。

寧汐不忍心看上官燕那副失望落寞的表情，忙小跑跟了上去。

一向體貼的張展瑜，今天卻絲毫沒顧及寧汐，大步流星的走了老遠。寧汐一路小跑，等追上張展瑜的時候已經氣喘吁吁額上冒汗了。

「張大哥，你走得這麼快做什麼？」寧汐半是埋怨半是調侃。「人家如花似玉的大姑娘都沒怕，一聲張大哥就把你嚇成這樣了嗎？」

張展瑜腳步一頓，略有些悻悻地說道：「我才見她第二面，一點都不熟。」

寧汐噗哧一聲笑了起來。「你和人家是不熟，可人家對你卻是一見如故呢！」故意將尾音拖得長長的。

張展瑜無奈地嘆口氣，聲音裡滿是苦惱。「什麼一見如故，哪有女孩子見面就讓人喊自己閨名的。」看來，上官燕的熱情是真的嚇到他了！

寧汐再也忍不住了，格格笑彎了腰。說實在的，別說張展瑜被嚇了一跳，就連她也有點驚到了。每次見上官燕，她都是那副自信滿滿不無傲氣的樣子，誰能想到情竇初開的她會是這般熱情。

張展瑜見寧汐笑得歡快，悻悻地白了她一眼。「妳別幸災樂禍了。」看到有別的女孩子喜歡他，她就一點點吃味都沒有嗎？沒心沒肺的丫頭！

寧汐好不容易停住了笑，正色說道：「張大哥，雖然我和上官燕一直不對盤，不過，憑良心說，她其實是個很好的女孩子。她出身名廚世家，長得漂亮，廚藝也很好，而且性子也很直率。今後我們一起參加廚藝比賽，肯定有見面接觸的機會，她既然有這份心意，你不妨和她多接觸接觸，說不定你也會慢慢喜歡上她呢……」

「不要說了！」張展瑜略有些粗暴的打斷寧汐，黑幽幽的眸子裡閃出一絲莫名的怒火。「寧汐，妳就巴不得我和別的女孩子在一起是不是？」

他可以忍受痛苦默默的守在她身邊，卻容忍不了她這樣急不可耐地想將他推給別的女子。

寧汐一愣，剩餘的話都梗在了嗓子眼裡。

認識這麼久，這是張展瑜第一次這麼凶她。他眼底那抹濃濃的痛楚和酸澀，更讓她的心也跟著沈甸甸的，難受極了。

第二百四十九章　別樣浪漫

接下來的幾天，張展瑜一直躲著寧汐，即使見了面，也不肯正眼看她。

寧汐有心解釋幾句，卻又不知從何說起，到後來，兩人之間便顯得分外尷尬。

兩人之間的異樣，就連寧有方都看出來了，試探著問寧汐。「妳和展瑜是不是鬧彆扭了？」

寧汐本不想多說，耐不住寧有方一直追問，只好把那天在一品樓發生的事情一一道來。

「……上官燕相貌人品都不錯，又對他一見傾心，我那麼說，也是希望他能早日有自己的幸福，誰知道他的反應竟然這麼激烈。」

說到最後，寧汐也有些無奈了，長長地嘆了口氣。張展瑜的心思她何嘗不懂，可事已至此，她和他再沒有半分可能，她怎麼忍心看著他一直孤身一人？

寧有方明白了事情的始末，反而放下心來，笑著拍了拍寧汐的肩膀。「傻丫頭，男人的心妳不懂。他現在沒這份心，就算是天仙站在他面前也沒用，等時間長了，他對妳的心思淡了，自然會有自己的姻緣。」

寧汐怏怏地點點頭，心裡五味雜陳，也不知是個什麼滋味。這一片情意，她注定是要辜負了，只希望張展瑜能早日掙脫開來，尋找到自己的幸福。這樣，她才能真正安心啊！

中午的時候，正忙得不可開交，容瑾來了。

他沒去雅間，直接來了小廚房，閒閒的站在一旁，欣賞著寧汐認真忙碌的側影，只覺得眼神專注額上滿是汗珠的寧汐美極了。

寧汐忙裡偷閒揶揄容瑾幾句。「你不去前面待著，到這兒來做什麼？這裡又熱又悶又滿是油煙味，堂堂容三少爺能受得了嗎？」

容瑾挑了挑眉，悠然應道：「有妳在的地方，處處皆風景。」

好肉麻！一旁的趙芸噗哧一聲笑了起來。這一笑，厚臉皮的容瑾倒沒什麼反應，寧汐卻有些吃不消了，紅著臉啐了容瑾一口，轉過身繼續照看著鍋中的菜餚，堅決不朝容瑾再看一眼。

等客人的桌席都忙妥了，寧汐才稍稍鬆了口氣，扭頭笑道：「你等了半天，肚子一定餓了。想吃些什麼？我現在就來做。」

容瑾笑了笑，目光定定的落在寧汐的紅唇上，若有所思地嘆道：「我確實餓了。」

寧汐的臉騰的緋紅一片，恨恨的瞪了容瑾一眼。「再胡說八道，我就拿刀攆你出去了。」隨手拿起案板上的刀，故作凶狠地比劃了幾下。

容瑾悶笑出聲，她一定不知道，這樣的虛張聲勢越發顯得她嬌豔嫵媚了。

就在此時，張展瑜從隔壁廚房走了過來，一眼便瞄到了容瑾和寧汐兩人，明明站得不算近，可那股曖昧的親暱卻讓人一覽無遺。寧汐盈盈的眼角眉梢都是少女的嬌羞嫵媚，美麗奪目得讓人移不開視線……

張展瑜腳步一頓，默然的轉身，打算離開。

寧汐眼尖的瞄到張展瑜的身影，不假思索地喊道：「張大哥！」

張展瑜擠出笑容，轉過身來，先是朝容瑾點頭示意，然後才看向寧汐。「我打算去飯廳，妳也一起過去嗎？」有容瑾在，只怕她是不會去了。

果然，就聽寧汐笑著說道：「我就不過去了，你替我跟爹說一聲。」

張展瑜點點頭，便頭也不回地走了，顯然還沒消氣。寧汐嘆口氣，心裡有些悶悶的。

容瑾一直冷眼旁觀，冷不防地問道：「張展瑜是怎麼了？」往日見了寧汐，笑容別提多燦爛了，可今天卻異常的有些冷淡，甚至連話都沒說兩句就走了，這可不像張展瑜的風格。

寧汐略一遲疑，便低聲將其中的緣故說了出來。

容瑾顯然有些錯愕，旋即笑道：「看不出他還有這份魅力。」

寧汐苦著臉嘆氣。「他正生我的氣呢，你還來說風涼話。」

容瑾挑眉一笑，不懷好意地勸道：「汐兒，妳這麼為他著想是對的。張展瑜老大不小了，早該娶妻生子了。他現在一時還沒轉過彎，以後一定能諒解妳的苦心的。」他巴不得張展瑜立刻和那個上官燕好上，省得總在他眼皮子底下打轉，讓人心煩意亂忐忑難安。

寧汐又嘆口氣。「但願如此吧！」

容瑾不想話題一直繞著張展瑜打轉，隨口扯開了話題。「對了，秋闈還有十幾日就開考了，妳大哥準備得怎麼樣了？」

寧汐的注意力果然被吸引了過來，笑著應道：「上次他回來，我問他了，他說至少有六成的把握。」寧暉從不吹牛，既然說有六成的把握，說明他肯定是成竹在胸了。

容瑾對未來的大舅子印象還不錯，聞言笑道：「那就好。只要他能考中舉人，以後替他在京城謀個差事也不算難事。」以容家此時在朝中的聲勢，確實是手到擒來的事情。

官場最講究出身家世，寒門學子想出人頭地可不是容易的事情。寧汐倒也沒過分清高，笑著點頭。「那就煩勞你多費心了。」

容瑾邪氣地挑眉。「哪裡哪裡，我也算寧家的半個兒子，這點小事不算什麼。」

寧汐果然又紅了臉，嗔怪地白了他一眼。然後轉過身去，做了兩盤噴香撲鼻的蝦仁炒飯，又燒了份蟹黃豆腐，和容瑾在廚房裡吃了午飯。

雖然環境不算優雅，可四目相對處，脈脈的情意流淌，一點也不比花前月下遜色。

容瑾坐在矮矮的凳子上，竟然絲毫不顯得憋屈，依舊十分優雅。寧汐偶爾抬頭看一眼，忽地笑了。

「妳笑什麼？」容瑾斜睨了她一眼。

寧汐忍住笑意，俯身上前，用手指拈起他嘴邊的飯粒。「這裡沾了飯粒。」這張高雅出塵的俊臉，沾上飯粒實在可笑極了。

「等等，別浪費。」容瑾慢條斯理地抓住寧汐的手，低頭含住她的手指，火熱的舌頭在她的指腹上滑過，帶起一陣顫慄。心底酥酥麻麻的，升起陌生的情潮。

寧汐身子一顫，俏臉滾燙，眼神迷離嬌軟。「你、你耍流氓！」

容瑾低低一笑，反手握住她的柔荑，用大拇指緩緩的揉搓。「天天看得到吃不著，我夠可憐了。」

寧汐渾身發軟，勉強坐正了身子，努力地將手往回抽。可容瑾卻輕柔又堅決地將手握緊，眼神深邃幽暗，像一汪無底的潭水，似要將她整個都吞沒一般。

「汐兒，等二哥成了親，我就到寧家提親。」容瑾低喃，灼熱的黑眸緊緊的盯著寧汐嫣紅的臉龐。「明年妳就嫁給我好不好？」

明年？寧汐被嚇了一跳，從意亂情迷中稍稍清醒。「不行。」

容瑾挑眉，不滿的反問。「為什麼不行？明年我十七，妳也十五了，這個年齡成親正合適。」雖然在他原本的世界裡，這個年齡只能算是正太和蘿莉，可在這裡，成親都普遍較早，他也沒多少耐心再等下去了！

寧汐堅決反對。「不要，不到十八歲，我不出嫁。」嫁人之後，只怕她就做不了鼎香樓的大廚了，到時候就得天天悶在家裡做個無所事事的少奶奶，她可不想早早就過那樣的生活！

十八歲？那豈不是還要再等好久好久？

容瑾的俊臉拉得老長。「汐兒，妳打算讓我熬到二十歲還是童子雞嗎？」

童子雞……寧汐又是好氣又是好笑又是羞惱，狠狠地瞪了他一眼。「容府裡這麼多年輕貌美的丫鬟，你要是熬不住，大可以將看得順眼的收房，誰讓你做什麼童子雞了！像你院子裡的那個翠環，長得這麼標緻，一顆芳心可都在容三少爺身上。只要你招招手，她一定歡喜的投懷送抱！」說到最後兩句，一股酸味不期然地飄了出來。

容瑾心裡暗爽，故意點頭。「這主意倒是不錯，等我今天回去之後，就招手試試。」

寧汐輕哼一聲，別過了頭不理他。

容瑾好整以暇地欣賞著寧汐噘著嘴巴吃醋的嬌俏模樣，邊悠閒的吃炒飯，居然還有心思讚道：「汐兒，妳的廚藝真是不錯，這炒飯真是香極了。」

寧汐繼續不理他。

容瑾又用勺子舀了滿滿一勺的蟹黃豆腐送入口中，然後點頭。「滑嫩香軟鮮美，既有蟹的鮮，又沒有一絲腥氣，是我吃過最好吃的蟹黃豆腐。」

寧汐面色稍緩，總算轉過頭來瞄了他一眼，卻沒搭茬兒。

容瑾瞄了寧汐一眼，忽地笑道：「汐兒，我有沒有告訴妳，其實我這個人一直有些潔癖？」

潔癖？寧汐一愣。「什麼潔癖？」

容瑾聳聳肩，漫不經心的應道：「我忍受不了髒亂，就算一點點灰塵我也不能容忍。不喜歡與人同桌共食，討厭別人亂動我的東西，還有，我從不讓任何人靠近我身邊。」

寧汐一怔，一直知道容瑾有些地方特別的講究，可怎麼也沒想到竟然嚴重到這個地步。這哪裡是潔癖，簡直就是怪癖！

容瑾瞄了她一眼，估計她還沒真正懂自己的意思，索性直言。「我最厭惡別人隨意地碰觸我，尤其是女子，所以，一直是小安子貼身伺候我。那些覬覦我美色的丫鬟，從來沒得逞過。」

第二百五十章　主動

寧汐被逗笑了，心裡又有些暖暖的。

容瑾的眼神溫柔極了。「汐兒，沒遇見妳之前，我一直以為這輩子我不會娶任何一個女子。」

以前，他從來沒想過和哪一個女子朝夕相處同床共枕，偶爾想及，甚至有種淡淡的厭惡感。可確定了心裡的那個人是寧汐之後，他卻一改態度，那份蠢蠢欲動的激烈情緒，連他自己都被驚到了。

不過，這種感覺卻好極了！讓他有了強烈的活著的感覺……

寧汐心裡一陣悸動，衝動之餘，脫口而出問道：「容瑾，你這輩子都會對我好嗎？」

「那是當然。」容瑾理所當然地點頭。

「我的意思是……」寧汐咬了咬嘴唇，小心翼翼地說道：「我不想和別的女人分享自己的丈夫。」這樣的要求對容瑾來說，其實有些苛刻了。以他的性情和相貌，還有過人的家世，想招惹各色女子簡直輕而易舉。

容瑾挑了挑眉，徐徐一笑，那份風華令人屏息，饒是寧汐見慣了他這張俊臉，也忍不住呼吸為之一頓。

容瑾的聲音低沈而清晰，一字一頓地闖入寧汐的耳中。「汐兒，我說得還不夠清楚嗎？如果不是妳，我這輩子都不打算成親。妳認為我還有心情招惹別人嗎？」

四目對視，那一剎那，寧汐的心底似開出一片絢爛的春花，渾身輕飄飄的。那種如履雲端的感覺，就叫幸福吧！

這樣甜蜜的情話，前世時邵晏也曾說過，可邵晏卻從未兌現過他的諾言，一次又一次的欺騙了她。她本以為自己再也不會相信這些甜言蜜語，可現在，她卻絲毫不懷疑容瑾的真誠。

心裡滿滿的幸福似要溢出胸膛，情到濃處，寧汐情不自禁地慢慢靠近。容瑾自然不會放過這樣的好機會，立刻俯身過去，眼看雙唇就要碰觸到一起之際，門外忽地響起了急促的腳步聲。

容瑾還算鎮定，略有些懊惱的坐直了身子，寧汐卻驚慌失措地脹紅了臉。老天，她剛才是在做什麼？若不是有人來了，她和容瑾就要在光天化日之下上演激情秀了……

「寧汐妹子，外面有人來找妳。」趙芸站在門口，並未進來，聰明的她對寧汐通紅的羞窘狀視而不見，神情自若。

見趙芸這麼坦然鎮定，寧汐總算稍稍平靜了一些，笑著問道：「是誰啊？」

趙芸眨眨眼。「是個挺漂亮的姑娘，比妳高半個頭，就是皮膚稍微黑了一些。」

寧汐的腦中迅速地掠過一個名字，脫口而出問道：「她是不是複姓上官？」

「妳怎麼知道的？」趙芸的眼中滿是驚訝。

寧汐笑了笑，起身往外走，一邊在心中暗暗琢磨上官燕的來意。

容瑾很自然地走在寧汐身邊，低聲笑道：「這個上官燕膽子倒是不小，追男人竟然追到鼎香樓來了。」語氣愉快極了。

寧汐白了他一眼。「別胡說，人家肯定是有別的事情。」哪有女子這麼不懂矜持的，就算喜歡張展瑜，也該等著張展瑜去找她才是吧！

容瑾不和她爭辯，只笑了笑，意味深長地說道：「等著看就知道了。」

正說著，前樓已經到了。寧汐抬眼看去，只見穿著一身粉紅衫裙的上官燕亭亭玉立，眼眸盈盈，分外的嬌俏動人。不知吸引了多少客人的目光。

來者是客，寧汐客氣地引著她進了雅間坐下。「上官姑娘真是稀客，今天哪陣風把妳吹到這兒來了。」

上官燕倒也直接。「我是來找張大哥的。」這聲張大哥叫得真是順溜極了。

容瑾得意地挑眉一笑。看吧，他猜得一點都沒錯，她果然是來找張展瑜的。這個上官燕倒有點敢愛敢恨的現代女子風範，大膽又直接，倒也不惹人厭。

寧汐微微一愣，不知怎麼的，忽然有些好笑。事實上，她也真的笑了。「妳來找張大哥，直接找他就是了，為什麼又巴巴地先找我？」

上官燕定定地看著寧汐。「我這麼來找他，他不一定肯見我。所以，我只能先找妳。」

那一天過後，她苦苦地想了許久，又偷偷找人打聽，總算弄明白一些事情。是什麼原因讓一個男子對一個漂亮姑娘躲之不及？理由只有一個，那就是張展瑜心中另有所屬。至於那個人是誰，簡直不言而喻。她要接近張展瑜，只有先找寧汐。

「妳有容少爺了，」上官燕說話異常直接。「既然妳不喜歡張大哥，那就把他讓給我吧！」

寧汐哭笑不得地反駁。「我們倆不是很熟吧！妳憑什麼以為我會幫妳？」

上官燕直直的看入寧汐的眼底。「我們倆當然沒什麼交情，可是，我想妳一定很關心妳師兄。妳也希望他過得幸福對不對？不然，妳和容瑾雙宿雙飛，他卻一個人孤零零的，這樣妳怎麼能安心的過妳的幸福日子？我也不怕丟臉，直接告訴妳得了，我一眼就喜歡上他了，長這麼大，我還從來沒這樣喜歡過誰，我絕不會輕易放棄。妳能幫我當然很好，就算妳不幫我，我也不會放棄！」

寧汐徹底被這番宣言震住了，愣了半晌沒有說話。

一向毒舌的容瑾，竟然頗為讚許地點頭。「上官姑娘敢愛敢恨，實在令人敬佩！」這麼潑辣大膽的一個姑娘，如此赤裸直接熱情的愛意，張展瑜能抵擋多久？

上官燕笑了笑，眼中閃過一抹神采。「容少爺不顧忌世俗目光，和寧姑娘公然出雙入對，這才令人敬佩！」

容瑾悠然一笑。「哪裡哪裡，不敢不敢。」厚顏得令人咋舌。

寧汐回過神來，狠狠地瞪了容瑾一眼。「閉嘴！」

容瑾分外享受寧汐裝模作樣的凶惡，唇角微微勾起，果然住了嘴。

寧汐這才看向上官燕，沒有錯過對方眼中那一抹豔羨，不知怎麼的，心裡忽地一軟，語氣也跟著溫和起來。「上官姑娘，妳如果對我師兄有意，不妨和他多接觸，或許能培養出感情來，我會樂觀其成祝福你們。不過，讓不讓的這類話以後千萬別說了。所有人都有自己的想法和堅持，我無法左右張大哥的決定……」

「明人不說暗話。」上官燕俐落地打斷寧汐。「他一直喜歡妳對吧！」

寧汐咳嗽一聲，只覺得容瑾兩道火辣辣的目光飄了過來，不由自主地心虛了一下。「呃，我和他認識在先，每天朝夕相處，接觸的機會確實比別人多一些。難免有些兄妹之情。」

兄妹之情？上官燕和容瑾一起冷哼一聲。

寧汐堅決迅速地扯開話題。「先不說這個，我問妳，妳到底打算怎麼辦？」

上官燕顯然早已想過這個問題了，不假思索地應道：「我要趁著廚藝比賽的時候和他多接近，找些機會培養感情。」頓了頓，又說道：「妳會幫我對不對？」

就算求人，上官燕也不會軟言溫語那一套，說話乾脆俐落，絲毫沒有女兒家忸怩的模樣，異常直接。

寧汐一時不知該怎麼回應，左右為難。

說心裡話，她很欣賞上官燕的性格。上官燕的熱情大膽直接，說不定真能攻破沈默少言的張展瑜的心房。如果他們能在一起，性子互補，倒也是好事。而且，有一點上官燕說得很準，如果張展瑜一直孤身一人，她的心底總有遺憾和歉疚。甚至一想到張展瑜，和容瑾相戀的甜蜜便會打些折扣。

可是，張展瑜那一天的憤怒猶在眼前。若是他知道她背地裡幫著上官燕接近他，還不知會氣成什麼樣子……思來想去，寧汐也依然下不了決心。

上官燕略有些不快地皺起了眉頭。「妳到底答應還是不答應，痛快地給我個話吧！」

寧汐咬咬牙，狠狠心點了點頭。「好，我答應幫妳。不過，有些話都說在前頭，張大哥最後究竟肯不肯和妳在一起，得看他的心意和決定。」

上官燕終於等來了寧汐這句話，燦然一笑，語氣裡滿是自信。「放心，我會讓他知道，世上好姑娘不僅僅只有寧汐一個，他以後一定會喜歡我的。今天我就不去見他了，還有兩天就是初賽了，比賽的地點就在我們一品樓的廚房。到時候再見，告辭！」

頓了頓，又補充道：「對了，一碼歸一碼，雖然妳答應幫我了，但是，在廚藝比賽上，我絕不會手軟，一定會讓妳輸得心服口服。」

說完這番話，俐落地轉身開門，下樓走了。

寧汐看著上官燕的背影，啞然無語。上官燕的直截了當，簡直平生前所未見。今天可真是徹底開了眼界了！

容瑾涼涼的聲音響起。「今後有這麼一個漂亮熱情的女子追著張展瑜不放，妳總該放心了吧！」

每次看著她和張展瑜不拘俗禮的隨意說笑，他都得花好大的力氣才能把心底的醋意和煩躁按捺下來。現在有了上官燕，只怕張展瑜遲早會敗在這份熱情下。

寧汐懶得理會愛吃乾醋的容瑾，轉身下樓。

上官燕啊上官燕，希望我沒看錯人……

第二百五十一章 作戲

廚藝比賽終於正式開始了。

比賽的地點就在一品樓的廚房。報名的廚子裡，有京城各大酒樓的大廚，也有各地聞風趕來的廚子，加起來約莫一百多個，被分成每十個一組進行比試。

擔任評判的，自然都不是普通人。身材壯實孔武有力的中年男子是大皇子府上的大廚，姓王。另兩個則是從宮中請來的御廚。滿臉和氣笑容的是方御廚，最年輕的那一個，才三十歲左右，複姓上官。這三位大廚都是由大皇子親自指定的。

初賽共分三輪，第一輪是辨別食材。

寧汐和張展瑜都被分在第三組，巧的是上官燕赫然也在第三組。第二組的人在廚房中比試，第三組的人便零散的待在大堂裡等候。還有不少其他組的廚子也在等著，倒也算熱鬧。

張展瑜總算肯和寧汐說話了。「這一次廚藝比賽，可便宜一品樓了。」

雖然連著許多天都不能正常營業，看似頗有損失，細細一想就知道，這樣的廚藝盛事，無疑讓一品樓的名聲更上一層樓，一舉將其他三家地位相當的酒樓都壓了下來。

寧汐笑嘆。「是啊，只可惜我們鼎香樓沒爭取到這樣的好機會。」一品樓成名多年，鼎香樓畢竟是後起之秀，短期之內根本爭不過一品樓。

張展瑜淡淡地一笑。「放心，這次廚藝比賽過後，我們鼎香樓一定會聲名大噪，一舉壓過一品樓！」

這句話大有深意，寧汐略一思忖，嫣然一笑。「張大哥說得是。」有寧有方，有她寧汐，還有張展瑜，不管是誰在廚藝比賽裡大放異彩，對鼎香樓都是件好事。

說說笑笑中，前些日子的尷尬總算消失無蹤。

寧汐瞄了面帶微笑的張展瑜一眼，忽地小聲問道：「張大哥，你現在不生我的氣了吧？」

張展瑜微微一怔，旋即若無其事地笑道：「那點小事我早就不放在心上了。」當時一時怒氣上湧，他對寧汐說了前所未有的重話，這些天兩人一直這麼不冷不熱的僵持著。其實，他心裡早已後悔了。

就算她對他只有兄妹感情，可至少他在她的心裡還有一席之地。若是再這麼僵持下去，以後只怕連這點情意也沒有了。所以，今天他才主動地打破僵局。

寧汐見他說得坦然，總算稍稍放了心，討好地笑道：「我就知道張大哥大人有大量，絕不會真正生我氣的。」

看著近在咫尺的如花笑顏，張展瑜又是好笑又是無奈。「妳啊，就是吃定我了。」是啊，他怎麼忍心真的生她的氣？哪怕再傷心再懊惱，可只要一見了她，他的心就立刻軟了。只要她朝他甜甜的一笑，他便會忘了所有的不愉快，甘願沈溺在她甜美的笑容裡。

這就是所謂的命中剋星了吧！張展瑜心裡喟然嘆息，濃濃的苦澀裡，又夾雜著一絲淡淡的甜意。若是有人留意，一定會發現他的眼神裡滿是柔情……

不遠處，一個俏麗的少女默然的看了過來，眼神複雜極了。

自從張展瑜和寧汐進了大堂，她就一直在悄悄的留意著兩人的動靜。雖然聽不清他們到底在說什麼，可張展瑜眼中的溫柔卻是清晰可見……

上官燕定定神，深呼吸口氣，走了過去。

寧汐看著款款走來的少女，眸光一閃，不知想到了什麼，竟是笑著起身相迎。「上官姊姊，幾日不見，妳精神倒是不錯。」

上官燕先是一怔，旋即笑著應道：「寧汐妹妹氣色也很好，看來今天的初賽肯定不成問題了。」四目對視間，迅速地交換了個只有妳知我知的默契眼神。

既然要借著寧汐接近張展瑜，她和寧汐之間必然不能像往日那般針鋒相對。至少在表面上要維持著和氣的假象，難得寧汐肯配合，她當然識趣地抓住機會。

果然是個聰明姑娘！

寧汐微微一笑，順便邀請上官燕一同坐下。上官燕笑著招手，讓跑堂的上了壺好茶和兩盤茶點。兩個妙齡少女邊喝茶，邊有說有笑，居然很是投機。

張展瑜自從上官燕來了之後，便有些不自覺地緊張，唯恐上官燕再像那天一樣過分熱情，此刻才稍稍放了心。不過有件事實在奇怪，寧汐和上官燕不是一向水火不容嗎？現在言談甚歡的又是怎麼回事？

張展瑜心裡暗暗嘀咕不已，眼中不自覺地流露出一絲疑惑。

寧汐一點都不心虛，笑咪咪地看向張展瑜。「張大哥，我以前和上官姊姊鬧點小彆扭。現在想想，真是沒什麼意思，還是和和氣氣的相處更好呢！」

上官燕立刻笑著說：「寧汐妹妹說得對，以前是我脾氣衝，說話又急，鬧了點誤會。其實我們兩個年齡差不多，又都是做廚子的，應該多多親近才對。」

一開始神情還有些不自然，到後來就越說越麻溜了。「對了，待會兒就輪到我們進去比試了，你們都準備好了吧？」

張展瑜終於張口說話了。「辨別食材而已，沒什麼可準備的。」做廚子的，整日裡和各種食材打交道，再名貴再罕見的，也難不倒他。

上官燕抿唇一笑，耐心地解釋道：「聽說這次辨別食材挺有難度，都是加工或是處理過的食材。要是一個不小心，真不容易全部答中。」

張展瑜和寧汐都是一愣，忍不住對視一眼。這三個評判竟然想出這樣的法子來考驗廚子對食材的辨別和把握，可真夠刁鑽的！

「妳是怎麼知道的？」寧汐好奇地問了一句。

上官燕咳嗽一聲，笑道：「我也是聽別人說的。」至於這個別人是誰，卻是不肯明說了。「我們這一組共十個人，初賽共三輪。每一輪都要淘汰兩個人，能進入決賽的，只有區區四個人，到時候可不能掉以輕心。」要是在第一輪就敗下陣來，可就真的丟人了！

寧汐也不好再追問，笑著應道：「辨別食材是我的拿手好戲，不用擔心。」她味覺靈敏，已經遠超過眾人，不需要嚐，只要聞一聞都能辨別出各種食材來。

張展瑜最清楚她過人的天賦，聞言笑了。

上官燕不服輸的性子又冒了頭，冷笑一聲道：「是嗎？不巧得很，我也很擅長辨別食材，待會兒一起比一比試試。」

寧汐挑眉一笑，乾脆俐落地應道：「好！」比就比，誰怕誰啊！

剛才還說得好好的，一轉眼兩人就大眼瞪小眼的互不相讓。張展瑜看得又好氣又好笑，陡然想明白了一些事情——寧汐和上官燕兩人根本沒有剛才流露出的那般親密，之前根本是在他面前作戲，至於為什麼要這麼做……

張展瑜不動聲色地瞄了寧汐一眼，隱隱猜出了其中的原因，心裡陡然一沈，話語自然冷了下來。「是騾子是馬，拉出來遛遛就知道了。前面那組已經進去很久了，待會兒就輪到我們這組了，妳們兩個到時好好比試一番，我給妳們做個見證。」

寧汐和上官燕這才發現氣氛有些尷尬，渾然不知那點小計謀已經被張展瑜看穿了，忙笑著補救道：「我們剛才是在鬧著玩的，你別當真。」

「是啊，張大哥。」上官燕擠出笑臉。「我和寧汐妹妹是在開玩笑呢！」

張展瑜淡淡地一笑，不置一詞，今天倒要看看她們兩個能演到什麼時候！

明明不算熟悉的兩個人，甚至之前還是彼此的死對頭，現在偏要裝出姊倆好的親熱來，真是莫大的痛苦。寧汐固然在咬牙堅持，上官燕為了張展瑜，也真是豁出去了，硬是把平日裡的高傲都收斂起來，竭力表現出隨和熱情可愛的一面。

殊不知在有心人的眼中，兩人的眼神都有些閃爍不定，靠近的時候笑容別提多僵硬了。

張展瑜故意不吭聲，冷眼看著兩個少女在他面前演戲，心隱隱作痛。

他已經徹底退讓了，什麼也不敢奢求，只想靜靜地守在寧汐身邊而已。可就連這樣小小的要求，也成了寧汐的負擔了嗎？她迫不及待的想將他推給別的女子，是嫌他太礙眼了嗎？還是因為容瑾根本容不下他？

各種陰暗晦澀的念頭在心裡不停的流轉，到最後，只覺得氣短胸悶十分難受。張展瑜暗暗咬牙握拳，強自作出鎮定的樣子。「妳們兩個快看，前面一組的廚子都出來了，我們也該準備進去了。」

寧汐不疑有他，興致勃勃地點了點頭。

上官燕忙也跟著站了起來，笑著說道：「我們一起過去吧！彼此也能有個照應。」所謂照應，當然只是個藉口。事實是，她根本捨不得離開張展瑜左右。

寧汐欣然應了。「好好好，一起也熱鬧些。」狠狠心拉了上官燕的手，親熱地往後廚房走去。走了幾步，回眸笑道：「張大哥，你動作快些嘛，別遲到了。」

上官燕盈盈的雙眸也看了過來，眼中不自覺地浮滿了期待。

張展瑜默然片刻，終於跟了上去，唇角卻沒有一絲笑意。

第二百五十二章　刁難

張展瑜本就不愛多話，一時沈默並未惹來寧汐的注意。反而是和上官燕的親暱讓她頗不自在，心裡不由得暗暗後悔起來。

剛才和她並肩走就是了，幹麼多此一舉還拉著她的手？現在倒好，握著吧，渾身不自在。就這麼放了吧，又有點太著痕跡了……

上官燕顯然也覺得彆扭，和寧汐對視一眼，硬是忍住了甩開手的衝動。好在廚房並不遠，片刻就到了。寧汐立刻鬆了手，心裡陡然輕鬆了許多，凝神看向三位評判。

那個滿面紅光聲如洪鐘的壯實男子，自然就是王大廚。方御廚年齡最大，笑容也最和藹。至於最後一個三十歲左右的男子，面容冷峻不苟言笑，眉宇竟隱隱有幾分熟悉。再想起他的姓氏，寧汐心裡陡然一動，瞄了上官燕一眼。

上官燕遲疑片刻，終於低聲說道：「這是我四叔上官遠。」

寧汐早料到這位上官大廚必然出自上官家，聞言並不詫異，反而低低一笑。「你們上官家果然不愧是名廚世家。」既有上官遙坐鎮一品樓，又有上官遠入宮做御廚，真是厲害！

看來，上官燕知道的「內幕」也是從這位上官大廚那兒聽來的了。

上官燕笑了笑，眼裡掠過一絲傲然。「那是當然。我們上官家的兒女都是從六歲起就開始接受各種廚藝訓練，只有各種考核都過關了，才可以真正出師。三叔十九歲出師，四叔十六歲出師，都是我們家族的佼佼者。」

頓了頓，又笑道：「我十五歲出師，也算是極少見的了。」說到最後一句，上官燕有意無意地看了張展瑜一眼，唇角上揚，明眸閃亮，似有似無的流露出期待。

寧汐暗暗好笑，也跟著瞄了張展瑜一眼，卻見張展瑜淡然一笑。「上官姑娘學廚近十年出師，難怪廚藝高超。對了，妳還不知道吧！汐兒是從十二歲開始學廚，十四歲就出師，算起來時間不足兩年。」

上官燕笑容僵在了唇角，震驚地看向寧汐。她才學了兩年廚藝就出師？怎麼可能！

寧汐也頗有些意外，以張展瑜沈穩的性子，本不該在此時此刻說出這樣挑釁的話來。他這是怎麼了？

就在他們各懷心思之際，同組的廚子已經三三兩兩的走了進來，加上他們不多不少正是十個人。寧汐和上官燕在其中自然非常扎眼，三位評判的目光不約而同的看了過來。

方御廚笑咪咪地打量幾眼，問道：「上官御廚，這位個子高駣些的漂亮姑娘就是你侄女吧！」上官燕膚色略黑，眉眼和上官遠有五分相似。一看就知必然是上官遠的侄女。

上官遠笑了笑，眼神稍稍柔和了一些。「正是這丫頭，待會兒考核的時候，不必顧忌這個，儘管嚴格些。」

方御廚哈哈一笑。「那是當然，早就聽聞上官世家培訓廚藝最是嚴格，這點子小陣仗自然不在話下。」

王大廚也在一旁湊趣。「早就聽聞京城雙姝的名頭，竟然這麼巧的都在一組裡，看來今天我們是要大開眼界了。」

上官遠微笑著點頭，漫不經心的瞄了上官燕身邊的嬌美少女一眼，心裡暗暗一驚。

上官燕是上官家這一輩兒女中天資最出眾的，十五歲便出了師，又在一品樓裡立了足，短短時間內聲名鵲起，堪稱上官家的又一驕傲。可令人意想不到的是，鼎香樓竟然出了個寧汐，風頭比上官燕更勁。更沒想到的是，寧汐居然是這麼一個秀秀氣氣的嬌弱少女，星眸閃亮，雙唇含笑，竟是硬生生將俏麗的上官燕比下了一頭。

寧汐明知上官遠在打量自己，卻坦然鎮定。不卑不亢的立在一旁，絲毫不見慌亂。

方御廚咳嗽一聲，扯入了正題。「諸位大廚，今天比試的專案大家都知道了，是辨別食材，這對我們做廚子的來說，是很重要的基本功。當然，今天的比試要稍微加點難度，要說出食材的名稱，還要說一說食材適合做哪些菜餚的原料，我們三人會根據眾位大廚說的內容打分。分數較低的兩人將會被淘汰，其餘的八人可以參加兩天後的第二輪比試。明白了嗎？」

眾廚子一起應了。

上官遠淡淡地吩咐。「好了，接下來請一個個走上前來。」隨著他這一聲吩咐，氣氛頓時有些微妙的凝滯和緊張起來。

站在第一個的廚子先走了過去，他年齡不大，約莫二十左右，顯然有些緊張，不自覺的搓著雙手。

王大廚隨手指了指。「那邊桌子上有二十個碗，碗裡分別放著處理過的食材。你把第一碗、第二碗都端過來，不能碰觸，只能看和聞，然後說一說碗裡的食材是什麼。」

那個年輕的廚子點點頭，在眾目睽睽之下端了兩個碗過來。因為離了一小段距離，誰也沒看清那碗中到底是什麼，只見那個廚子瞪眼看了半晌，又使勁的嗅了嗅，想了半天才說道：「這一碗裡是魚片，另一碗裡應該是冬瓜泥。」

三位大廚不置可否，好整以暇地等著那個廚子繼續說下去。

那個廚子一開始有些不利索，說著說著總算順暢多了。「這魚片可以用來做溜魚片、水煮魚片，或是清蒸之後再加些調料。至於這個冬瓜泥，可以做羹湯，也可以做肉羹的輔料，還可以做冬瓜丸子。」

三位大廚各自低頭寫了什麼，然後方御廚微微點頭，示意下一個廚子上前。

那個廚子忙退了回來，額上早已冒了一頭的汗。寧汐又是同情又是好笑，忍不住看向那邊桌子上的碗，只可惜離得太遠，根本什麼都看不清楚。

「張大哥，待會兒就到你了，你記得多說一些。」寧汐低低地提醒道。既然是採取打分制，說的多點總不是壞事。

張展瑜一直繃著的臉稍稍柔和了一些，輕輕地點了點頭。總算她還知道關心他，這個認知讓他的心情陡然好了許多。

廚子們一一走上前去，有些廚子侃侃而談，有的廚子卻木訥不擅言辭，憋了半天也說不出幾句話來。張展瑜站在第六個，不一會兒就輪到了。

張展瑜深呼吸口氣，穩穩地走上前去，依著吩咐端了兩個大碗過來，凝神看了過去，只見一個左手的碗中盛放的是菇類，切成了薄片；另一個碗中則是一些圓柱狀的東西，呈淡淡的黃色。

他略一沈吟，便有了答案，朗聲說道：「這個碗中是猴頭蘑，猴頭蘑味道極鮮，就算清炒也是道美味。用來煲湯更是上品，和母雞同煨是最常見的做法。」頓了頓，又接著說道：「至於這個碗裡，放的則是干貝。干貝口感極好，營養價值又高，是宴席上的珍品。可以用來做冬瓜干貝老鴨湯，還可以做干貝海參湯，還可以放些萵筍絲清炒。」

幾位大廚皆暗暗點頭。這個張展瑜沒有一句廢話，有條不紊地將這兩樣食材的優點一一道來，每句話都說到了點子上，足可見功底紮實！

張展瑜見幾個大廚這等反應，便知道自己的表現不俗，過關絕沒問題，暗暗鬆了口氣，含笑轉身走了回去。

兩雙妙目一起看了過來，顯然都在為張展瑜高興。張展瑜心情極佳之餘，看上官燕總算順眼了一些，微笑點頭，算是對上官燕的關心表示謝意。

上官燕初次得到張展瑜善意的回應，心裡一陣狂喜。

張展瑜卻迅速地移開了視線，柔聲叮囑。「汐兒，這是妳的長項，好好表現。」

寧汐點點頭，笑盈盈的走上前去，靜靜的等著吩咐。

按著習慣，本該是王大廚發話。不知怎麼的，上官遠忽地說話了。「妳是寧汐？」

寧汐微微一怔，旋即笑著應道：「小女子正是寧汐。」

上官遠看似漫不經心地打量寧汐兩眼，隨意的吩咐道：「那邊桌子上有兩個小一號的碗，妳去端過來吧！」

王大廚和方御廚眼中同時閃過一絲訝然，不約而同的一起看向上官遠。

上官遠倒是一派坦然，好整以暇地雙手抱胸，眼神冷靜犀利。

寧汐心裡一咯噔，直覺地感到不妙，卻也不好多問什麼，直直地走了過去。目光略一打量，便找到了上官遠說的小一號的碗。

其餘的裝著各類食材的碗都是普通的青花碗，可這兩個小碗卻質地輕薄釉色明亮，顯然品質極好。值得一提的是，別的碗中裝的都是塊狀、粒狀或是細絲、長條之類的食材，而這兩碗裝的竟然都是剁成糊狀的東西。

辨別食材，一般來說都是先看色澤再看形狀最後聞味道。可這兩碗都被剁成了糊狀，哪裡還能看得出原本是什麼？上官遠故意讓她挑這兩碗，分明是在存心刁難！

寧汐心裡暗暗冷笑，面上卻不動聲色，端了兩個碗走了過來。細細的觀察半晌，又聞了聞，不知想到了什麼，微微蹙起了眉頭。

上官遠意味深長的笑著問道：「怎麼？說不出來了嗎？」

第二百五十三章　天賦

面對上官遠的刁難，寧汐淡淡的一笑。「這有什麼難的，我已經知道這是什麼了。」

上官遠挑了挑眉，一副洗耳恭聽的樣子，王大廚和方御廚也頗感興趣地看了過來。

這兩個碗中盛放的食材其實都很常見，關鍵是事前被處理成了糊狀，從外表看，絕對不容易看出是什麼。這不是正規的考題，應該算是加分題。每一組比試完之後，讓所有廚子都試一試，如果有人能說出正確答案，便加一些分數。

可前兩組，根本沒有人做到這一點。

「這個碗裡是牛肉糊。」寧汐清晰的說道。「裡面還加了少許豬肉糊。這是用來做牛肉丸子的。可以下油鍋炸，也可以做清水丸子，清蒸也很美味。」

頓了頓，又笑著說了下去。「至於這個碗裡的食材，顯然是一種蔬菜，色澤白亮，既不是冬瓜也不是蘿蔔，應該是山藥才對。山藥味道鮮美，用來做山藥丸子確實是道美食，不過，做起來頗費功夫。得先將山藥洗乾淨上鍋蒸熟，再去皮，用乾淨的紗布裹好，再用擀麵棍壓成泥。這樣做出的山藥泥柔軟細膩，再加入調料，搓揉成團就可以裝盤了。為了賣相美觀，可以在裝盤的時候撒些熟江米粉。上官御廚，不知我說的對不對？」

清脆悅耳的聲音在廚房裡迴響，幾乎所有人都聽得呆住了。明眼人都能看得出來，剛才上官遠根本是在故意為難寧汐，可寧汐卻在短短的時間內，只看了看嗅了嗅，就說得如此清楚。這份天賦簡直駭人聽聞……

張展瑜唇角上揚，上官燕眼神複雜，王大廚和方御廚則是一臉的驚嘆欣賞，所有人的目光都聚焦在寧汐和上官遠的身上。

偌大的廚房裡一片詭異的安靜，所有人都在等著上官遠的反應。

上官遠面無表情，淡淡地點頭。「說的不錯，妳可以退下了。」

寧汐微微一笑，翩然轉身回頭。在眾廚子驚嘆的目光中，施施然走了回去。張展瑜眼眸發亮，笑著說道：「汐兒，妳剛才說得真好。」他沒有刻意壓低音量，幾乎所有人都聽見了。

寧汐展顏一笑，俏臉晶瑩剔透，似能放出光來。

張展瑜含笑看著她，眼中滿是驕傲。

上官燕笑容一頓，心慢慢悠悠地往下沈，竟然忘了往前走，愣愣地站在原地。

上官遠眉頭一皺，用力咳嗽了一聲。

上官燕定定神，走上前去。照著吩咐也去拿了兩個青花碗，稍微看了看，便將碗中的食材說得明明白白。若單看她的表現，也實在算不錯了，可有寧汐的驚豔亮相在前，她的表現實在不算惹眼。

王大廚和方御廚對視一眼，默默地低頭記了個分數。

上官遠對上官燕的表現顯然不太滿意，略略皺起了眉頭。別人不清楚，上官燕卻最知道自家四叔的脾氣，心知待會兒必然會遭一通數落，心情越發低落。

還剩幾個廚子，也一一上前接受了考核。等最後一個廚子也回來之後，方御廚和王大廚便一起拉著上官遠低聲商議起來。

這三位大廚中，方御廚年齡最大資歷最老，王大廚卻是大皇子府上的，然而論及廚藝，卻以上官遠最佳。而且，上官遠自從入宮做了御廚之後，便很得聖上歡心，在御膳房的幾十位御廚中也是聲名赫赫。因此，三人倒以他的分量最重。

「這一組的廚子表現得倒是都不錯。」方御廚低聲說道：「先淘汰哪兩個為好？」

王大廚沒吭聲，卻看向上官遠。上官遠也不客套，略一思忖，便說了兩個名字。

王大廚忽地笑了，將手中記錄分數的紙張拿了出來，果然也是這兩個人分數最低。方御廚笑了笑，朗聲說道：「這一輪初賽，大家表現不錯，被淘汰的兩個人是……」

眾廚子的心都提到了嗓子眼，就連寧汐也有些緊張的豎起了耳朵。直到方御廚唸出兩個陌生的名字，寧汐才暗暗鬆了口氣。再一看身邊的張展瑜，也釋然地笑了起來。

那兩個被淘汰的廚子，一臉的懊惱，耷拉著腦袋出去了。其他人卻一臉輕鬆的笑意，坦然地走了出去。

上官燕見張展瑜往外走，下意識地跟了幾步，身後忽地傳來低沈的聲音。「燕兒，妳等一等，我有話對妳說。」

上官燕依依不捨地看了張展瑜的背影一眼，不情願地轉身走了過去，低低地喊道：「四叔，你叫我有什麼事？」

方御廚和王大廚識趣的起身，隨意找了個藉口出了廚房。偌大的廚房裡，只剩下上官遠和上官燕叔侄二人。

上官遠銳利的目光定定的落在上官燕的俏臉上，緩緩的問道：「妳今天是怎麼回事？」方御廚和王大廚不知道，他卻是一清二楚，剛才上官燕表現平平，大失往日水準。

上官燕素來膽大，可偏偏最怕冷臉的上官遠，聞言低著頭不吭聲。

上官遠冷哼一聲，沈聲說道：「今天才第一輪，妳就被那個寧汐壓了一頭。就妳這樣，還想做什麼大燕王朝的女御廚，簡直是可笑！」

上官燕心裡不服，卻不敢反駁，咬著嘴唇不說話。

「怎麼？妳不服氣是不是？」上官遠板著臉孔，毫不客氣地數落道：「妳以為方御廚和王大廚看不出來這一點嗎？他們兩個是礙著我的面子不好意思直說罷了。妳不是常在我面前說妳比那個寧汐要強得多嗎？可妳看看她今天的表現，再看看妳自己的表現！妳的心思到底放哪兒去了？虧我為了妳還特地給她出了道難題，要不是因為妳，我今天會丟這個人嗎？」

若不是為了上官燕，他也不會故意為難寧汐，沒料到刁難不成，反而變相地幫著寧汐出了一把風頭，他心頭這口窩囊氣不知憋得有多難受！

「對不起，」上官燕面上閃過一絲羞愧。「四叔，剛才都是我不好。以後絕不會這樣了！」

上官遠餘怒未消。「幸虧今天只是初賽，要是到了決賽妳還這樣心不在焉的，乾脆趁早退出比賽，免得丟了我們上官家的臉。」

上官燕被罵得灰頭土臉，憋屈的保證道：「四叔您放心，我以後一定好好表現。」

上官遠罵了一通之後，心裡的怒氣總算稍稍平息，語氣也跟著和緩了不少。「燕兒，不是四叔想逼妳，只不過這樣的廚藝比賽機會難得。妳必須得進入決賽，才能有資格競選御廚。我們上官家是堂堂廚藝世家，怎麼也不能落在人後。妳自小便聰明過人，天賦出眾，又經過多年苦練，這正是妳一展才華的好機會。要是能在決賽中大放異彩，真的被選入宮中做御廚，那妳就是我們大燕王朝第一位女御廚。這不僅是妳的榮耀，也是我們上官家的榮耀。」

一向不多話的上官遠，滔滔不絕地說了這麼一大通，煽動性極強。

上官燕聽得怦然心動，霍然抬起頭來，眼裡閃出野心的光芒。「四叔，燕兒絕不會讓您失望！」頓了頓，又好奇的試探道：「有件事我一直很奇怪，御廚一般都是男子。就算女子廚藝出眾，只怕也不會有機會入宮吧！」

上官遠淡淡地笑了笑。「今天我說給妳的話，妳千萬別告訴其他人。這次廚藝比賽，其實是公主殿下建議發起的，所以大皇子殿下才會親自出面操辦此事。當今聖上嗜好美食，大皇子殿下借著這次廚藝比賽選拔御廚正是投其所好。等到了決賽的時候，大皇子殿下會親自做評判，到時候就算妳進不了宮，能入大皇子殿下的眼也是好的。」

上官燕聽得一愣，怔怔地看向上官遠。

上官遠深幽的眼眸裡掠過一絲精光，意味深長地笑了笑。「燕兒，妳年齡也不小了吧！妳長得這麼漂亮，又有過人的廚藝，只要是男人，見了都會心動。我和大皇子殿下有過幾面之緣，大不了到時候厚著臉皮替妳引薦引薦。」

大皇子府中縱然有再多美人，也絕不會介意再添這麼一個可人兒吧！上官家若是能攀上大皇子，將來自然是好處多多。

上官燕終於聽懂了上官遠的意思，倒抽了一口冷氣。「不，四叔，我不要！」她才不想進大皇子的府上做一個侍妾！她的心裡，已經被那個溫和俊朗的男子塞得滿滿的了……
「妳這個傻丫頭，」上官遠不悅地白了她一眼。「別人求都求不來的富貴，妳有什麼不滿意的。」
上官燕雖然素來怕他，此時卻也顧不得什麼了，梗著脖子應道：「別人稀罕是別人的事，反正我不稀罕！」
「妳……」上官遠一怒之下，霍然起身。

第二百五十四章　你進我退

上官燕卻倔強地不肯低頭，就這麼直直的回視。從小到大，她都是這副執拗的脾氣。一旦認準了，誰也休想她更改主意。這副臭脾氣，不知讓人多頭痛。

上官遠心念電轉，忽地溫和一笑。「好了好了，我剛才就是和妳隨便聊聊，妳怎麼就當真了。」

「四叔，您真的只是隨便說說嗎？」上官燕一臉的狐疑，上官遠前後態度改變也太快了吧！怎麼看都有點不正常。

上官遠擠出一絲和藹的笑容。「那是當然。妳是我親侄女，我也是關心妳才多說了幾句。要是妳真的不願意，我還能強逼妳不成？」

上官燕垂下頭，一言不發。

爹去世得早，姑姑又遠嫁在外地，她自小便和兩個叔叔很親近。尤其是四叔上官遠，一向疼愛她，叔侄感情和父女差不多。上官遠天賦出眾，廚藝不凡，早早的入宮做了御廚，堪稱上官家的驕傲。算是年輕得志，一直很有野心，她對這一點再清楚不過，如果上官遠真打著什麼主意，也是極有可能的事情……

上官遠溫和地拍拍上官燕的肩膀。「妳別多想了，還是把心思多用點在廚藝比賽上才是正途。那個叫寧汐的天賦過人，妳可不能掉以輕心。一組十個人，能進決賽的只有四個。萬一失了手，可就太丟人了。」

上官燕定定神，點點頭應了，心裡卻多了樁心事，沈甸甸的。

兩天後，第二輪刀功比試開始了。

有了前兩次的接觸，上官燕再接近張展瑜便顯得自然多了。老遠地便笑吟吟的迎了上來。「寧汐妹妹、張大哥，你們今天來得倒是早。」見張展瑜雙手空空，抿唇取笑道：「今天比試刀功，你怎麼連慣用的刀都沒帶來？」

正所謂伸手不打笑臉人，就算張展瑜對上官燕沒多少好感，此刻也不好不理不睬的，只得笑著應道：「我平時用的就是普通的刀，到時候就用這裡的刀就行了。」

上官燕嫣然一笑。「張大哥藝高人膽大，佩服佩服。我可不行，昨天就把刀特地去磨過了一遍呢！」右手中握著一個厚厚的布包，顯然裡面放的是她慣用的刀了。

寧汐也不插嘴，就這麼笑盈盈的立在一旁，手中也拿了個厚布包。

上官燕瞄了一眼，試探著問道：「妳帶了幾把刀過來？」刀具大小不同，用途也不盡相同，每個廚子都有自己的愛好習慣。

寧汐笑了笑，隨意的應道：「就帶了常用的，還有一把雕刻刀。」今天既然是比試刀功，雕刻刀必然不可少。

上官燕有心想看看，卻又不好張口，故意先打開了自己的布包，邊笑道：「你們來瞧瞧我的刀具。」布包一打開，裡面幾把鋥亮的刀具赫然出現在眼前。大小不一的幾把刀並排擺放在一起，刀口鋒利，刀身厚實，通體黝黑發亮，一看就知道不是凡品。

張展瑜仔細看了幾眼，忍不住讚道：「這些刀具都是上品。」絕不是普通的鐵器鋪子能打製得出來的。

上官燕略有些得意地笑道：「張大哥眼光真好。這樣的刀外面可沒得賣，是我四叔特地請了專供御膳房刀具的鐵器鋪子為我打製的，用的是最好的原料，打磨很費功夫的。光這幾把刀，就值十幾兩銀子呢！」此時一個大廚每月工錢也不過在三兩左右，這樣的刀具簡直是天價了！

張展瑜果然一愣，脫口而出道：「這也太貴了吧！」

上官燕抿唇輕笑。「好東西，自然貴些。」眼角餘光有意無意地瞄了寧汐一眼。

寧汐本不打算和她較勁，可她這副洋洋得意的樣子實在太礙眼了，故意咳嗽一聲，也將自己手中的布包打了開來。

上官燕等的就是這一刻，立刻湊了過來，還沒等看清刀具質地如何，便噗哧一聲笑了起來。「妳就用這樣尺寸的刀嗎？」排得整整齊齊的幾把刀，很顯然都小了一號。

面對這麼明顯的奚落和嘲笑，寧汐的語氣要能好得起來才是怪事。「尺寸小點怎麼了？我手小不行嗎？」

上官燕明媚的大眼裡滿是揶揄。「得了，明明就是妳力氣小吧！」不然用這樣小一號的刀具做什麼？

張展瑜悶笑不已，這個是寧汐最不願人提及的話題了。她的個頭不算高，力氣也不大，刀具鍋具只能用特製的小一號的。誰要提起這個，寧汐總是不太高興。

果然，寧汐的雙眸立刻瞪圓了。「力氣小點怎麼了，女子天生力氣比男子小，又不是什麼丟人的事情，難道妳的力氣和男子能一樣嗎？」

上官燕好整以暇地整整衣襟。「不好意思，我自小力氣便和男孩子差不多，又經過了長期的訓練，用的刀具鍋具和男子都一般大小分量，讓妳失望了。」

難得的在寧汐面前占了絕對的上風，上官燕別提多愉快了。

寧汐暗暗咬牙切齒，臉上偏偏還要擠出笑容來。「刀具大一些小一些本也無所謂，今天比試的又不是刀具，而是刀功對吧！」待會兒刀功上見真章，哼！

上官燕挑眉一笑，算是接受了寧汐的挑戰。「好，到時候我們兩人就好好切磋一下刀功。」她接受了將近十年的廚藝訓練，刀功早就練得爐火純青，幾乎沒遇過對手呢！

張展瑜看著兩人大眼瞪小眼的樣子，扯了扯唇角，眼中掠過一絲嘲弄的笑意。她們兩個明明就是面和心不合，在他面前還故意裝出和和氣氣的樣子來，不到一會兒就露餡兒了吧！

寧汐很快反應過來，咳嗽一聲，朝上官燕使了個眼色。「不說這個了，上官姊姊，妳來看看我的刀具質地如何？」

上官燕也察覺出剛才失態了，忙親熱地笑道：「寧汐妹妹用的刀具當然不會差了。」和寧汐親暱的站在一起，討論起刀具的優劣來，倒也挺像那麼回事。

張展瑜看了又是好氣又是好笑，心裡泛起一絲無奈。寧汐這是打定主意要把他和上官燕湊成一對了嗎？

「妳這些刀具是在哪家鋪子裡訂製的？刀身輕薄鋒利，質地很好呢！」上官燕不愧是內行，一眼便看出了寧汐這套刀具的特別之處來。

寧汐笑道：「這是我爹特地到最好的鐵器鋪子為我訂製的。不僅鋒利，而且握在手裡一點都不沈，我用了特別順手。」

「嗯，這種刀具正適合力氣小的人用……」上官燕脫口而出，待瞄到寧汐不豫的臉色，立刻笑著改口。「我的意思是，用這樣的刀具省力氣。」

這還差不多，寧汐總算滿意了，笑著點頭。見張展瑜又不肯吭聲了，忙將張展瑜也拉入話題。「張大哥，你怎麼一直不說話嘛！」

上官燕也笑吟吟地說：「是啊，是不是嫌我在這兒礙事，不想搭理我？」語氣中不自覺地流露一絲嬌嗔，越發顯得嬌俏可愛。妙齡少女的嬌嗔自然動人，哪個男人能拒絕得了這樣的嬌媚？

可張展瑜卻淡淡地笑了笑。「上官姑娘言重了。」還是那副不慍不火的樣子，溫和中透著冷淡疏離。

上官燕笑容有些僵硬。張展瑜沈默少言，看似敦厚溫和，其實很難親近。她的熱情就像撞到了軟綿綿的棉花上，毫無著力的地方。這幾次的接觸下來，根本毫無進展……

氣氛陡然冷了下來，說不出的尷尬。

寧汐連忙笑著打圓場。「都怪我都怪我，張大哥本就不愛說話，我們兩個聊我們的，別拖著他了，免得他不自在。」

上官燕勉強地笑了笑，繼續有一搭沒一搭的和寧汐閒聊，心裡掠過一絲挫敗。

她性子倔強執拗，只要認準了的，就會一直堅持。如今一心喜歡上了張展瑜，明知張展瑜心裡裝的是別的女子，她也沒有一絲退縮的意思。過了片刻，又笑著對張展瑜說道：「張大哥，待會兒的刀功比試，除了指定的題目外，還會要求各人準備一個花式拼盤。現在還有時間，可以提前想一想，免得到時候手忙腳亂的。」

這個消息，自然又是上官遠透露的了。

張展瑜不置可否，點了點頭。「謝謝上官姑娘提醒。」

寧汐笑道：「說到刀功，張大哥可是頂呱呱的。以前我進太白樓做學徒的時候，張大哥就做二廚了，刀功精湛，花式拼盤又做得好，我爹常讓我向張大哥多學著點呢！」

一提到太白樓，張展瑜的面色頓時柔和了許多，笑著應道：「那時候妳才十二歲，還像個孩子。我當時還偷偷想著，妳肯定吃不了苦，最多三天就會累得哭鼻子。」

可沒想到，那樣一個嬌弱的女孩子毅力卻不輸成年男子。明明累得雙腿發軟，還若無其事地強撐著笑容。就算在寧有方面前，也不肯訴苦。那個時候的他，雖然對她有些陰暗的偏見，可也不得不佩服她的毅力和耐力。

或許，那顆名為喜歡的種子，早就悄悄的發了芽，直到後來慢慢地茁壯成長，再也無法拔除……

看著張展瑜眼底那抹若有若無的柔情，上官燕呼吸一頓。

知道是一回事，可親眼看著自己喜歡的那個人眼裡只有另一個女子，那種酸澀的痛楚簡直要將她淹沒一般。

就在三人各懷所思之際，前一組比試的廚子們出來了。

第二百五十五章　刀功比試

一行出來的幾個廚子，有人面露喜色，有人愁眉不展。不用問也知道，那兩個唉聲嘆氣的，一定是本輪比試被淘汰的人了。當下就有相熟的廚子圍上去問長問短，異常喧鬧。

寧汐打起精神，迅速地將刀具包好，和上官燕一起往廚房走去，張展瑜照例默默地跟在身後。

這一次參加比試的只剩八個人，很自覺地排在一列站好。

寧汐站在右首邊，只覺得對面有一雙銳利的眼神直直的打量過來，很自然地挺直了身子。打量她的人，自然是上官遠。

這一次廚藝比試，對上官燕無疑極為有利。就算上官遠什麼都不做都不說，王大廚方御廚也會看他的顏面將分數打得高一些。

而上官燕最大的競爭對手，就是自己了，難怪上官遠對她隱隱的有些敵意……

方御廚清清嗓子笑道：「今天比試刀功，各位大廚按著順序到那邊的案板前站好，刀具砧板都是現成的。如果有自帶刀具的，也可以拿出來用。」

待各人都站定之後，方大廚又說道：「每個砧板旁邊都有一個木盆，裡面放了幾種食材。請各位大廚們聽好了，今天的刀功比試共有兩樣，第一樣是切菜，第二樣則是花式冷盤。素菜可以切成細絲，肉食可以切成片狀或塊狀，限時一炷香時間。若是在一炷香燃盡了還沒完成，立刻淘汰。全部完成的，由我們三個評判一一打分，分數最低的兩人被淘汰。」頓了頓，揚高了聲音喊道：「等香點上了，我會喊一聲開始，大家再一起動手。聽到了嗎？」

高低不一的聲音響起。「聽到了。」

趁著香還沒點的片刻工夫，寧汐匆匆地瞄了木盆一眼。只見木盆裡堆滿了各式食材，黃瓜、萵筍、胡蘿蔔、青菜林林總總不下十種，至於肉食類，有部分是熟食，也有一部分是鮮肉。熟食倒也罷了，這鮮肉切片卻是最考究刀功的。在保證速度的情況下，還得將肉片切得均勻美觀，這可不是件容易的事情。

張展瑜壓低了聲音提醒道：「汐兒，先切蔬菜。」蔬菜切得快些，還能多騰出點時間來切肉食。

寧汐點點頭，捲起了袖子，將刀具一一拿出來。待香一點上，便飛速地動起手來。只見她手起刀落，動作流暢優美，蔬菜很快便被切成了細絲。

張展瑜動作沈穩有力，速度竟比寧汐還快了些。

至於上官燕，刀功顯然是她的長項。不僅切得快，而且切出的細絲大小均勻，十分整齊。一時之間，廚房裡淨是叮叮咚咚的切菜聲，別有一番動聽美妙。

幾位評判先還坐著，後來便忍不住低聲議論起來。

王大廚嘆道：「這一組裡真是人才濟濟啊！」別的廚子倒也罷了，可寧汐、張展瑜、上官燕三人卻著實惹眼。

方御廚也讚許的點頭。「是啊，尤其是上官姑娘，刀功精湛，堪稱無人能及。」寧汐的刀功自然也是出眾的，不過，論速度力道都稍遜上官燕一籌。

上官遠的眼中掠過一絲自得的笑意。上官燕曾接受過嚴苛的廚藝訓練長達十年，刀功自然不在話下。寧汐天分雖高，可學廚的時間卻遠不及上官燕，這一項的比試上自然不如上官燕了。

寧汐全神貫注的切菜，根本無暇抬頭看別人。等菜切得差不多了，時間已經過了大半。在剩下的短短時間內，想做一個複雜的花式拼盤是不可能的，食材又有所限制，所以大部分廚子選擇的都是中規中矩的拼盤，諸如葵花拼盤之類的。

上官燕顯然早有準備，不慌不忙地做起了花式冷盤。

寧汐匆匆地瞄了她一眼，心裡一凜。上官燕果然有幾分真本事，動作竟然比她還快，花式冷盤已經做了快一小半了。雖然暫時還看不出做得如何，可看上官燕那副信心滿滿的樣子，一定不會差了。今天要想在這一輪比試上勝過她，一定得想些出其不意的法子才行……

寧汐心念電轉，已經有了主意。木盆裡各種食材都剩了一些，她迅速地挑出能做冷盤的食材，用雕刻刀迅速的去皮雕花。一朵朵或半開或盛放或含苞的花朵，在寧汐的手中迅速成形，紅色的胡蘿蔔雕花，青色的蘿蔔雕花，白色的冬瓜雕花，一一被擺放到了盤子中間。

看似隨意的擺放，其實也頗有講究。錯落有致，有密有疏。最後，又用嫩綠的黃瓜皮拼湊成幾片葉子在中間點綴。

在香燃盡的一剎那，終於完成了。

「請諸位大廚停手。」方御廚沈聲說道。一聲令下，不管有沒有做完，廚子們都只能放下手中的刀。

寧汐長長地鬆了口氣，額頭早已冒出了密密的汗珠。好險，差一點時間就不夠了。

此時，她終於有閒情看看別人的冷盤了。先看張展瑜的，他今天做的是三色冷拼，整齊又美觀。細細看去，每一片厚薄相同大小一致，果然功底深厚！寧汐忍不住讚道：「張大哥的冷盤做得真好。」

張展瑜笑了，壓低了聲音應道：「別人這麼誇我也就罷了，妳這樣誇就是臊我了。」寧汐的巧手無人能及，這麼短的時間裡，竟然用各色食材雕了各種顏色的雕花，每一朵姿態不一，栩栩如生，簡直令人嘆為觀止。

寧汐對自己今天的表現也頗為滿意，聞言嘻嘻一笑，又轉頭看向上官燕。待看清楚上官燕做的冷盤之後，不由得一驚。

一輪紅日緩緩下沈，一棵茂盛的大樹枝葉繁茂，一隻飛鳥還巢，下面是一汪清清的池塘。彷彿一幅靜止的畫，讓人心曠神怡。

好高妙的刀功，好精湛的技藝！

張展瑜順著寧汐的目光看了過去，也是一愣。平心而論，上官燕的刀功實在精湛過人，甚至比寧汐還稍勝一籌。這個熱情爽朗大膽的少女，果然有驕傲的本錢。再看上官燕，忽然心裡浮起一絲微妙的感覺來。

上官燕似是察覺到了什麼，朝張展瑜笑了笑，那笑容燦爛炫目，美極了。

三位大廚依次看了過去，邊看邊暗暗點頭。這一組的廚子刀功都不錯，在短短的時間裡大致全都完成了。再看花式冷盤，各有各的特色，讓人看了眼花撩亂。

忽然，一盤精緻的雕花拼盤映入眼簾。

王大廚只覺得眼前一亮，頓時讚不絕口。「這個冷盤做得真精緻。」雕花看似簡單，其實最能看出廚子的手藝。有一刀雕錯了都會影響整朵花的美感。因此，一般廚子做雕花的時候都很小心，速度很難快得起來。可眼前的這個冷盤上，共有十朵形狀各異的雕花，竟然沒有一刀敗筆，足可見刀功精妙。

方御廚凝神看了兩眼，驚嘆不已，忍不住問道：「這道冷盤有名字嗎？」

寧汐抿唇一笑。「叫十全十美！」一共十朵雕花，每一朵姿態不同，卻都栩栩如生十分精緻，果然稱得上十全十美。

方御廚和王大廚紛紛點頭稱讚不已。上官遠眸光一閃，瞄了寧汐一眼，淡淡地說道：「還算不錯，我們再往下看吧！」

張展瑜的三色冷拼也極為醒目，三位評判駐足片刻品頭論足，又到了上官燕的案板前細細地看了起來。

「妙！妙！實在是妙！」方御廚一連道了三個妙，眼裡閃出光芒。「上官侄女刀功實在是妙啊！」

王大廚立刻笑著附和。「是啊，這麼短的時間裡能做出這樣別致的冷盤，實在厲害。」

上官燕被讚得渾身飄飄然，竭力壓抑住心裡的興奮，笑著應道：「這道冷盤叫夕陽西下。」眼角餘光瞄到上官遠滿意的表情，心裡越發得意。

不用問也知道，今天她比寧汐表現得更耀眼！

待三個評判走了之後，上官燕施施然走到寧汐身邊，盈盈笑道：「寧汐妹妹，上一輪算我輸給妳，今天我可扳回一城了。」

寧汐扯了扯唇角。「上官姊姊刀功精湛，佩服佩服。」雖然她心裡有些不痛快，不過，不得不承認上官燕今天表現比她更出色。

上官燕挑眉一笑。「我們現在算是平手了，再過兩天是火功比試，到時候我們一決高下如何？」

寧汐淡淡地笑了笑，點點頭。

就在此刻，三個評判已經把所有廚子的作品看了一遍，商議過後，宣佈了兩個名字。被點中的廚子面如土色，一臉頹然。其餘人卻都長長鬆了口氣，一臉輕鬆地出了廚房。

張展瑜邊走邊偷看寧汐的臉色，言不由衷地安撫道：「妳今天表現得已經夠好了，不比任何人差。」

寧汐啞然失笑。「輸了就是輸了，我又不是贏不起輸不起的那種人。下次比試再來過，我絕不會輸給她的。」語氣裡滿是自信。

張展瑜用力地點點頭。

兩人邊走邊說笑，眼看著已經出了一品樓的大門，身後忽地響起上官燕的聲音。

「等一等！」

第二百五十六章　賭約

寧汐疑惑地停下腳步，轉過身來。「還有什麼事？」

上官燕絲毫不忸怩地笑道：「天色還早，你們何必急著早早回去，我陪你們在附近轉轉吧！」話是衝著寧汐說的，可那雙明媚的大眼卻一直在看著張展瑜。

寧汐心裡暗暗好笑，這個上官燕的熱情直接真是舉世罕見！所有的愛慕都赤裸裸的表露在了臉上，就連她這個局外人看著都覺得心裡一熱。也不知張展瑜會是什麼感覺……

被兩雙妙目這麼盯著，張展瑜卻是一臉淡漠，不置可否。

寧汐心念電轉，咳嗽一聲笑道：「也好，反正天還沒黑，就出去轉轉好了。」好人做到底，給上官燕和張展瑜多製造個機會。

張展瑜見寧汐張嘴發了話，心裡掠過一絲苦澀，卻沒出言反對。

上官燕明眸一亮，唇角高高的上揚，歡快地笑道：「這附近有一間茶樓，茶點十分美味，我請你們兩個去喝茶。」主動的拉了寧汐的手，一起往前走。

張展瑜漫不經心地跟在後面，目光定定地落在寧汐的身上。此時寧汐不知和上官燕說了什麼，正巧側了臉。長長的睫毛，翹挺的鼻子，紅潤的唇角上揚，那一抹甜美的笑容一如往昔般動人，卻離他越發遙遠……

寧汐偶然回頭，見張展瑜一臉的落寞，心裡頗不是個滋味，忙笑著招手。「張大哥，你走得太慢了。茶樓就在前面呢！快些過來！」

張展瑜打起精神，點了點頭。

三人一起進了茶樓，尋了個靠窗的位置坐下。跑堂的殷勤的過來招呼，上官燕輕車熟路地點了一壺好茶，又笑道：「把你們這兒最好的茶點上四盤來。」

喝著熱呼呼香噴噴的茶，配著香甜美味的茶點，緊繃了半天的神經總算舒緩了下來。寧汐懶洋洋的靠在椅子上，滿足地輕嘆口氣，像極了饜足的小貓。

張展瑜本有些陰鬱的心情忽地散開了，親暱地笑道：「茶點好吃嗎？」

「好吃極了。」寧汐笑咪咪地點頭。

「那我們走的時候帶一點回去。」張展瑜的眼中滿是寵溺。

寧汐用力地點點頭。

上官燕不甘被冷落在一旁，笑著插嘴道：「這兒有一種玫瑰餅，是用新鮮的玫瑰花瓣和著麵做出來的，還會加些蜂蜜，吃起來香甜可口，別有風味。」

寧汐一聽立刻嘴饞了，眼睛一亮。「真的嗎？那快些上一盤來嚐嚐。」

上官燕聳聳肩笑道：「不是我小氣捨不得請妳吃，這種玫瑰餅是要看時令的。現在不是玫瑰花開的季節，哪有什麼玫瑰餅。」

「說到這個，我倒是有了個想法。」寧汐興致勃勃地說道：「要是能將各式鮮花入菜，一定別有風味。」

鮮花入菜？上官燕一愣，下意識地說道：「花是用來觀賞的，怎麼可以做菜？」這想法也太大膽了吧！

「怎麼就不可以？」寧汐不以為然地反駁。「蔬菜的葉子能吃，難道花瓣就不能吃嗎？」

上官燕立刻較上勁了。「我學廚這麼多年，還從沒聽說過花瓣能拿來做菜的。」

寧汐伶牙俐齒地反駁。「妳沒聽說過，不代表這樣不行。」

上官燕輕哼一聲。「我們上官家世代都是廚子，族譜往上翻可以追溯到前朝，留下了好多食譜，可沒有一本上面寫著可以用花來入菜的。」

「那只能說明你們思想迂腐，不敢創新。」寧汐笑著挑眉。「食譜再好，畢竟是死的，可人是活的，應該大膽的嘗試，做出新菜式來。不然，豈不是故步自封了嗎？」

上官燕被噎住了，半晌才擠出一句。「反正我覺得不行。」出口之後，又覺得語氣太弱了，忙補了一句。「妳說得這麼漂亮動聽，有本事做兩道給我看看。」

寧汐傲然一笑。「好，就這麼說定了，過兩天第三輪比試菜餚，我就做給妳看看。」

上官燕應得乾脆俐落。「要是妳真能做出來，還能得到評判們的誇讚，就算妳贏。從此以後，我都甘願居妳之下，再也不提排名先後。不過，要是妳輸了……」

「以後妳排我之上，絕沒二話！」寧汐的傲氣也被激出來了，立刻下了賭約。

上官燕等的就是這一句。「君子一言！」

「快馬一鞭！」寧汐不假思索地應道。

前一刻還有說有笑的親熱模樣，一轉眼就像兩隻鬥雞一樣妳瞪我我瞪妳互不相讓。張展瑜看得又好氣又好笑，故意咳嗽一聲。「妳們兩人既然立了賭約，我來替妳們做個見證好了。」

雖然他也覺得用花入菜匪夷所思，但是他對寧汐有種近乎盲目的信心，幾乎可以預見到時候上官燕一定會輸得很慘。

上官燕從他的笑容中似乎看出了什麼，心裡只覺得堵得慌，忽地脫口而出。「張大哥，你認為我一定會輸是不是？」

張展瑜淡淡地一笑。「妳決意和汐兒立賭約，我什麼想法不重要。」

「不，對我來說很重要！」上官燕明媚的大眼異常的明亮，直直地看向張展瑜。「張大哥，你是不是覺得我處處都不如寧汐？」

那是當然！張展瑜總算沒將這句傷人的話說出口，默然不語，殊不知這種無言的承認更傷人心。

如果是別的少女遇到這樣的尷尬窘境，只怕早就哭著跑走了。可上官燕卻撐著不肯失態，哪怕眼淚已經到了眼眶裡，依舊強忍著沒有掉落下來。她深呼吸口氣，輕輕地說道：「兩天後見，到時候誰輸誰贏自有分曉。我還有事，先走了。」說著，從荷包裡取出碎銀子放在桌角，然後起身轉身離開。

她的背影有些僵硬，卻挺得筆直，就這麼直直地離開，從頭至尾都沒有回頭。

張展瑜看著她的背影，心裡忽地掠過一絲淡淡的歉疚。他剛才是不是太過分了？就算心裡再不痛快，也不該這麼對她。她畢竟只是個女孩子，又一心戀慕著自己，他那樣的態度也太傷人了……

「張大哥，你怎麼這麼對人家！」寧汐略有些不快地看了過來，眼中滿是不贊同。「上官燕是個好姑娘，你就算不喜歡她，也不該這麼傷人吧！」

「那我該怎麼說？」張展瑜反問道：「我心裡就是這麼想的，難道要說謊話騙她才對嗎？她心裡怎麼想是她的事，我為什麼要顧慮她的感受？」

寧汐瞪圓了眼睛，一臉的不敢置信。「張大哥，你怎麼說這種話？」他怎麼能說出這麼尖酸刻薄的話來，這還是那個寬厚溫和的張展瑜嗎？

張展瑜也不知自己是怎麼了，一連串的話就從口中冒了出來。「我怎麼就不能說這樣的話。照妳的意思，我應該二話不說接受她的心意才對是吧！你們甜甜蜜蜜恩恩愛愛，我在一旁太不識趣太礙眼了，所以妳迫不及待地把我推給別的女子，以後就再也不會影響到妳和容瑾了是吧！」

寧汐蹙起眉頭。「張大哥，好好的，你怎麼又扯到我和容瑾了。」

「難道我說得不對嗎？」張展瑜將心底壓抑許久的怨懟一股腦兒的傾洩了出來。「我已經徹底退讓什麼也不敢爭了，為什麼妳一定要我接受別的女孩子？說到底，就是妳嫌我礙眼了，影響了妳和容瑾。今天我就把話說清楚了，她再漂亮再好和我也沒關係，我一點都不喜歡她，妳以後別再操這份心了！」

最後一句話猶在耳際，張展瑜已經起身大步走了出去。

寧汐不假思索地起身追了上去。「張大哥，你等等！」

張展瑜抿緊了嘴唇，非但沒停，反而走得更快了。身後傳來寧汐的呼喊聲，他置若罔聞，逕自往前走。忽然聽到身後傳來「哎喲」一聲痛呼，分明是寧汐的聲音。

張展瑜心一沈，立刻轉身看去，卻見寧汐面色蒼白的蹲下了身子，一臉的痛苦。

心。

「汐兒，妳怎麼了？」張展瑜呼吸一頓，面色一變，急急地湊上去看個究竟。

寧汐疼得直冒汗，哪裡還能說得出話來。剛才跑得太急，一個不小心扭到了腳，簡直疼得鑽心。

張展瑜悔得腸子都青了。「對不起，都怪我，都是我不好。」要不是為了追他，她怎麼也不會扭到腳的。

寧汐深呼吸一口氣，強擠出一絲笑容。「我沒事，一會兒就好了。」話是這麼說，額上卻冒出了細細的汗珠，顯然疼得不輕。

張展瑜也顧不得男女之別了，忙蹲下身子，將她扶著站了起來，憂心忡忡地問道：「妳怎麼樣？好些了嗎？要不要去醫館裡看看？」

「不用了。」寧汐定定神，忍著痛楚開口。「張大哥，你剛才真的誤會我了，我從沒有一絲一毫嫌棄你的意思，我只是不忍心見你每天孤零零的一個人，你在京城本就無親無故的，又沒個貼心的人在你身邊照顧你，我只是想著你身邊能多個可心的姑娘……」

「先別說這些了。」張展瑜匆匆地打斷寧汐的話。「時候不早了，我先扶妳回去再說吧！」

寧汐無奈地點點頭，在張展瑜的攙扶下回了鼎香樓。

第二百五十七章　疼惜

「汐兒，妳這是怎麼了？」寧有方老遠地就迎了上來，見寧汐走路一跛一跛的，被嚇了一跳。

寧汐擠出笑容。「沒什麼，剛才走路的時候不小心扭了一下，休息會兒就好了。」

寧有方皺著眉頭，蹲下身子看了看。「還說沒什麼，妳的腳脖子都有些腫了。快別站著了，進去坐下歇著。妳都這麼大的人了，走路還這麼不小心，真是……」邊數落邊攙扶著寧汐進去坐下。

寧汐乖乖地任由數落，一句都沒反駁。張展瑜卻聽不下去了，愧疚地說道：「師傅，今天都怪我。汐兒要不是為了追我，也不會扭到腳了。」

寧有方一聽便知其中有些內情，皺眉問道：「到底怎麼回事？」

張展瑜張了張嘴，卻又不知道從何說起，總不能說是為上官燕的事情才鬧口角的吧……

「爹，您就別多問了。」寧汐為張展瑜解圍。「是我鬧了點小脾氣，把張大哥給氣走了。後來追的時候又不小心，才會扭傷腳的。不怪張大哥，都怪我自己不好。」

一番話說得語焉不詳，寧有方聽得一頭霧水，總算沒有再追問。叮囑寧汐坐著好好休息，便去了廚房忙活做事去了。

「張大哥，我已經沒事了，你也去忙吧！」寧汐笑著催促。

張展瑜遲疑地問道：「妳的腳真的不疼了嗎？」

寧汐用力點頭，順便奉上一朵大大的笑容。「真的不疼了，我再坐會兒就好了。」

張展瑜神情複雜，欲言又止，終於轉頭走了。等張展瑜的身影一離開，寧汐的笑容立刻垮了。好痛！本就扭到了腳，又一路忍痛走回來，現在不知腫成什麼樣子了……

寧汐苦巴著臉捲起褲腳，腳脖子果然有些腫了。看這架勢，至少得在家裡休息兩天才行，千萬不能影響到兩天後的廚藝比賽才好。

心裡正嘀咕著，忽聽耳邊響起了熟悉的聲音。「汐兒。」

寧汐反射性地將褲腳放好，坐直了身子，唇邊漾起一抹甜笑。「你今天怎麼有空過來了？」

容瑾早眼尖的瞄到了她的動作，瞇起了雙眼。「妳的腳怎麼了？」

離得這麼遠，居然都留意到了，這眼神也太好了吧！寧汐心裡腹誹著，面上卻是若無其事的笑容。「沒什麼。」

容瑾不悅地瞄了她一眼，繃著臉走上前來，蹲下身子就要查看。寧汐哪裡肯讓他看，邊閃躲邊陪笑。「真的沒什麼，你別疑神疑鬼的好不好？」

沒什麼才是怪事，瞧這一臉心虛諂媚的笑容！容瑾不由分說地握住她的腿，迅速地捲起褲腳看了一眼，待看到腳踝處腫了一片，臉立刻黑了。「這是怎麼回事？」

寧汐見瞞不過去，只得輕描淡寫地將當時的事情說了一遍。「……真的是我不小心扭了一下，跟張大哥一點關係都沒有。」

容瑾輕哼一聲，對她包庇張展瑜的行為十分不滿。「妳確定和妳的張大哥沒一點關係？」故意在「妳的張大哥」幾個字上咬了重音，濃濃的酸味飄得滿屋子都是。

寧汐又好氣又好笑，嗔怪地白了他一眼。「你又開始小心眼了，有點男子漢風度好不好！」

容瑾懶得和她爭辯這個問題，伸出大手細細的摩挲著她的小腿。寧汐被溫熱的大手摸得渾身發軟，軟軟地抗議。「你、你別亂摸。」

容瑾低低地笑了。這些日子他忙於公務，她又忙著廚藝比賽的事情，兩人已經很久沒這麼親暱的在一起說話了。他真是懷念她軟軟糯糯的腔調啊！

兩人四目在空中相接，明明什麼也沒做，卻一室的曖昧與旖旎。兩人眼中只有彼此，壓根兒沒留意門邊那雙盛滿了酸澀和痛苦的眼眸。

張展瑜站立了片刻，終於咬咬牙，轉身走了。

已經不是第一次親眼目睹寧汐和容瑾的親密了，可每一次看到，他的心都似刀割一般。所謂默默守在她身邊，只是自欺欺人，他根本放不下，也難怪容瑾總是對他的存在耿耿於懷。或許，他真的該好好想一想了……

寧汐和容瑾渾然不知張展瑜來了又走了，依舊靜靜的對視，情愫在彼此眼中流淌。

容瑾的眼眸一暗，聲音有些沙啞。「汐兒，我送妳回家。」只恨地點太不合宜，不然，他只怕早就控制不住自己了！

寧汐眼波流轉，輕輕地應了聲。容瑾蹲下身子，笑道：「上來，我揹妳。」

寧汐自然不肯，紅著臉啐了他一口。「去你的，我自己走就行了。」

容瑾卻異常堅持。「馬車就在外面，我揹妳到馬車上。妳的腳腫成這樣，不能再用力了。要是真的弄傷了，過兩天的廚藝比賽妳還打不打算參加了？快些上來！」

寧汐猶豫片刻，終於狠狠心伏了上去。

軟軟的身子緊緊的貼在背上，那種香豔旖旎的滋味真是無法用言語形容。容三少爺生平第一次揹人，竟然半點不適應也沒有，心裡暢快得很。

這一路上，免不了要碰到鼎香樓裡的人。雖然人人都知道容瑾和寧汐的關係非比尋常，可光天化日之下，容瑾就這麼大剌剌地揹著寧汐走了出去，實在是太過震撼了，一個個瞪圓了眼睛，就差沒當面竊竊私語了。

容瑾表現得很淡定，腳步絲毫不亂。

寧汐俏臉滾燙，索性將頭埋在容瑾的肩頸旁，再也不肯抬頭了。從今以後，她是再也沒有閨譽可言了。

一直到上了馬車，寧汐都不肯正眼看容瑾一眼。

容瑾心裡又是暢快又是得意，調笑道：「有什麼好害羞的，等我正式娶妳過了門，天天揹著妳到處走，看看誰敢笑妳！」

寧汐噗哧一聲笑了起來。「你也不怕別人笑話你。」堂堂狀元郎做這種事，不被人笑死才怪呢！

容瑾好整以暇地笑了笑。「這是夫妻情趣，就算皇上也管不著，誰敢笑話我？」

提到「夫妻」兩個字，寧汐的心裡甜甜的，當容瑾伸出手攬過她的肩膀時，她柔順的依偎了過去。然後微微仰頭，迎接容瑾的熱吻。

唇舌交纏，兩顆心也緊緊地貼在了一起。

容瑾漸漸不滿足這樣的親吻，一隻手緊緊的摟著寧汐，另一隻手則悄然地在她的後背游移，漸漸地往胸前移去。先是輕輕的撫摸，然後加了些許力道揉搓。那感覺實在太過美妙，讓人沈醉其中……

「你幹什麼？」感覺到容瑾的手在衣襟處打轉，寧汐立刻被嚇得回過神來，不假思索地推開他，一臉的戒備。

容瑾毫無愧色。「在馬車上我還能幹什麼？」親親摸摸的稍解相思之苦而已。

這個厚顏無恥的傢伙！寧汐又羞又惱的瞪了他一眼，發出鄭重警告。「從現在開始，你不准碰我一下。」

容瑾悶笑出聲，總算識趣地沒再多說什麼，隨意的扯開話題。「今天的比賽怎麼樣，說來聽聽。」

一提比賽，寧汐頓時來了精神，比劃著將今天刀功比試的事情說了一遍。容瑾先還笑咪咪的，待聽到寧汐竟然輸了上官燕一籌，立刻冷哼一聲。「我才不信那個上官燕能勝過妳，肯定是她四叔在裡面搞了鬼，事先偷偷告訴她比賽的內容。她在賽前肯定早已練過不止一次了，真正到了比賽的時候，當然順手。」

寧汐淡淡地笑了。「不排除有這個可能。不過，平心而論，她的刀功確實很精湛。不愧接受過長期的訓練，比我這個半途拜師學廚的要紮實多了。」

刀功的高低，不僅要看天分，更重要的是後天的勤學苦練。寧汐學廚還不滿三年，就算天天練，也比不過自小就勤練的上官燕，輸了也在情理之中。

容瑾還是有些悻悻。「再過兩天，我陪妳一起去，看誰敢在我眼皮子底下搗鬼。」

寧汐心裡甜絲絲的，口中卻說道：「不用，我自己去就行了。對了，有件事我還沒告訴你呢！」說著，便將和上官燕立賭約的事情說了一遍。

本以為容瑾會驚訝，沒想到他竟然笑了起來，眼裡滿是讚許。「汐兒，妳果然很有靈性。妳設想得沒錯，鮮花入菜確實可行。」

他的語氣異常篤定，寧汐反倒是一驚。「你怎麼這麼肯定？難道你見過這樣的菜餚？」

容瑾眸光一暗，含糊地應道：「我猜的。」

他肯定是有事在瞞著她！寧汐狐疑地看了他一眼。「你真的只是猜的嗎？」

容瑾咳嗽一聲，顧左右而言他道：「還有兩天，妳是不是要好好練一練？這個時節鮮花不少，容府的花園裡多得是，我明天早上就摘些鮮花給妳送過去。」

寧汐的注意力立刻被吸引了過去，興致勃勃地追問起都有哪些時令鮮花，邊在心裡琢磨起了菜式。

容瑾巴不得她趕快轉移話題，笑著說道：「妳放心，我明天天沒亮就起床，把園子裡所有的鮮花都摘個遍，通通給妳送過去。不過，有一點可要說好了，妳做出的新菜式，我要第一個嚐！」

寧汐抿唇一笑，點點頭應了。

第二百五十八章　新菜式

天剛濛濛亮，寧家小院的門就被敲響了。

阮氏正打算走過去開門，寧汐搶著笑道：「我去開門！」右腳扭傷了不太利索，索性用左腳一蹦一蹦地跳過去了。

阮氏看了又好氣又好笑，揚聲喊道：「小心點，別再扭著左腳了。」這麼大的姑娘了，還像個孩子一樣毛毛躁躁的。幸虧是在家裡，沒被外人瞧見。

寧汐已經跳到了門邊，聞言調皮地回頭扮了個鬼臉。「娘，您別咒我好不好。」邊笑吟吟地開了門。

一束猶帶著露珠的木槿花陡然映入眼簾，淡淡的粉色如同少女臉頰的嬌羞，一朵朵簇擁在一起，美得清新，美得令人屏息。

寧汐呼吸為之一頓，驚嘆不已。「好美的花！」情不自禁接過花，低頭深深的嗅了一口，那淡雅清幽的香氣瞬間將她包圍，讓人陶醉不已。

容瑾懶懶地倚在門邊，唇角含笑。「在我眼中，妳比花美得多了。」難怪都說鮮花送美人，寧汐俏生生的立在那兒，捧著一大束木槿花，唇角那抹甜蜜的笑容讓木槿花頓時失了幾分顏色。所謂人比花嬌，可不就是如此？

寧汐心裡甜絲絲的，口中嬌嗔道：「油嘴滑舌！」

容瑾一本正經地反駁。「我是不是油嘴滑舌，妳應該最清楚才對，可不能隨便冤枉我。」話說得正經，可眼神卻異常的曖昧。

待寧汐會意過其中的「深意」，頰邊頓時飛起兩抹紅雲，咬牙切齒的警告。「再敢胡言亂語，我現在便攆你走。」

容瑾低低地笑了，他本就生得比女子還美，這一展顏，更是風華無雙。

巷子裡早起的人家，都已被這邊的動靜吸引了注意，有的透過門縫張望，有的乾脆站在門口正大光明地往這邊看。

寧汐被看得渾身不自在，忙低語。「別在外頭站著了，快些進來。」

容瑾悠然進了寧家小院，順手關了門。寧汐這才注意到他的左手拎了一個大大的竹籃，裡面赫然放著各式鮮花，顯然都是從枝頭上剛剪下來的，上面還凝著露珠。

寧汐頓時心花怒放。「太好了，這麼多鮮花，足夠我今天研究新菜式的了。」

容瑾見她如此開心，也跟著笑了。「妳喜歡就好。」不枉他早早起身在花園裡忙活了一個早上，能博得心上人開懷一笑，也值得了。

寧汐喜孜孜地接過了籃子，隨口問道：「這些花都是你讓人摘的嗎？」

容瑾笑而不語。

阮氏迎了上來，接過寧汐手中的鮮花和竹籃，笑道：「容瑾，這一大早的麻煩你送花過來，真是過意不去了。」

容瑾對待未來的丈母娘一向很客氣，忙笑著應道：「寧大娘，妳說這話可太見外了。這些許小事能算什麼，我天天來叨擾才是真的過意不去。」
阮氏被哄得笑咪咪的，忙去準備早飯。
吃罷了早飯，寧有方去了鼎香樓。阮氏也笑道：「今天是暉兒會試最後一天了，我去考場外等等他。」會試一共連考三天，最後一天只考半日就結束。
寧汐有些遺憾地嘆道：「哥哥見我沒去等他，一定會怪我了。」只可惜她扭傷了腳，根本不能走這麼遠的路。
阮氏笑著安撫道：「妳腿腳不靈便，就在家裡好好待著。對了，妳不是想用鮮花做些新菜式嗎？今天就在廚房裡好好搗鼓，等妳哥哥回來了，能吃到妳親手做的新菜式，一定很高興。」
這倒也是，寧汐用力點頭。
阮氏一走，寧家小院裡便只剩下容瑾和寧汐兩人了。容瑾等的就是這一刻，先來個餓虎撲羊，狠狠地摟著寧汐親了一通，順帶過了一番手足之癮。
寧汐軟軟地抗議道：「別胡鬧，我今天有得忙呢！」新菜式可不是那麼容易就做出來的，怎麼著也得試驗幾次才行。
容瑾不太情願地鬆了手，自告奮勇地說道：「我也來幫忙！」
「你來幫忙？」寧汐斜睨了他一眼，輕哼了一聲。「算了吧！別越幫越忙了！」天天到寧家來蹭早飯，也沒見他幫著收拾過一回碗筷。
「喂，妳別小看我好不好。」容瑾的自尊心大大受傷了。
「好，我不小看你。」寧汐好整以暇地雙臂環胸。「那你告訴我，你會做什麼？理菜？洗菜？切菜還是生爐火？」

一樣都不會……容瑾咳嗽一聲，義正辭嚴地說道：「這些瑣事不算什麼，妳不是要研究新菜式嗎？我來做妳的技術指導。」所謂技術指導，也就是幫著嚐嚐菜兼挑挑毛病之類的。這可是他的長項！

寧汐樂得格格直笑，容瑾被惹得心癢癢的，又躍躍欲試打算撲上來。寧汐嬌笑著躲了開去，一頭鑽進了廚房。

這一個上午，就在忙碌中度了過去，廚房裡不時的傳出喧鬧聲。

「喂，你怎麼又來偷吃了？」

「我這怎麼是偷吃，我是品嚐知不知道？」某人義正辭嚴的反駁，邊吃還邊批評。「調料放得重了，遮蓋了菊花本身的清香。還有這個，酥炸木槿花太過清甜了，得注意火候……」滔滔不絕地說個不停。

寧汐口中不停地和他鬥嘴，心裡其實早已暗暗把他的評點之詞都記下了。等到了中午的時候，阮氏和寧暉推門而入，滿院子的飯菜香氣迎面撲來。

寧暉狠狠地嗅了幾口，大聲嚷道：「妹妹，做什麼好吃的了？快點通通端上來，我都要餓死了。」

寧汐正好把最後一樣菜端上了桌，聽到寧暉的聲音立刻驚喜地迎了出來。「哥哥！」

寧暉滿臉的笑容在見到她一跛一跛的樣子之後立刻沒了。「妳的腳怎麼了？」有意無意地瞄了容瑾一眼，該不是和容瑾有關吧？

容瑾無端被疑，心裡有些不快，卻也不好表露出來，淡淡地說道：「汐兒昨天從一品樓回來的時候扭傷了腳。」

寧暉這才釋懷，忙攙扶著寧汐往屋裡走，邊數落道：「瞧瞧妳，都這麼大的人了，走路怎麼還這麼不小心……」

寧汐連連告饒。「哥哥，你就別數落我了。我已經知錯了，以後走路時保證只盯著路面。」不過是扭了一下，人人見了她都是這麼幾句，真是夠鬱悶的。

寧暉啞然失笑，親暱的扯了扯她的辮子。「妳呀，總讓人不放心。」寧汐笑嘻嘻地倚在他的身上，嬌憨地笑了起來。

容瑾看著兄妹兩個親暱的樣子，心裡頗不是滋味地想道，就算是兄妹，也該稍微保持點距離好吧！竟然還扯寧汐的辮子！他還沒捨得這麼扯過呢……

那一廂，阮氏卻對著滿桌的菜餚驚呼起來。「汐兒，妳竟然真的用鮮花做了這麼多的菜！」

寧汐得意地一笑。「那是當然，我整整忙活了一個早上呢！」

寧暉被吸引了過來，待看清楚桌上的菜餚時，頓時嘖嘖地驚嘆起來。「妹妹，妳太厲害了！」竟然每道菜裡都有各式鮮花，有的甚至以鮮花為主料。雖然還沒嚐嚐味道如何，可賣相精緻特別，濃烈的香氣裡透著絲絲花香，已經先聲奪人了。

「先別急著誇，嚐嚐味道吧！」寧汐笑嘻嘻地坐下，容瑾很自然地坐在了她的身邊。

寧暉毫不客氣地伸出筷子，一一嚐了起來，邊吃邊讚。「好吃，真是好吃。」具體好吃在哪兒，卻又說不出來，只覺得入口香醇，每道菜餚都是生平前所未見的美味。

牛嚼牡丹！哪有這麼嚐菜的，簡直是糟蹋了寧汐的心血！

容瑾心裡暗暗腹誹，面上卻不動聲色，也施施然的伸筷吃了起來。寧汐果然天資聰穎，一雙妙手更是無人能及。短短的半日工夫，竟然創出了不下十道新菜式。他有意無意的指點和暗示自然也起了不少的作用。總之，眼前這一桌菜餚堪稱美味。若是假以時日，說不準寧汐真的能創出新的菜系來呢！

容瑾偶爾一抬頭，便見寧汐一臉期盼地看著他。「怎麼樣？」阮氏和寧暉只會一味的道好，卻說不出什麼有建樹的意見或建議。容瑾才是真正的行家，他的意見自然重要。

容瑾笑了笑。「還算不錯。」

寧汐心神一定。既然容瑾都說不錯了，看來沒什麼大問題。這兩天再潛心鑽研，到後天的廚藝比賽時，一定讓所有人都驚豔不可！

寧暉卻聽得不順耳了，斜睨了容瑾一眼。「什麼叫還算不錯，應該是很好才對。」

容瑾淡淡一笑。「很好還談不上，用鮮花來做菜畢竟是個創舉，雖然創意很好，但是在菜餚的味道上還有些欠缺。」就算寧汐是他的心上人，他對美食的挑剔也不會降低半分。

寧暉聽得更不痛快了，輕哼一聲。「照你這標準，世上也沒好廚子了。」

容瑾眉毛一挑，正想回擊，總算又忍住，要是再這麼下去，兩人非起爭執不可。對方畢竟是寧汐的哥哥，要是真的鬧起口角可不好。

別人不清楚，寧汐卻深知容瑾的驕傲和固執，見他輕易地便退讓了，心裡浮起一絲感動。雖然容瑾從不說什麼動聽的甜言蜜語，可他對她真的很好很好……

第二百五十九章　男人的心

接下來的兩天，寧汐足不出戶，潛心研究新菜式。

寧暉早習慣了每天讀書的生活，乍然閒了下來，倒有點不適應，每天索性在廚房裡陪寧汐。這麼一來，容瑾倒是不好意思黏在旁邊了，送了新摘的花過來便只好走了。

對打擾了人家小倆口甜蜜這回事，寧暉毫無心理負擔，反而在寧汐的耳邊念叨。「妹妹，容瑾天天這麼出入我們寧家，他的家人不可能不知道。可偏偏一點反應也沒有，既不阻止也不上門來提親，就這麼耗著是個什麼意思！妳可得放機靈點，別被容瑾騙了……」

「哥哥，你胡說什麼呢！」寧汐又好氣又好笑地瞪了他一眼。「容瑾怎麼可能騙我。」兩情相悅，又何來欺騙這樣的說法。

寧暉直言無忌。「我的意思是，只要你們倆還沒真正定下親事，一切就都有變數。妳別傻傻的讓人占了便宜，萬一以後真的出了變故，吃虧的可是妳。」

寧汐羞惱地白了他一眼。「胡說八道，不理你了。」轉過身去，藉著手中的動作掩飾心底的心虛。她和容瑾雖然沒真正逾越界限，可擁抱親吻卻都有過，以世俗的眼光來看，她的「清白」已經毀在容瑾的手裡了……

寧暉見寧汐惱了，也不好再多說什麼，隨意地扯開話題道：「對了，妳和那個上官燕是怎麼回事，還有那個賭約，都說來給我聽聽。」

寧汐樂得轉移話題，將她和上官燕之間的糾葛一一道來，其中不免牽扯到張展瑜。雖然寧汐說得含蓄，可寧暉何等聰明，自是一聽就懂，擠眉弄眼地笑道：「張展瑜這小子倒是豔福不淺啊！」

寧汐卻悵然地嘆了口氣。「我也盼著他能接受上官燕的心意，可他……」為了這件事，兩人已經嘔氣好多次了。

寧暉拍了拍寧汐的肩膀，安撫道：「妹妹，男人的心很難說的。他的心現在還在妳身上，妳越是想推開，越是纏得更緊，他對上官燕反而更沒好感。不如鬆一鬆，說不定他忽然自己就想開了，看中上官燕也說不定。」

寧汐遲疑地看了寧暉一眼。「哥哥，你說的是真的？」

寧暉點點頭。感情的事，只有身在其中的人想開了才行，別人說得多做得多了，很可能適得其反。不如順其自然，等時間久了，自然也就淡了。

寧汐想了想，下了決心。「以後我在他面前再也不提這個了。」

寧暉讚許地笑道：「這才對嘛！為了一個上官燕，傷了你們的師兄妹情分多不值得。」

「哥哥，你說得句句在理，我倒想問問你，你現在還想著孫冬雪嗎？」寧汐冷不防冒出了一句。為了孫冬雪，寧暉整整消沈了一年多，連跟同齡的少女說話都沒興致。她看在眼底，疼在心底，平日裡在寧暉面前，根本不敢提起這個名字。

聽到這個久違的熟悉的名字，寧暉默然了片刻，旋即淡淡地笑道：「放心吧，我早就想開了，不會再惦著她了。」

句。

寧汐似笑非笑地「哦」了一聲，目光在寧暉的臉上不停地打轉。

寧暉被看得渾身不自在，咳嗽一聲笑道：「妳這麼看我做什麼？」

「哥哥，你不再惦記孫冬雪，是不是因為你心裡有了其他的姑娘？」寧汐漫不經心地扔了一

「沒有的事，妳別亂猜！」寧暉哪裡肯承認。

寧汐扯了扯唇角，懶得拆穿寧暉的謊話。自從那一次在鼎香樓見過趙芸之後，寧暉每逢休息的時候，便去鼎香樓待上半天。不去寧有方那兒，偏偏賴在寧汐的廚房裡不走，醉翁之意顯然不在酒！

趙芸誠然是個好姑娘，可絕過不了寧有方和阮氏那一關，他們絕不會容許唯一的兒子娶一個被人休棄的小妾。

這一點，不僅寧汐清楚，寧暉也是心知肚明。

寧汐忽地說道：「哥哥，我還沒來得及問你，你這次會試考得怎麼樣？」

「還算不錯吧！考中的機會應該有個六成。」話題驟然轉到這兒，寧暉有些反應不靈。「妳怎麼忽然問起這個來了？」

寧汐意味深長地笑了笑。「爹娘都巴望著你這次能考中舉人，到時候謀個一官半職的，可就是光宗耀祖的大喜事了，若是想娶一個好媳婦，也不是難事。」

寒門學子，想攀上名門大族不太容易，不過，找一個書香門第的女子總是可以的。這也是寧有方和阮氏最大的期盼了。

寧暉這次聽懂了寧汐的暗示，半晌沒有吭聲。

就在此刻，阮氏笑吟吟地走了進來，見兄妹兩個默然對立悶不吭聲的樣子頓時一愣。「你們兩個是怎麼了？」說到什麼了，怎麼表情都如此的嚴肅？

寧汐笑著打圓場。「沒什麼，我正在問哥哥，什麼時候給我娶個嫂子回來呢！」

一提到這個話題，阮氏立刻精神一振，笑著走上前來。「說起這個，我正好有好消息呢！前兩天我託了個媒婆，替暉兒尋一門親事。她剛才來給我回話了，說是有一個不錯的姑娘。」

寧汐頓時來了精神，連連追問道：「是什麼樣的？」

阮氏笑道：「這個姑娘姓葉，家中雖然不算什麼名門大族，可祖上也出過大官。傳到她爹這一輩，考中了舉人之後，謀了個不大不小的閒差，家裡也有些祖產，日子很寬裕。又只有一個閨女，對待親事一直很慎重，一心要找個讀過書有學問的。」

聽說這個葉姑娘容貌端莊，腹有詩書很有才學，眼光很高，才學一般的男子她根本看不中。一直蹉跎到十七歲還沒說好親事。眼看著年齡大了，家裡便著急起來，私下託了媒婆幫著尋一個相貌端正又有秀才功名的。巧得很，便尋到了寧暉。

寧暉年齡合適，又中過秀才，雖然門第不高，可前途卻一片光明，也難怪葉家聽媒婆說了之後就心動了。

「……媒婆剛跟我這麼一說，我就覺得這是暉兒的緣分到了。」阮氏顯然對這個葉姑娘的家世條件頗為滿意。「等過幾日，我去相看一眼，若是覺得不錯，便託媒婆私下裡去說合說合。」

這麼快……寧汐瞄了面無表情的寧暉一眼，試探著笑道：「哥哥，這個葉姑娘是家中獨女，又有才學，聽起來倒是挺好的。」

寧暉淡淡地說道：「這樣的書香之家，我哪裡配得上，還是算了吧！」

阮氏以為寧暉在害羞，笑著反駁道：「又不是我主動去攀這門親事，有什麼配不上的。再說了，你也是有秀才功名的，又剛參加了會試，若是今年就能考中，和他們家正是門當戶對。」

寧暉皺了皺眉頭。「娘，還是算了吧！我現在還小，不急……」

「過了年你就十八了，還小什麼小。」阮氏白了他一眼。「人家像你這麼大的，早都抱上兒子了。我還等著早點帶孫子，你不急，我著急。」

寧暉不願頂嘴，卻也不肯點頭，就這麼僵持住了。

眼看著氣氛有些僵硬，寧汐忙笑著打圓場。「娘，您就別數落哥哥了。他乍然聽到這樣的好消息，有些反應不過來，說不定心裡正在偷樂呢！」

偷樂？阮氏瞄了表情僵硬的寧暉一眼，怎麼也看不出有半分高興的跡象，心裡也有些不痛快。「反正，我已經回過那個媒婆了，等過些日子，安排個合適的時機相看一回。人家眼光高得很，還不一定能相中暉兒呢！」

寧暉垂下頭，一言不發。

阮氏又絮叨了幾句，才出了廚房。

寧汐也沒心思再搗鼓新菜式了，低聲安撫道：「哥哥，娘剛才說了，事情還沒定，不妨先去相看一回，說不定你一眼便喜歡上人家葉姑娘了。」

寧暉扯了扯唇角，眼底卻無一絲笑意。「妳覺得有這個可能嗎？」他怎麼可能再喜歡上別的女子？

寧汐聽得暗暗心驚，自家哥哥什麼脾氣，她比誰都清楚。看似爽朗隨和，在男女感情上卻最是執拗。前有孫冬雪，現在偏又遇上了趙芸，簡直就是命中的劫數！

「哥哥，你……」寧汐正待說什麼，寧暉卻忽地笑了。

「好了，別說這個了。妳下午就要去一品樓參加廚藝比賽了，趁著現在還有時間，再準備準備。萬一到時候失了手，讓那個上官燕壓了妳一頭，到時候可別哭鼻子。」

寧汐只得笑著點點頭，暫且將心事擱下，又低頭忙活起來。

過了正午，寧汐收拾了東西，準備出發。寧暉當仁不讓地做了跟班，左手拿著刀具，右手拎著竹籃。

寧汐看得直樂，打趣道：「有舉人老爺給我打下手，真是三生有幸！」

寧暉咧嘴一笑，眉宇舒展，本就俊秀的臉龐多了一絲儒雅，頗有幾分翩翩風采。「能為大燕王朝最出色的大廚打下手，才是我的榮幸。」

兄妹兩人互相戲謔一番，便去開了門。

剛一開門，迎面走來了一男一女，面容都很熟悉，寧汐又驚又喜地迎了上去。

第二百六十章 微妙情愫

「張大哥、趙姊，你們兩個怎麼來了？」來人赫然是張展瑜和趙芸。

趙芸快人快語地笑道：「妳這兩天扭傷了腳，我也沒時間來看看妳，心裡一直都很擔心妳。怎麼樣，現在腳好了沒有？」

寧汐俏皮地笑道：「只要不用力，走路是沒問題了。」隱隱作痛總是有的。

張展瑜上下打量寧汐一眼，見她面色紅潤神清氣爽精神極佳，總算放了心。「那就好，時間也差不多了，我們一起去一品樓吧！」

寧汐笑著點頭。寧暉走上前來，笑著朝兩人點點頭，目光在趙芸清秀可人的臉龐上打個轉，便捨不得移開目光了。

趙芸恍若不察，神色自如地打招呼。「好久不見了。聽說你今年參加會試了，等放榜高中了，別忘了請我們喝杯喜酒。」

寧暉笑著應了，目光仍然在趙芸的身上流連。

張展瑜察覺出些許微妙來，不動聲色地瞄了寧暉一眼，笑道：「早知道你也跟著去，我就不喊趙姊來了，本來還打算讓趙姊幫著汐兒打下手的。」

寧暉很自然地笑著應道：「那有什麼關係，一起幫著打下手就是了。妹妹的腳還沒好，不方便來回走動。有兩個人打下手，她也能輕鬆些。」話說得冠冕堂皇，找不出一絲漏洞來。

寧汐對他的那點小算盤心知肚明，也不忍心揭穿他，附和道：「今天就麻煩趙姊了。」

趙芸抿唇一笑。「跟我還這麼客氣做什麼。」順手扶著寧汐往前走，邊隨意地閒聊起來。

寧暉和張展瑜並排，目光一直落在趙芸的身上。也不知趙芸是沒察覺還是在裝傻，總之根本沒回頭和寧暉說過話。

走出巷子沒多遠，一輛熟悉的馬車追了上來。小安子坐在車伕身邊，揚聲喊道：「寧姑娘，你們幾個都上馬車，這就送你們去一品樓。」不用問也知道，肯定是容瑾安排的了。

寧汐心裡甜絲絲的，在趙芸的攙扶下上了馬車。

小安子笑嘻嘻地過來了。「少爺今天有事走不開，一早就吩咐我準時來送妳。沒想到我差點撲了個空，好在追上了，不然今天回去肯定要被少爺臭罵一頓了。」

寧汐被逗樂了，以容瑾那個臭脾氣，罵一頓還算輕的。

張展瑜的目光在寧汐如花的笑顏上停駐片刻，便移開了，眼底是淡淡的落寞。能讓她如此開懷的，一直都只有容瑾啊……

一路上有小安子的妙語連珠，倒也不失熱鬧，很快就到了一品樓。

幾人下了馬車，先進了大堂。第二組的廚子還在廚房裡比試，大堂裡等著的，是第三組和第四組的大廚們。雖然不知彼此姓名，倒也有了不少的熟面孔。寧汐隨意地瞄了一眼，便看到了站在角落裡的上官燕。

上官燕顯然也見到他們這一行人了，黑亮的雙眸定定的落在張展瑜的身上，卻一反常態的沒有湊過來。

寧汐本想說什麼，眼角餘光瞄了張展瑜一眼，終於還是什麼也沒說。

張展瑜像是沒看見上官燕似的，逕自說道：「汐兒，妳坐下歇著。」

寧汐點點頭，和趙芸、寧暉一起坐下，有一搭沒一搭地閒聊了起來。張展瑜本不多話，今天卻一直談笑風生。「汐兒，妳這兩天在家裡研究新菜式研究得怎麼樣了？」

寧汐得意地挑眉一笑。「待會兒你就知道了。」

張展瑜啞然失笑。「在我面前還遮遮掩掩的，直接告訴我不就行了。」

「那可不行，」寧汐俏皮地眨眨眼。「我要等著一鳴驚人呢！」頓時把眾人都逗樂了。

站得遠遠的上官燕，看著張展瑜愉快的微笑，心裡像被針扎了一下，細細密密的疼痛不已。咬咬牙，終於鼓起勇氣走了過來。「寧汐妹妹，張大哥！」

寧汐卻不想再惹惱張展瑜了，遲疑地看了張展瑜一眼。

張展瑜笑意稍稍收斂了一些，淡淡地打了招呼。「上官姑娘，又見面了。」

上官燕愈挫愈勇的性子又露了頭，也不管自己受不受歡迎，揚著笑臉坐了下來，正巧坐在了張展瑜的對面。

趙芸見過上官燕，寧暉卻是第一次見她，不由得好奇地打量幾眼，心裡暗暗讚嘆。好一個俏麗嫵媚的少女！比起寧汐的白皙秀美，別有一番美麗。這樣的姑娘，張展瑜竟然都不心動，真是個死心眼……

寧汐咳嗽一聲打破沈默尷尬的氣氛。「妳今天要做的菜準備好了吧？」卻沒再喊上官姊姊。

上官燕眸光一閃，笑著應道：「早就準備好了。妳呢，新菜式準備好了沒有？」有意無意地瞄了寧暉手中的竹籃一眼，裡面果然放了各式的鮮花。

寧汐聳聳肩。「那是當然。」待會兒就讓妳「好看」，哼！

上官燕傲然一笑。「好，那我等著和妳一較高低。」

寧汐好整以暇地笑道：「妳若是輸了，以後就得甘願排在我之下。」

「只怕過了今天之後，京城雙姝就要以我為先了。」上官燕不甘示弱，挑眉反駁。

兩人之間的對話火藥味十足，嗆得人不好插嘴。張展瑜的反應也有些奇怪，竟然什麼也沒說，就這麼安靜地坐在一旁。

好在第二組的廚子們很快出來了，成功晉級決賽的四個大廚一臉春風得意地笑著走了出來，接受眾人的恭賀。

輪到她上場了！寧汐深呼吸口氣，起身。趙芸和寧暉立刻也跟著站了起來。

上官燕冷不防地提醒道：「今天的廚藝比賽，從頭至尾都得由一個人完成，不能帶幫手進去。」

什麼？眾人都是一愣！

「我是她親哥哥，進去也不行嗎？」寧暉皺起了眉頭。「前兩天她扭傷了腳，到現在也沒徹底好，不能久站。」

扭傷了？上官燕有些意外，語氣放緩了一些。「這是之前就定下的比賽規則，只怕不好更改。」

寧暉還待說什麼，張展瑜忽地說道：「不好更改就算了，我和汐兒一起進去，待會兒幫著她做些雜事好了。」

寧汐一驚，急急地反對。「這怎麼行！」

上官燕也是一驚。「要在規定的時間裡完成四道菜餚，時間本來就夠倉促的，你哪有時間來幫她。」

張展瑜沈聲說道：「好了，就這麼說定了。」從趙芸和寧暉手中分別接過刀具竹籃，率先往裡走。寧汐無奈地追了上去，試圖說服張展瑜改變心意，張展瑜也不反駁，卻一副打定了主意的表情。

上官燕又羨又嫉又恨，咬咬牙追了上去。

剩下趙芸和寧暉面面相覷。這一連串的變故讓人簡直快傻眼了，到底怎麼回事?!

趙芸想了想說道：「在這兒也幫不上忙，要不，我們先回去吧！」

「不，別回去。」寧暉不假思索地脫口而出，待看到趙芸滿臉訝然才驚覺自己失言，訕訕地解釋道：「我的意思是說，反正來都來了，不如在這兒等會兒。待會兒他們出來了，我們就能知道比賽結果了。」結結巴巴地說完之後，臉已經脹得紅了。

趙芸一向善解人意，見寧暉如此不自在，倒也不忍心取笑他，笑著點點頭。

寧暉見她答應了，心裡一陣舒暢，目光近乎貪婪地落在趙芸的俏臉上。

趙芸對這樣灼熱的目光並不陌生，心裡一陣悸動，裝著若無其事地笑道：「聽說你已經考過會試了，不知考得怎麼樣？」

寧暉從沒有吹噓的習慣，老老實實地應道：「大概有五、六成的把握考中。」

他說得輕描淡寫，趙芸卻驚嘆不已。「竟然有五、六成的把握，看來，我以後見了你要叫舉人老爺了。」

寧暉笑道：「就算我考中舉人，也別這麼叫我，叫我寧暉就行。」

趙芸一本正經地說道：「這怎麼可以，等你考中了舉人，你就是有功名的人了。我這個平民百姓可不能隨意的喊你名諱。」

寧暉急急地解釋。「真的不用，妳就喊我的名字。」額上已經快冒出汗珠來了。

趙芸再也繃不住了，噗哧一聲笑了起來。

寧暉這才會意過來自己被捉弄了，不僅沒生氣，反而覺得渾身說不出的舒暢自在，只希望時間就此停駐才好。

趙芸含笑注視著寧暉，心裡浮起一絲淡淡的悵然。那一抹愛慕幾乎毫不遮掩地寫在了這個儒雅俊秀的少年眼底，他是喜歡自己的吧！可她這樣的殘花敗柳怎麼能配得上他？這樣的相遇，注定只是一場夢，夢醒之後便一切飄散，了無痕跡。若是能早幾年遇到他該有多好……

第二百六十一章　巧手

趙芸定定神，揮去這一絲不該有的惆悵，親切地問道：「寧暉，你年齡也不小了，家裡還沒給你張羅親事嗎？」

寧暉哪裡肯說實話，含糊地應道：「這個不急，等過些日子再說。」頓了頓，試探地反問道：「妳呢？難道就打算一個人這麼過一輩子嗎？」

趙芸的笑容一僵。這個問題直直的戳中了她心底的痛處，拚命想忘記的一切忽地爭先恐後地湧上了腦海。她想雲淡風輕地笑，卻怎麼也做不到。

寧暉剛問出口便後悔了，見趙芸是這般反應更是懊惱不已。說什麼不好，偏偏提起這個，她一定生氣了吧！

「對不起，我不是成心要問這個。」寧暉不安地低語。「妳別放在心上……」

趙芸勉強擠出一個笑容。「沒什麼，我沒生氣。」頓了頓，自嘲地一笑。「像我這樣的，哪有男人還肯要我。」

她眼底的那一抹悲涼和自棄，深深地撼動了寧暉的心。一句「我要妳」差點脫口而出，卻生生地卡在了唇邊，怎麼也說不出口。

趙芸似是看出寧暉心裡的波濤暗湧，忽地溫柔一笑。「寧暉，你今年十七了吧！」

寧暉不由自主地點頭。

「比我小了五歲。」趙芸似有意又似無意地嘆了一聲。寧暉的心裡也不知是什麼滋味，忍不住抬頭看了趙芸一眼，正巧趙芸也看了過來。

兩人四目遙遙相對，彼此心底都是一顫。

趙芸定定神，笑著說道：「說來也奇怪，我和你一見就投緣。正好我年長你幾歲，我也厚顏一回，以後見你就直呼名字，你就和寧汐妹子一樣叫我趙姊好了。」輕輕巧巧地和寧暉拉開了距離。

寧暉心思細膩，豈能聽不出趙芸話語中隱藏的深意，心裡陡然有些慌了。「不，我……」

「寧暉，」趙芸溫柔地輕嘆口氣。「你還年輕，有些事你還不懂。」一時的心動不能代表什麼，他有他的大好前途和人生，不該和她這樣的女子有任何的牽扯。

寧暉生平第一次痛恨起自己的懦弱，明明心裡湧動著滾燙的情感，卻一句也說不出口，只能愣愣地聽著趙芸淡淡地說道：「你是從寧汐妹子那裡知道我的過去的吧！我確實是被夫家休棄的，現在住在娘家，每天在鼎香樓裡做事賺些銀子貼補家用。其實，我一直自己養活自己，可哥哥嫂子還是不喜歡我。也怪不得他們，因為有我住在家裡，街坊鄰居們總是說三道四的。」流言蜚語的殺傷力有多大，只有深受其苦的人才會懂。

「他們怎麼可以這麼對妳！」寧暉握緊了拳頭，眼中滿是怒氣。「妳明明什麼也沒做錯，是那個男人瞎了眼，錯把美玉當成了石頭。」

趙芸強忍住落淚的衝動，擠出笑容來。「不管是誰的錯，總之我是個棄婦總是事實，你以後可得和我保持些距離，萬一惹來什麼閒言碎語的，對你總不好。」說著，故作歡快地起身。「你在這兒多等會兒，我先回去了。」

「妳別走……」寧暉急急地起身。

趙芸笑著打斷他未出口的話。「好了，不用你送我了，這一帶的路我熟得很。更別拉拉扯扯的，這裡人很多，可別讓人看了熱鬧。」說完，翩然轉身離開。

寧暉愣愣地站在原地，許久許久。

此時此刻，寧汐也在面臨著考驗。

各人需要的食材，已經盡數領好，堆在案板旁邊了。六位大廚各自站在案板前做準備，要在一個時辰裡完成四道菜餚，從切菜配菜到上鍋煎炒烹炸都由一個人動手。如果放在平時，這對她來說沒多少難度，可她腳上的扭傷還沒徹底好，站得久了便會隱隱作痛，更不用說來回地奔波了。

眼看著計時就要開始，張展瑜悄然往寧汐那邊挪了幾步，輕聲說道：「妳要做哪幾道菜，需要什麼配料，現在就告訴我，我先替妳準備好。」

寧汐哪裡肯占用張展瑜的時間，早已想好了理由拒絕。「我今天要做的都是新研究的菜式，配料比較講究，只有我心中有數，你做不來的。」

張展瑜一愣，微微皺眉，卻也知道寧汐說的是實情。一道新菜式需要的主料配料，只有本人心中最清楚，別人代為動手反而不美。可是，寧汐的腳……

就在此時，方御廚的聲音已經響了起來。「廚藝比試現在開始，以一個時辰為限，如果不能按時完成的，就自動淘汰出局。」一聲令下，各位大廚都緊張地忙碌起來。

寧汐飛速地低語。「張大哥，我能應付的，你安心忙自己的，我們一定要一起參加決賽！」

張展瑜咬牙點頭，低下頭忙碌。

寧汐深呼吸口氣，有條不紊地準備起來。今天她要做的四道菜，分別是酥炸木槿花、冰糖杞菊銀耳羹、桂花糯米紅棗、脆皮桂花雞。

酥炸木槿花所需要的食材很簡單，洗乾淨的木槿花瓣瀝乾水分備用，另用蛋清和麵攪拌，放入花生油和鹽等調味料，做成一碗麵糊。待鍋中的油七分熱左右，小心地將掛上糊的木槿花下油鍋炸至酥脆就可以出鍋了。炸好的木槿花，酥脆可口，別有一番滋味。

冰糖杞菊銀耳羹做起來的步驟稍微複雜了一些。

先將銀耳泡發，撕成細細的碎片備用，再將菊花摘淨雜質，在冷水中浸泡片刻。將銀耳放入砂鍋中用大火煮開，再放入冰糖、枸杞、菊花小火燉煮。

做好的冰糖杞菊銀耳羹，湯底晶瑩透亮，色澤微黃，潔白的銀耳、紅色的枸杞，再配上金黃的菊花，賣相美極了。

桂花糯米紅棗做起來就比較費事了。先將糯米粉用溫水和開，揉成糯米粉團備用。接下來，得將每一顆紅棗的核都去掉，這是最費事也是最耗時的一道工序。

寧汐小心翼翼地用細細的刀尖將棗核去掉，不能破壞紅棗的外形，然後將糯米粉團搓成一小條一小條的糯米條，塞進紅棗裡。等這些都完成了，再將加工好的紅棗放入鍋中，加冰糖和桂花熬煮。最後，再撈出紅棗瀝乾裝盤。

至於脆皮桂花雞，卻是今天的重頭戲了，也是最費事的一道菜餚。

將選好的一斤左右的子雞從中間剖開，放進鍋中，先放入新鮮的桂花，再加入黃酒、蔥、薑、乾辣椒、八角等各種調料，然後用中火煮開。

人要站在鍋邊，不停的撇除上面的浮沫。等子雞熟了之後，不要撈起，讓雞在湯中自然晾乾，湯汁的味道自然也就慢慢的滲入了雞肉中。

做到這一步還沒算完，等雞肉晾乾之後，再放置在漏勺上，一旁的鍋裡放油，大概七分熱的時候，用勺子舀一勺熱油，均勻的澆在雞上。不斷地反覆動作，直到雞皮變得酥脆。

裝盤時，將兩半子雞各自向下放置，再用雕花點綴，這道脆皮桂花雞才算好了。

寧汐聚精會神的忙碌著，腳上的扭傷早被拋到了九霄雲外，不停地來回奔走，手中的動作一直沒停過，額上早已沁出了細細密密的汗珠。

幾位評判一直在觀察著諸位大廚的一舉一動，尤其是對寧汐和上官燕兩人更是十分關注。寧汐每一道菜裡都用入了各類鮮花瓣，自然瞞不過他們的眼睛，俱是暗暗詫異不已。

王大廚忍不住說道：「這個叫寧汐的，做菜手法果然高妙。」既是內行，自然能看出寧汐動作流暢，廚藝遠非一般廚子能比擬。

方御廚也笑著讚了幾句。「是啊，我做廚子這麼多年，還從沒見過有人用鮮花入菜的，她倒是很有創意。」就是不知道做出來的味道如何了。

上官遠扯了扯唇角。「再等一會兒就見分曉了。」

方御廚眸光一閃，又看向上官燕。卻見上官燕同樣全神貫注的低頭忙碌，從頭至尾都沒抬頭，不由得暗暗點頭。

一個真正的好廚子，做菜時萬萬不可三心二意，只有全心全意，才能做出最好的味道來。寧汐固然出色，上官燕也是不遑多讓啊！

第三組裡其他的廚子也不乏優秀之人，就拿年輕沈穩的張展瑜來說，也是難得一見的好廚子了，不急不躁，動作仔細沈穩，絕不猶豫。

隨著菜餚一一出鍋裝盤，四溢的香氣也在廚房裡飄散開來，直直的鑽入各人的鼻子裡。

王大廚不由自主的嚥了口口水，笑道：「今天我們幾個要大飽口福了。」沒什麼比品嚐菜餚更令人愉快的事情了。

方御廚打趣道：「待會兒你可別光顧著吃，得評點出每一道菜餚的優劣之處。不管誰被淘汰了，都讓人家心服口服才行。」能進入這一輪的廚子，廚藝都有獨到之處。若是說不出個子丑寅卯來，他們這幾個評判可就丟人了。

王大廚咧嘴一笑，順手拍了上官遠一記。「怕什麼，有上官御廚在，這點小事不算什麼。」

上官遠客氣地笑了笑。「不敢當，王大廚廚藝出眾眾所周知，待會兒要靠王大廚多多點評才是。」

說說笑笑中，時間已經到了。方御廚朗聲宣佈。「時間已經到了，請眾位大廚停手。」

寧汐正好將最後一道菜裝盤，長長地呼出了一口氣。總算有閒空擦擦額上的汗珠，然後關切地看向張展瑜。待見到張展瑜也完成了四道菜式，才稍稍放了心。

張展瑜見寧汐面色有些蒼白，擔憂不已。「汐兒，妳現在怎麼樣？腳還疼嗎？」站了這麼久，又一直在做事，不疼才是怪事呢！

第二百六十二章 心服口服

按著慣例，幾個評判本應該從左至右一個個的品嚐。

菜餚趁熱品嚐味道最佳，若是涼了，味道不免稍稍失色幾分。寧汐正好站在第二個，算是比較有利的位置，沒承想，上官遠卻慢悠悠地走到了右邊，方御廚和王大廚微微一愣，便跟了上去。

很巧的是，上官燕就站在右首第一個。

寧汐暗暗冷笑一聲。自從廚藝初賽開始之後，上官遠便有意無意地處處針對自己，不用想也知道，都是因為上官燕的緣故了。

張展瑜的眼中閃過一絲怒意，唇角抿得緊緊的。

反倒是寧汐低聲安撫他。「沒事的，早一點晚一點沒多少影響。」總共六個廚子，每人四道菜餚，一共也就二十四道，嚐得慢些也就是片刻的事情。

張展瑜點點頭，看向上官燕的目光卻陰冷了幾分。

上官燕本來正在暗暗得意竊喜，接觸到張展瑜的目光後不由得瑟縮了一下，旋即挺直了腰桿。不管如何，今天她都要力壓寧汐一頭。

菜餚的好壞，不離色香味。三位評判一起看了上官燕面前的菜餚一眼，俱是暗暗點頭。這四盤菜餚賣相美觀精緻，香氣撲鼻，光是這色香兩字已經穩穩的得了高分，至於味道嘛，當然要細細品嚐才能知道。

上官遠率先拿起筷子，每樣菜都嚐了一口，細細品味半晌，眼中露出一抹笑意。

上官燕心神大定，又看向方御廚和王大廚。

方御廚嚐完之後，笑道：「上官姑娘廚藝果然高妙，這幾道菜各有風味，實屬上乘。」伸手指向那道爆炒對蝦。「尤其是這道爆炒對蝦，既有蝦的鮮美又沒有一絲腥氣，很是難得。」

上官燕連連道謝，臉上滿是歡喜與自得。

王大廚也跟著附和了幾句，對上官燕都是誇讚之詞。別的廚子忍不住探頭張望，心裡暗暗嘀咕起來。這個上官燕的手藝真有這麼好嗎?該不會是看在上官遠的面子上故意這麼說的吧!

上官遠的眸光一閃，忽地笑道：「大家難得有這樣的機會聚在一起切磋廚藝，菜餚的味道到底怎麼樣，也不能全由我們幾人說了算。為了公平公正，等我們幾人把菜餚全部嚐過一遍打了分之後，你們可以隨意嚐一嚐別人做出的菜餚。」

此言一出，參賽的幾個廚子都安靜了。

三位評判一一的嚐起了菜餚，邊做出點評。尤其是上官遠，說話犀利直接，雖然有些不太中聽，可點評得卻最到位。有的廚子被批評得滿臉通紅，卻又不得不心服口服。

等到了張展瑜面前，張展瑜忽地說道：「請三位評判先嚐嚐我師妹寧汐做的菜，我這幾道等會兒再說。」

王大廚和方御廚都是一愣，瞄了上官遠一眼，這話意聽著可不太對勁啊!分明是在暗指上官遠偏心上官燕……

「你這麼說是什麼意思？」上官遠冷冷地看了張展瑜一眼。「是在說我們不夠公正嗎？」

張展瑜坦然回視。「上官御廚誤會了，只不過，我師妹今天做的幾道菜都是新創的菜式，涼了就會失了幾分味道，所以才冒昧的請幾位先品嚐。」

寧汐連連朝張展瑜使眼色讓他別再說了，張展瑜卻視而不見，逕自說了下去。「菜餚出鍋已經有一段時間，再不嚐就涼了，還請幾位評判嚐一嚐。」

方御廚最是圓滑，忙笑著打圓場。「也好，那我們就過去先嚐嚐，看看寧姑娘今天都做了哪些新菜式。」

王大廚也跟著出言附和，上官遠眼中怒氣一閃而過，旋即若無其事地笑著點頭。待走到寧汐面前定睛一看，心裡頓時一驚。

行家一出手就知有沒有！

寧汐面前的幾盤菜餚極為惹眼，光是從賣相上就穩穩地壓了上官燕一籌。別的不說，單說那道酥炸木槿花，竟是用木槿花瓣做主料，裹上麵糊炸熟之後又拼擺出了花朵圖案。淺粉色的花瓣在其中若隱若現，令人食指大動。

王大廚和方御廚早已忍不住各自挾了一塊送入口中，只覺得入口鬆脆鮮香，細細咀嚼更是口齒留香，那份特殊的口感令人情不自禁的拍手叫絕！

「好，太好了！」方御廚驚嘆道：「用鮮花做主料，這份創意真是絕了！」

王大廚也笑著點頭。再嚐一口冰糖杞菊銀耳羹，甜而不膩，淡淡的菊花香氣充盈口中。桂花糯米紅棗甜軟香糯，回味無窮。最後一道脆皮桂花雞，外脆裡嫩，回味悠長，桂花香氣揮之不去，更是難得的佳品。

王大廚和方御廚顧及上官遠，倒沒有過分誇讚，可眼中的滿意與欣賞卻是遮也遮不住。上官遠又豈能看不出來，心裡頓時一沈，待品嚐過後，臉色更是難看，竟然比上官燕的廚藝更勝一籌……

寧汐雖然對自己很有自信，可在這樣的關鍵時刻，不免也有幾分忐忑，目光緊緊的落在上官遠的臉上，等待著上官遠的點評。

事實上，廚房裡所有人的目光都聚焦在上官遠的身上。

雖然這只是廚藝比賽的初賽，可競爭的激烈程度遠遠超乎眾人想像。上官遠身為評判，對上官燕有意無意的偏袒已經被眾人都看在了眼底，眾人心中自然都有些微妙的感覺，此刻很自然的開始偏向寧汐這一邊。

上官遠心念電轉，終於狠狠心說道：「寧姑娘用鮮花入菜，創意可嘉。如果再潛心研究，說不定真的能創出一個新的菜系來。」這麼多雙眼睛盯著他，他就算想包庇也得再三權衡。

上官燕聽得面色一變，寧汐卻是笑意盈然，眸子裡閃出光彩。「多謝上官御廚誇讚。」

上官遠未必有這麼大度，可當著這麼多人的面，就算想偏袒上官燕也不是那麼容易的事情。

張展瑜高高提起的心終於落下了。

太好了，寧汐贏了！

那個賭約只有三人知情，眾廚子見上官燕面色難看，不由得暗覺奇怪。就算稍遜一籌，上官燕進決賽也是十拿九穩的事情，現在這副如喪考妣的樣子又是怎麼回事？

最後，就剩張展瑜的菜餚了。張展瑜師承寧有方，廚藝精湛老道，做的四盤菜餚色香味皆是上乘，只可惜從開始到現在，已經過了小半個時辰，菜餚出鍋已經差不多涼了，只有些餘溫而已。

幾位評判嚐了之後，簡單地評點了幾句，便到一旁商議合計去了。

其餘的廚子們各自拿了筷子，品嚐起了其他的菜餚，上官燕一咬牙，走了過來。

寧汐早知她會過來，好整以暇地笑道：「怎麼？輸了不服氣嗎？」

上官燕明媚的大眼就快噴出火苗來了。「我要親口嚐一嚐。」不然，怎麼都嚥不下這口氣。學廚這麼多年，她一向自恃極高，可卻屢屢敗在寧汐的手中，讓她如何能甘心？

寧汐隨意地聳聳肩，讓到了一邊。

上官燕平復了呼吸，挾起菜餚送入口中。按理來說，菜餚已經涼了，應該遠不如剛出鍋時的美味，可酥炸木槿花卻依舊香氣撲鼻，入口脆酥，滋味美妙。脆皮桂花雞鮮嫩適口，桂花糯米紅棗甜香綿軟，冰糖杞菊銀耳羹也涼了，喝入口中甜甜涼涼的，竟是別有一番滋味。

短短的兩天內，寧汐竟然真的研究出了以鮮花為主料或配料的新菜式，而且每一道都有獨到之處。這就是寧汐真正的實力嗎？

上官燕嚐完所有的菜餚，怔怔地立在原地，半晌沒有說話。她一向自恃廚藝高超，對寧汐名氣更勝自己一籌的事非常不服，總以為其中有容瑾的緣故。直到這一刻才知道，原來，她真的不如寧汐……

看著上官燕那副失魂落魄的樣子，寧汐到了嘴邊的話又嚥了回去。看這架勢，她這回是輸得心服口服了，那些傷人的話不說也罷。

其他的大廚們早已躍躍欲試，忙笑著湊了過來。「上官姑娘，麻煩讓一讓，我們也想嚐嚐寧姑娘的手藝。」

上官燕默然地退到一邊，看著幾個廚子津津有味的品嚐點評讚嘆，腦子裡一片空白。她輸了！輸得一敗塗地，輸得心服口服！從此以後，她要心甘情願的居於寧汐之下……

「輸了也沒什麼，」一個低沈悅耳的聲音忽地在耳邊響起。「妳今天的表現也挺好的了。」

上官燕幾乎以為自己耳朵出了問題，愣愣地看向身旁溫柔的青年男子。「張、張大哥，你是在和我說話嗎？」

「嗯。」張展瑜淡淡地笑了。

這短短的一個字，卻讓上官燕莫名的激動起來。自從認識以來，每次都是她厚著臉皮往前湊。不管她表現得多熱情多大膽，他都是冷冷淡淡的，連一個笑容都吝嗇給她。可就在她最失意最低落的一刻，他竟然張口安慰她了……

「決賽的時候好好表現。」張展瑜隨意的一句話，讓上官燕的心雀躍起來，笑容瞬間點亮了她的臉龐。「嗯，我一定會努力的。」

再接下來，張展瑜便回到了寧汐身邊，再也沒有和她說過話。可對上官燕來說，這短短的幾句話卻讓她重新燃起了希望。

張展瑜，遲早有一天，你的眼裡只有我上官燕！

第二百六十三章　鼓起勇氣

寧汐和張展瑜成功晉級決賽，這樣的好消息傳回鼎香樓之後，鼎香樓上下都為之興奮不已。

寧有方別提多得意了，絲毫不謙虛地吹噓道：「我的徒弟和閨女，當然不會差了。等到決賽的時候，你們就等著瞧好吧！」

眾大廚湊趣的拍手道好，你一言我一語地誇個不停。

孫掌櫃也十分高興。初賽淘汰了近一半多的人，最後能參加決賽的，只有五十多個廚子，鼎香樓竟然就占了三個名額，這傳出去也是大大有光彩的事情啊！想及此，孫掌櫃豪邁的一揮手。「今天晚上等客人走了之後，我們也擺幾桌熱鬧熱鬧。」

此言一出，立刻得到了眾人的熱情回應。

當晚，鼎香樓上下熱鬧極了。寧汐被這氣氛感染，也跟著小酌了兩杯。她酒量極淺，只喝了幾口就覺得酒氣上湧，整個人都輕飄飄的，俏臉一片緋紅，比平日更多了幾分明豔，星眸璀璨得令人不敢直視。

張展瑜就坐在她的身邊，習慣性地為她挾菜，邊低聲叮囑。「妳酒量不好，別再喝了。」

寧汐笑著點點頭，模樣嬌憨又可愛。

張展瑜含笑看著她嬌俏的可愛模樣，心裡卻隱隱的一痛。從此以後，不要再胡思亂想了，不然，不僅是在折磨自己，更是在折磨寧汐。哪怕再痛再傷心，他都要放手……

張展瑜端起一杯酒，一飲而盡，心裡嘴裡都是苦的。

寧汐卻不知道張展瑜微妙的心情，兀自笑著說道：「張大哥，再過十天才開始決賽，這些日子我們可以好好休息休息了。」前些日子每天精神都緊繃著，現在陡然一鬆，疲倦便湧了上來。

張展瑜微笑著應道：「嗯，好好休息兩天，再準備決賽。」

決賽如何進行，到現在還沒真正公布，不過，總離不開那幾樣。要想在決賽中大放異彩，可得精心準備幾道擠壓眾人的菜餚才行！

寧汐也在思考這個問題。初賽倒也罷了，可能進決賽的，都是廚藝高超的大廚，其中不乏像寧有方這樣的名廚，可以說是高手如雲，要想脫穎而出可不是容易的事情，她也得好好準備才行。

接下來的幾天，寧汐除了應付客人之外，其餘的時間都用來研究新菜式。連容瑾來了，都沒心思搭理，最多匆匆的敷衍幾句，便攆容瑾走了。

容瑾受了冷落，心裡頗不是個滋味，厚顏賴著不肯走。「妳忙妳的，我在旁邊待會兒總行了吧！」

「不行。」寧汐擰著秀氣的眉。

容瑾繃起了臉，顯然一肚子不高興。

寧汐忙笑著哄道：「你在這兒我哪還有心思做菜，時不時地就要偷看你一眼，心思都飛到你身上了。你就行行好，讓我一個人安安靜靜的待幾天，等決賽比過了，我一定多陪你好不好？」

那口氣和哄孩子也差不多了。

容瑾斜睨了她一眼，略有些不滿的索求補償。「這可是妳說的，到時候妳告假兩天陪我。」

寧汐忙不迭地點頭，總算是把他哄走了。

廚房恢復清靜之後，寧汐才鬆了口氣，一個人又忙活起來。等做出了新菜式，便喊寧有方和張展瑜過來品嚐評點，一點都不寂寞。

就在這樣的忙碌裡，寧汐卻還是察覺到了寧暉的不對勁。

自從那一天從一品樓回來之後，寧暉每天懶洋洋地待在家裡，哪裡都不肯去，不管說什麼，都提不起興致來。

阮氏忙著為寧暉張羅著葉家的親事，那個姓姚的媒婆幾乎天天都到寧家來。寧暉一見她來，便皺皺眉頭，躲進書房去了。

姚媒婆以為他是害羞，掩嘴格格笑個不停。「人家見了我都是高高興興的，巴不得我天天來，妳家小子倒是和別人家的不一樣。」

阮氏笑道：「我家暉兒生性靦覥，不愛說話，您別往心裡去。對了，託您辦的事情怎麼樣了？葉家那邊是什麼反應？」

那姚媒婆眉飛色舞地說道：「葉家那邊對妳家的公子十分滿意。打算找個合適的時機相看一眼。」

阮氏聽了，頓時精神為之一振。

終身大事都是父母之命媒妁之言，不過，訂親前彼此相看也是常有的事情。一般來說，只要相看沒什麼意見的，就算彼此都滿意，可以著實準備上門提親了。現在葉家提出要相看，阮氏自然高興，自家兒子生得俊秀儒雅，不愁葉家看不中！

「明天上午葉家的太太會領著葉姑娘去附近的廟裡上香，到時候你們也過去，我會陪著她們一起過去。」姚媒婆仔細的交代著。「妳記得領著妳家公子一起過去。不過，不用上前打招呼，遠遠的看上兩眼也就是了。」

阮氏連連點頭，商議好了具體時間之後，客客氣氣的送走了姚媒婆，然後便笑咪咪的推開了書房的門，把這個好消息告訴寧暉。「……暉兒，你明天把新衣服穿上，收拾得精神點。」

對比起阮氏的熱情高漲，寧暉的反應卻差強人意，胡亂地點點頭，便低頭不語了。

阮氏一心盤算著明天的事情，一時也沒留意寧暉的異樣。待到晚上，寧有方和寧汐兩人都回來了，又將這個好消息宣佈了一遍。

寧有方也很高興，反覆叮囑阮氏要相看得仔細些。就寧暉這麼一個兒子，可得為他張羅一個漂亮賢慧的媳婦才行。

阮氏笑道：「這還用你說，我明天一定睜大了眼睛，把人家姑娘從頭到尾仔仔細細的打量清楚才行。」

寧汐也湊趣道：「娘，明天我也跟著一起去吧，我想看看未來的嫂子到底長什麼模樣。」

阮氏笑咪咪地點頭應了。

這一廂說得熱鬧，寧暉卻懶懶地坐在一旁，臉上連一絲笑容也沒有。

寧有方走過去，拍了拍寧暉的肩膀。「怎麼了，要去相看媳婦了也不高興嗎？」

寧暉僵硬地一笑，那笑容別提多難看了。「爹、娘，我不想去！」

什麼？寧有方和阮氏都是一驚，幾乎以為自己聽錯了。「暉兒，你說什麼？再說一遍！」

在心中反覆盤亙的話終於說出了口，寧暉反而輕鬆坦然多了，一字一頓地說道：「我不想去相看葉家姑娘。」

阮氏面色一變，急急地追問：「暉兒，之前不是好好的嗎？你怎麼忽然就改主意了？」

寧暉自嘲地笑了笑。「之前我還沒想好，可現在，我已經想通了，我不會去相看任何人。」因為，他的心裡已經有了喜歡的人了。

寧有方和阮氏還是一頭霧水，可寧汐卻聽懂了，神色複雜地看了寧暉一眼。「哥哥，你真的想通了嗎？」要和趙芸在一起，就得有應付一切的勇氣。包括來自爹娘的反對和身邊的閒言碎語……

寧暉堅定地點頭，眼神清亮。

寧汐最清楚他的脾氣，知道他已經下了決心，心裡暗暗嘆口氣，不再多勸了。他們兄妹兩個在感情上都很執拗，只要認定的，就會堅持到底，現在就得看阮氏和寧有方的態度如何了。

阮氏皺著眉頭說道：「你們兩個到底在說什麼？什麼想通了？」為什麼她的心裡忽然有種不妙的預感？

寧暉深呼吸口氣，抬起頭說道：「娘，我已經有中意的姑娘了。」

阮氏先是一愣，旋即埋怨道：「你這孩子，既然有中意的姑娘，怎麼不早點和我說，我找人上門提親就是了。現在又找了媒婆又和葉家說好了，明天要是不去，豈不是得罪人家了？」

寧暉站在那兒不吭聲，任由阮氏數落。

寧有方笑著打圓場。「好了好了，別再發牢騷了，既然暉兒有喜歡的姑娘了，明天一大早就去和姚媒婆說一聲，回了葉家那邊就行了。」

阮氏這才悻悻地住了嘴。

寧有方笑著看向寧暉。「對了，到底是哪家的姑娘迷得我家兒子神不守舍的，說來聽聽？」寧暉天天在學館裡苦讀，壓根兒沒什麼接觸外人的機會，怎麼忽然又冒出這麼一位姑娘來了？

阮氏對這個問題也十分的好奇，一起看了過來。

面對著兩雙殷殷期盼的眼睛，寧暉心裡一顫，咬咬牙狠心說道：「那個女子，你們也都認識，是……」

「是誰？」夫妻兩個異口同聲地問道。

「趙芸。」寧暉吐出兩個字。

趙芸？阮氏有一瞬間的茫然，一時想不出這個女子是誰，可寧有方對這個名字卻再熟悉不過，臉色陡然變了。「什麼？你再說一遍！」

寧暉鼓起勇氣，清晰地答道：「我中意的姑娘，是趙芸！」

話音剛落，「啪」的一聲巨響，一個響亮的巴掌落到了他的臉上。

第二百六十四章 勃然大怒

寧暉猝不及防，被寧有方的力道帶得踉蹌了一下，左臉火辣辣的，不用看也知道肯定腫了。

寧汐忙扶住寧暉，看著寧暉強忍著眼淚的樣子，別提多心疼了。寧有方長年做體力活，一身的力氣，這一巴掌下去，寧暉哪裡能受得了。

阮氏也被驚到了，急急地攔著滿臉怒火的寧有方。「有話好好說，打兒子做什麼。」

「打的就是他！」寧有方滿臉怒容，咬牙切齒的罵道：「這麼多清白的好姑娘，偏偏喜歡上那個趙芸，簡直是昏了頭了。」

這個名字一而再再而三的出現，阮氏終於想起是誰來了，遲疑地問道：「這個趙芸，是不是汐兒身邊的那個跑堂？」

寧有方冷哼一聲。「可不就是她，比暉兒大了四、五歲不說，還是嫁過人又被休棄的。」

阮氏的臉陡然白了。「暉兒，你爹說的是不是真的？」

寧暉挺直了腰桿。「是，她以前所遇非人，才會有這樣的遭遇，其實她是個心地善良的好女子……」

「呸！」寧有方毫不掩飾鄙夷之情。「要是真的好，怎麼會被夫家休棄？不在家裡好好待著，跑到酒樓裡來做事，根本不安分。」盛怒之下，早把平日裡對趙芸的好印象去了九分，就算趙芸再好，現在也是處處都不好了。

寧暉聽不下去了，梗著脖子反駁。「趙芸是想補貼家用才會出來做事的，她才不是你說的那種人。」

寧汐也挺身而出為趙芸說話。「爹，您不願意哥哥和她在一起，這個心情我能理解，可不該胡亂抹黑趙芸姊。她平日裡做事勤勤懇懇，和男子說話都很少，我們鼎香樓上上下下可沒人說她一個不字吧！」

寧有方被堵得啞然，憋了半天才憋出一句來。「我不管她好不好，總之，我絕不會讓這樣的女子進我們寧家的門。」

阮氏經歷了最初的震驚之後，毫不猶豫地站在了寧有方這邊。「說得對，這樣的女子不配做暉兒的媳婦。」

寧暉雖然早料到會遭到反對，卻也沒想到爹娘反對得如此激烈，心裡的執拗也冒了頭。「我的話也放在這兒，明天我絕不會相看葉家姑娘，我這輩子非趙芸不娶！」

「你……」寧有方一怒之下，又揚起了手。寧暉既不閃也不躲，就這麼直直的站在那兒，等著巴掌落下來。

寧汐一急之下，連忙搶到了寧暉的面前。巴掌在她的左臉上堪堪停下。

「汐兒，讓開！」寧有方又驚又怒又懊惱，只差那麼一點，他的手就落到寧汐臉上了。

寧汐不肯讓開。「爹，您別生氣，有話好好的和哥哥說。」這麼多年來，她還從未見過寧有方發過這麼大的脾氣。事實上，她也被嚇到了。可如果現在讓開了，還不知寧暉今晚會被揍成什麼樣子。不，她不能讓！

阮氏也緊緊的攥著寧有方的胳膊不放。「汐兒她爹，你先別發火。先坐下再說。」一邊連連朝寧汐使眼色。這一巴掌再下去，寧暉非破相不可。快些把寧暉拉開才是。

寧汐心領神會，忙用力扯著寧暉坐到了一邊的椅子上。寧有方也被按著坐了下來，劍拔弩張的氣氛總算稍稍緩和，卻還是冷凝極了。

寧暉低著頭，一言不發。

阮氏按捺住性子，柔聲問道：「暉兒，爹娘都是為了你好。你想想看，你才十七歲，已經有了秀才功名，這一次若是再中了舉人，以後謀個一官半職的也不是難事。你若是真的娶了一個被人休棄的女子，日後肯定會被人恥笑……」

「我不在乎！」寧暉硬邦邦地應道。

寧有方眼裡冒出了火苗，狠狠的瞪著寧暉。「你倒是不在乎，可我在乎！我們寧家雖然不是高門大戶，可也是清清白白的人家。要是真的娶了這麼一個女子做兒媳，讓我和你娘以後還怎麼見人？」越說越惱火，話也難聽起來。「到時候，人家說三道四的，當著面再指指點點，你讓我們一家人的臉往哪兒擱？」

寧暉張張嘴，卻不知該說些什麼。寧有方的話雖然說得不中聽，可句句都是大實話。就算他不在乎，可總得顧忌全家人的感受……

阮氏長長地嘆了口氣。「暉兒，你自小到大都是個聽話又孝順的孩子，如果你看中的是清清白白的姑娘，不管是誰我們都認了。可趙芸偏偏是這個情況，你讓我們怎麼答應你？」一邊說邊抹起了眼淚。

寧暉心裡沈甸甸的，難受極了，愣了半天，才艱難地說道：「娘、爹，你們說的我都知道。可是，我就是喜歡她……」說著，冷不防地跪到了地上，哀求道：「你們就依我一回吧！她真的是個好姑娘，你們以後一定會喜歡她的。」

寧有方聽得火冒三丈，正待張口罵人，卻在看到寧暉眼裡閃動的淚光時戛然而止，這是寧暉長大之後第一次在他們面前落淚……

男兒有淚不輕彈，只因未到傷心處！

寧汐的心也在隱隱作痛。這種愛而不得的痛苦，沒人比她更懂。從感情上來說，她也希望寧暉心想事成，娶自己心愛的女子。可是，寧有方和阮氏的顧慮也不無道理。喜歡趙芸是一回事，可做嫂子是另一回事，若是寧暉真的娶了趙芸，只怕麻煩會很多……

阮氏也在掉淚，自己身上掉下的肉，她當然最心疼。可若是現在心軟依了寧暉，以後想後悔也遲了。不管如何，一定要打消寧暉這個念頭！

想及此，阮氏哭得越發厲害，眼淚像斷了線的珠子不停的往下掉，聲音都嘶啞了。「暉兒，你是要逼死爹和娘嗎？好好的清白姑娘你不娶，非要娶一個棄婦，將來你還怎麼抬頭做人。我和你爹還有什麼臉面出門。還有你妹妹，將來也得嫁人，有這麼一個娘家嫂子，在人前也要矮了三分。暉兒，不是爹娘不疼你，我們這都是為了你好……」說到這兒，已經泣不成聲了。

寧暉心如刀割，卻依舊堅持。「娘，我也猶豫過，可是，我實在放不下她。我不怕別人說三道四，過自己的日子，何必管別人說什麼。」

寧有方深呼吸口氣，冷冷地說道：「不要再說了！總之，這件事沒得商量，你現在就給我回屋去睡覺。明天早些起床，我和你娘陪你一起去廟裡上香。」也就是說，明天相看葉家姑娘一事繼續進行。

寧暉臉色一變。「不，我不去！」

寧有方霍然起身，眼裡滿是寒意。「你長大了，翅膀硬了，就不聽老子話了嗎？我告訴你，明天你去也得去，不去也得去。」

盛怒之下，寧有方的臉色可怕極了。寧暉本就怕他，心裡早已有了幾分懼意，被他這麼一瞪越發害怕，可卻死死的撐著不肯示弱。「我不去……」

一腳狠狠地踹中了寧暉的心窩，把他所有的話都踹了回去。

寧暉被踹得往後仰去，頭重重地磕在地上，阮氏和寧汐被嚇了一跳，撲上去查看，卻見寧暉面色慘白，雙眼緊緊的閉著。

寧汐只覺得右手處黏黏糊糊的，心裡一慌。「哥哥，你怎麼了？」

寧暉暈暈乎乎的，哪裡有力氣說話。阮氏細細看一眼，也被驚到了，寧暉的頭被磕破了，流了好多的血！

「快去拿毛巾！」阮氏急得快哭了。「暉兒的頭流血了。」寧有方剛才在氣頭上，那一腳的力道實在驚人。寧暉被踹中心窩，頭又磕破了，簡直面無人色。

寧有方也沒料到自己的一腳會造成這樣的後果，暗暗後悔不已，忙去拿了毛巾來，將頭上的傷口按住。阮氏又去兌了溫水來替寧暉擦洗，一家人手忙腳亂，忙了好一會兒，寧暉頭上的血總算止住了。

寧暉從短暫的暈厥中悄然醒轉，卻沒有睜眼，耳邊傳來阮氏的低泣聲。「你也真狠心，自己的親兒子，怎麼就下得去手。要是兒子被你踹傷了，我今天跟你沒完……」

寧有方雖然理虧，嘴上卻硬得很。「他就是欠揍。要是再不管教，以後真的鬧騰著和那個趙芸成親，我看妳怎麼辦！」

這話倒也有幾分道理，阮氏的哭泣聲漸止。

寧汐眼尖的瞄到寧暉的眼皮動了動，心念電轉，忙說道：「已經這麼晚了，哥哥又受了傷，這事還是留明天再說吧！先扶他回去睡，說不定等一覺睡醒了，他就想開了呢！」

寧有方和阮氏想了想，便點頭應了，一左一右攙扶著寧暉回房睡下。寧暉的腦後受了傷，只能側著睡下，跳躍的燭火下，俊臉越發的蒼白。

待寧有方、阮氏都走了之後，寧汐才輕聲喊道：「哥哥，爹娘都走了。」

寧暉這才睜了眼，在寧汐的攙扶下坐了起來，寧汐又是心疼又是責怪。「你也真是的，就算想說，也該找個合適的時機，語氣委婉一些，這麼說出來，也難怪爹娘生氣。」

寧暉苦笑一聲。「哪還有什麼合適的時機。我要是再不說，明天就來不及了。」他才不願去相看什麼葉家姑娘。

寧汐又嘆口氣。「現在說倒是說了，可爹娘都堅決反對，你打算怎麼辦？」

寧暉的嘴唇抿得緊緊的，眼裡滿是堅定和執拗。「不管他們怎麼反對，我都要娶趙芸。」他錯過了懵懂的初戀，絕不會再錯過第二次！

寧汐默然片刻，忽地問道：「哥哥，趙芸姊知道你的心意嗎？」

第二百六十五章　苦肉計

寧暉被問得一愣，腦海中忽地閃過那張溫柔親切的俏臉。

趙芸那麼聰明那麼善解人意，肯定已經知道了他的心意，所以才會那樣含蓄的暗示他吧！

寧汐一看他的臉色不對，就知道其中定然有些內情，低聲問道：「到底是怎麼回事，你得和我說個清楚。不然，我可沒法子幫你。」

「妹妹，妳真的肯幫我？」寧暉精神一振，心口也不覺得疼了，眼都亮了起來。

寧汐又是心疼又是好笑，嗔怪地說道：「你是我親哥哥，我不幫你幫誰。」雖然此事難度很大，可既然寧暉的心意如此堅定，總得試一試。

見寧汐肯站在自己這一邊，寧暉惶惶不安的心立刻穩了不少，長長地嘆道：「沒想到爹娘反應這麼激烈。」自過了十歲之後，寧有方已經很少動手揍他了。今天這一巴掌一腳更是前所未有的狠辣，到現在他的臉還是火辣辣的，心口也在疼呢！

寧汐不客氣地白了他一眼，沒好氣地說道：「誰讓你說話這麼直接，爹娘不發火才是怪事。」頓了頓，又問道：「你有沒有什麼具體的打算？」

寧暉顯然早已深思熟慮過了，輕柔又堅決地說道：「明天我哪兒也不去，就在家裡待著，等爹娘的氣頭過去了，我再和他們好好談一談。總之，我非娶趙芸不可。」一字一字鏗鏘有力擲地有聲，終於有了頂天立地的男兒模樣。

寧汐讚許地點點頭。「這才有點男子漢的樣子，既然你已經下了決心，趙芸姊那邊也得快速通個消息才行。不然，以爹的脾氣，說不定明天就會去找她麻煩。」以寧有方在鼎香樓的地位，想將趙芸攆走也就是一句話的事情。

被寧汐這麼一提醒，寧暉也開始擔心起來。「爹不會真的這麼做吧？」語氣裡滿是不確定，顯然也很清楚此事的可能極大。

寧汐嘆道：「這可說不準。爹的脾氣你又不是不清楚，平日裡倒是好好的，一旦發起火來，可就什麼都不顧了。」

「那我該怎麼辦？」寧暉頭腦一片空白，哪裡還能想出什麼主意來。

寧汐想了想，低聲耳語了幾句，寧暉心領神會，點了點頭。

第二天天剛濛濛亮，阮氏便來催促寧暉起床。敲了半天的門也沒回應，阮氏暗暗覺得不妙，忙推了門進去。只見寧暉沈沈的睡在床上，面色潮紅，叫了幾聲也沒醒。摸摸額頭，燙得厲害。

阮氏有些慌了，揚聲喊了寧有方進來。寧有方一見寧暉這副病懨懨的樣子，又急又氣，恨恨的罵了句。「這個渾小子！」

阮氏的眼圈都紅了，哽咽著說道：「都怨你，昨天晚上出手這麼重，暉兒哪能受得住。」

寧有方冷哼一聲。「我就打了他一耳光外加踹了一腳，就算疼點，也不至於發燒吧！肯定是他夜裡故意受了涼氣，這廟裡總之是去不了了。」連床都下不來，還怎麼去相看媳婦！

阮氏抹起了眼淚。「先別管這個了，快些到藥鋪子裡抓些藥來，我去找姚媒婆說一聲，相看的事情以後再說吧！」

事已至此，不這樣又能如何？寧有方重重地嘆口氣，滿腹心事地去了。

等兩人都走了之後，寧汐才偷溜了過來，心疼的抱怨道：「讓你裝病，你對自己倒是真狠心，竟然真病了。」

寧暉睜開眼，無力地笑了笑。「不真病，今天哪能逃得過去。」不枉他昨夜站在窗口吹了半夜的冷風，效果果然不錯。

寧汐也無暇怪他了，忙去廚房熬了米粥端來餵他吃了一點。待寧有方抓藥回來之後，又忙著熬藥餵藥。寧暉被折騰了半天，喝完了藥之後便沈沈地睡著了。

就在此時，阮氏也回來了。

寧有方迎了上去，低聲問道：「姚媒婆怎麼說？」

阮氏苦笑一聲。「還能怎麼說，說了一通不陰不陽的怪話，估摸著這門親事算是黃了。」原本說好去相看，臨時又不去了，理由再充分葉家也不見得肯信。更何況，寧暉這一招擺明是苦肉計，她說話時底氣嚴重不足，姚媒婆也不是傻子，豈能看不出來？

寧有方心中有氣，忍不住又忿忿地罵了一聲。

寧汐咳嗽一聲，笑著扯開話題。「爹，時候也不早了，再不走可就遲了。」

寧有方哪有心情去鼎香樓，隨口說道：「今天妳去吧，我就不去了，妳到那邊替我和孫掌櫃說一聲。」

這話正中寧汐下懷，連連點頭應了，一路小跑到了鼎香樓，先去找了孫掌櫃。

寧有方告假的次數少之又少，這一年多來用手指都能數得出來，孫掌櫃自然地問及了原因。

寧汐當然不會明言，含糊的應道：「沒什麼，就是家裡有些小事。」
孫掌櫃識趣地沒再追問，笑著點點頭。
寧汐鬆了口氣，忙去了廚房。趙芸果然和平時一樣，早早就到了，正在收拾廚房呢！笑著和寧汐打了招呼，又低頭忙活去了。
寧汐咳了咳。「趙姊，先別忙了，我有話要和妳說。」
她語氣這麼慎重，倒讓趙芸有些疑惑了，停下了手中的動作走了過來。「寧汐妹子，出了什麼事情了？」
這事還真是難以啟齒……寧汐心裡狠狠地抱怨了寧暉一通，反覆琢磨著該怎麼樣才能將話說得委婉含蓄些，一時竟沒張口說話。
趙芸心裡隱隱有了不妙的預感，面上卻是一派沈著冷靜。不過，這份冷靜在聽到寧汐的一番話之後陡然煙消雲散。「我娘請人替我哥說了門親事，可我哥哥卻不肯同意，還說他心裡已經有了喜歡的姑娘，非她不娶……」
聽到這兒，趙芸已經變了臉色，顯然已經猜到發生什麼了。
寧汐迅速地將昨晚的事情一一道來，邊小心留意著趙芸的臉色。「……哥哥病了，正躺在床上，我爹留在家裡照顧他，便沒過來……」
趙芸眸光不停地閃動，表情似喜似悲。
饒是寧汐素來敏銳，一時也看不出她到底在想些什麼，不自覺地放慢了語速。「趙姊，哥哥特地讓我早些過來，把這些告訴妳。妳……」

趙芸深呼吸口氣，迅速地說道：「寧汐妹子，我們相處這麼久，彼此都熟悉，有些話我就直說了。妳哥哥確實是個難得一見的好兒郎，不過，我從沒生出過什麼非分之想，一直當他是弟弟而已。妳回去告訴他，別再胡思亂想了，找個好姑娘成親吧！」

寧汐聽得愣住了。趙芸這席話疏遠又淡然，一派事不關己的模樣，難道寧暉只是一廂情願的單相思？

趙芸卻不想再多說什麼了，匆匆地扔了一句「我去前面的雅間收拾收拾」便走了。

寧汐喊之不及，眼睜睜的看著趙芸近乎逃跑一般走了，眉頭緊緊地蹙了起來。

接下來的一整天，趙芸都在有意無意地躲著寧汐，根本不給寧汐和她單獨說話的機會，到了晚上，甚至提前回家去了。

寧汐暗暗嘆息，只得收拾心情回家。

寧暉在床上暈暈乎乎的躺了一整天，耳邊聽到的盡是阮氏絮絮叨叨的勸誡還有寧有方的冷言冷語，心裡別提是什麼滋味了，待聽到寧汐回來的動靜，頓時精神為之一振。只可惜寧有方夫婦都在一旁，兄妹兩個根本沒時間說什麼悄悄話。

寧汐心事重重，見寧暉眼巴巴的可憐樣子，別提多心疼了。待會兒若是寧暉問起，她該怎麼張口？

寧有方冷眼旁觀他們兩個眉來眼去，冷不防地冒出了一句。「汐兒，今天妳去找過趙芸了吧！」

寧汐先是一愣，旋即陪笑道：「爹真是厲害，連這個都看出來了。」

寧有方輕哼一聲。「你們兄妹倆在搞什麼鬼，別以為我不知道。一個生病，一個通風報信，以為我和妳娘都是傻子是吧！」

寧汐尷尬地笑了笑。「哪有的事。」這點小伎倆居然都被看穿了，薑果然是老的辣！不過，不管他怎麼說，現在都堅決不能承認。

寧暉本就心虛，被寧有方這麼一說更是抬不起頭來，索性閉上眼睛裝睡。

寧有方瞄了寧暉一眼，又是生氣又是心疼，重重地哼了一聲別過了頭去。

阮氏長長地嘆口氣。「有什麼事一家人關起門來好好商議，這麼折騰自己做什麼。暉兒，你讀了這麼多年的書，連身體髮膚受之父母的道理都忘了嗎？我和你爹辛辛苦苦地把你養大，難道就換來你這樣的對我們嗎？」說著，眼眶又濕潤了。

忙著照顧了他一天，又憂又急又氣，種種情緒交織在一起，個中滋味，不提也罷！

寧暉聽著這番話，臉上火辣辣的。悄然睜開眼，最親的人都站在床前，雖然各懷心思，可有一點卻是共同的，那就是臉上的關切和憂心。

眼角邊忽然熱熱的，似有什麼要奪眶而出。寧暉死死的忍住，不，不可以心軟不可以認輸，不然，之前所作的所有努力就都白費了……

寧汐忽地說道：「爹、娘，我想和哥哥單獨說幾句話。」

寧有方和阮氏俱是一愣。

第二百六十六章　冰冷

寧有方皺起了眉頭。「有什麼話不能當著我和妳娘的面說嗎？」兄妹兩人也不知要商議什麼，鬼鬼祟祟的。

當然不能！寧汐又是陪笑又是撒嬌。「哎呀，爹，您就先出去一會兒，我來勸勸哥哥，我說的話他一定能聽進去的。」好說歹說，總算是把寧有方和阮氏哄出去了。等關上門，寧汐才長長地呼出一口氣。

寧暉掙扎著坐直了身子，一臉期盼的看向寧汐。「妹妹，妳和她說了嗎？」

寧汐點點頭。「說是說了，不過，她……」頓了頓，終於狠狠心將趙芸當時的那番話說了出來。

寧暉的表情僵了，顫抖著開口。「不、不可能，她不可能那麼說的……」

寧汐心疼地嘆息，走上前去握住寧暉冰涼的手，低聲安慰道：「她眼下這個處境，對這事比別人要敏感得多，雖然嘴上這麼說了，心裡倒未必真是這麼想的。你先放寬心養病，我明天再去探探她的口風。」

也只能如此了。寧暉默默的點頭，眼裡閃過一絲堅決。

到了第二天早上，寧暉竟也掙扎著起來了，堅持要一起到鼎香樓去，不用問也知道，肯定是想去找趙芸。

看著寧暉倔強的臉龐，寧有方的火氣又蹭蹭地往外冒，硬邦邦地說道：「你身體還沒好，哪兒也不准去，就給我在家裡待著。」

「我已經好得差不多了，走一段路沒問題。」寧暉的脾氣同樣執拗。

「好了也不准去。」寧有方揚高了聲音，眼看著又要發火了。

阮氏唯恐他再動手揍人，忙扯了扯他的胳膊。「汐兒她爹，先別生氣，有話好好說。」

寧汐也連連朝寧暉使眼色。爭執來爭執去，除了惡化父子倆的關係外，什麼好處也沒有啊！

寧暉自然領會了寧汐的意思，可只要一想到趙芸的冷淡和疏離，一顆心便像放在油鍋上煎熬一般，別提是什麼滋味了。不，他一定要見一見趙芸……

正相持不下，寧家小院的門被敲響了。

這個時辰會到寧家來的，自然非容瑾莫屬。寧有方深呼吸口氣，按捺下心頭的怒火，去開了門。門一開，一張熟悉的清秀臉龐出現在眼前，不僅是寧有方愣住了，就連寧暉、寧汐也大出意外。

竟然是趙芸來了！

趙芸略有些侷促地笑了笑，聲音清雅柔美。「真是不好意思，一大早就來打擾。」

寧有方定定神，客氣地讓了趙芸進來，和阮氏迅速的交換了個眼色，不由自主地盤算起趙芸的來意。

寧暉卻是一臉的驚喜激動，向前邁了幾步。「我正要去找妳。」眼中的熱情一覽無遺。

趙芸笑了笑，眼中掠過一抹複雜的神色，旋即恢復鎮定，雲淡風輕地笑道：「聽寧汐妹子說你病了，病了就該在家裡待著好好休息，別往外跑了。」

寧暉近乎貪婪地看著趙芸，不管她說什麼一律點頭。

寧有方不快地瞄了寧暉一眼，礙著趙芸也在，卻是什麼也不好說。寧汐悄悄抵了抵寧暉的胳膊，示意他收斂些。

趙芸把眾人的反應盡收眼底，面上依舊是溫婉的笑容。「寧大廚，我今天冒昧前來打擾，有些話想親自對寧暉說，希望您能准許。」口氣裡隱隱透出一抹決絕。

寧有方當然不願她和寧暉獨處，卻又不好當面回絕，忍不住瞄了寧汐一眼。男子也是要名聲的，和一個聲名不佳的女子這麼牽扯不清的，若是傳了出去，對寧暉的名聲可是大大不好。

寧汐立刻笑著說：「我陪哥哥一起，趙姊不會介意吧？」

趙芸淡淡地笑道：「當然不介意。」

這麼一來，寧有方和阮氏也沒了立場反對，一起回了屋子，算是迴避。

趙芸靜靜的立在那兒，和寧暉保持了六尺左右的距離。既方便說話，又不會損了彼此的清譽。「寧暉，謝謝你的情意。」趙芸緩緩地開了口，語氣說不出的淡然疏離。

不要說寧暉了，就連寧汐都察覺出不對勁了。趙芸到底是要做什麼？

寧暉衝動地走上前一步。「趙芸，我不要妳謝我。我是真心喜歡妳，也是真心的要娶妳。」熾熱的情意明明白白的從眼中傾洩而出。

趙芸卻無動於衷，淡然的應道：「寧暉，我想你是誤會了，我從沒打算再嫁人，以後這樣的話你千萬別再說了，讓人誤以為我們兩個有私情，對你我都不好。」

一字一字像是冰錐落在寧暉的心頭，痛不可當。他不自覺地顫抖著，俊臉煞白。

寧汐唯恐他摔倒，忙上前攙扶住他的胳膊，卻是什麼也沒說。這樣的時刻，她只是個局外人，只能保持緘默。

「妳是不是怕別人說三道四？」寧暉努力地擠出笑容。「要是因為這個，妳大可以放心，我根本不在乎別人說什麼，我只在乎妳……」

「寧暉，別再說了。」趙芸的眼中依稀有一絲水光閃動，卻生生地逼了回去，口氣依舊冷淡。「你憑什麼以為我就願意嫁給你？你憑什麼以為我會喜歡你？你又憑什麼不經我的同意，就在你爹娘面前說要娶我？你這樣讓別人怎麼看我？」

一連串的詰問，讓寧暉無言以對，只能愣愣地看著那張朝思暮想的容顏。

冰冷入骨的話語一字一字的鑽入他的耳中。「我今天來，就是要把話一次說個清楚明白。我趙芸雖然是個棄婦，可絕不是那種不知恥的女人，我從沒想過要嫁到你們寧家！請你以後打消了這個念頭，不要來找我！」

不，他聽到的不是真的，她說的話一定不是真心的……寧暉嘴唇動了動，卻連說話的力氣也沒有。

趙芸不再看他，淡淡地看向寧汐。「寧汐妹子，我的話都說完了，煩請妳待會兒轉告寧大廚，我不會纏著寧暉不放，請他儘管放心。」那一絲淡不可察的悲涼，在她的眼底乍現，快得令人捕捉不及。

寧汐的心忽然揪緊了。「趙姊，我爹他……」該說什麼？難道要說寧有方其實沒激烈的反對此事嗎？這樣顯而易見的鬼話，誰能相信？

趙芸笑了笑，表情很是平靜。「我先去鼎香樓做事了，要是寧大廚還不放心，我會到孫掌櫃那兒辭工的。」說著，轉身離去。

「妳別走！」寧暉陡然回過神來，踉蹌地上前兩步，想扯住趙芸的胳膊。

趙芸卻沒回頭，也沒停住腳步，就這麼直直的離開了。

留下寧暉失魂落魄的站在原地，全身上下沒了一絲力氣，就這麼呆呆的站著，一動也不動，目光落在趙芸離開的方向，可眼神卻一片空洞。

寧汐的心沈甸甸的，難受極了，輕輕地走上前去。「哥哥，你別太難過了。」這樣泛泛的安慰，根本解不了寧暉心中的痛苦，可此時此刻，她又能說什麼？

寧暉一臉的木然，喃喃地低語。「為什麼，她為什麼這麼對我？我一心一意的喜歡她，我是真心的要娶她的……」

寧汐心裡酸酸的，忍不住摟住寧暉。「哥哥，你別這樣，天涯何處無芳草，你一定會遇到更好的姑娘……」

寧暉的聲音哽咽了。「我不要別人，我就喜歡她一個。」最後一個字剛出口，淚水終於從眼眶中滾落，繼而哭出了聲，如同一隻受了傷的雄獸，哀戚地嗚咽著。

寧汐也忍不住落了淚，緊緊地摟著寧暉的胳膊，口中不停的低喃。「哥哥，別哭。一切都會好起來的。」先有孫冬雪，再有趙芸，寧暉的情路也真是夠坎坷的了。

兄妹兩個哭成一團，寧有方和阮氏在屋裡也一起沈默了。

只隔了薄薄的一扇門，趙芸剛才說的話他們兩人一字不漏地聽了進去，雖然聽著冰冷絕情，可只有這樣的當頭棒喝，寧暉才肯死心吧！

趙芸對寧暉到底是有情抑或是無意，已經沒有深究的必要。眼下最重要的，是要好好的安撫受傷的寧暉，等寧暉心情平靜了，才為他另謀親事也不遲……

夫妻兩人對視一眼，俱看出了對方眼底的一絲遺憾。

趙芸這番作為，實在出人意料。如果趙芸不是被休棄的女子，就算比寧暉大了幾歲他們也認了。

「汐兒她爹，我們出去看看暉兒吧！」聽到外面傳來的隱忍壓抑的哭泣聲，阮氏的心都被揪痛了，寧暉長這麼大，何曾這樣傷心過。

寧有方卻沈聲說道：「別出去了，隨他好好地哭一回，等眼淚哭乾了，這事自然也就過去了。」現在，也只能狠心的視而不見了。

阮氏無奈的嘆口氣，又忍不住抱怨了一句。「這個趙芸也真是的，說話就不能委婉些嗎？這麼一大通傷人的話，虧她也說得出口。」

寧有方白了她一眼。「不說得狠絕些，妳兒子能死心嗎？人家沒纏著寧暉不放，已經是萬幸的事情了。」

阮氏果然不再吭聲了。

以寧暉的倔脾氣，如果趙芸再表現得柔情些，還不知這回要鬧騰成什麼樣子。不管到最後是什麼樣的結果，寧暉的名聲也算完了……

第二百六十七章　為什麼？

寧暉真的病了。

自從那一天過後，他再也不肯出屋子一步，整天躺在床上，一句話也不肯說。高燒早已退了，可他精神卻一天比一天差。請了郎中來看，也抓了藥，可喝了總不見效果。

阮氏看在眼底，急在心底，不知費了多少口舌，每天勸得口乾舌燥，可不管她說什麼，寧暉都是那副死氣沈沈的樣子。

寧有方雖也心疼，卻狠下心腸沒有理會。事已至此，一定得徹底斷了寧暉的心思才行。

寧汐惦記著寧暉，一連兩天都心緒不寧的，見了趙芸更是莫名的尷尬。本來熟悉得不能再熟悉的人，如今見了面竟是不知該說什麼是好。

趙芸心裡到底在想些什麼不得而知，不過，表現出來的卻是一副若無其事的樣子。見寧汐總是欲言又止，反而笑著開解道：「一點誤會說開也就好了，別總放在心上。」

寧汐凝視著趙芸平靜的臉龐。「趙姊，這兒沒有別人，妳給我句實話吧！妳對我哥哥真的一點都沒動過心嗎？」

趙芸似早已料到寧汐會問這樣的問題，迅速地答道：「沒有。」

回答得如此迅速堅定，倒讓寧汐更覺得不對勁了，她輕輕地說道：「趙姊，不瞞妳說，我爹娘確實都竭力反對，不過，我一直是站在我哥哥這邊的。如果妳是顧忌著我爹我娘才那麼說，我就偷偷和哥哥說一聲……」

「寧汐妹子，」趙芸收斂了笑容，打斷了寧汐的話。「這些話以後不要再提了。我是個棄婦，別人在我背後指指點點從沒少過。我早已經習慣了，可妳哥哥是個讀書人，以後考取了功名，要做官的。和我這樣的女人有牽扯，不知會惹來多少流言蜚語。」

寧汐心裡一動，靜靜地瞅著趙芸不說話。

趙芸一開始還能維持鎮定，可寧汐的目光似乎洞悉了她心底深處的秘密一般，讓她渾身都不自在……趙芸終於移開了目光，垂下了眼瞼。

「趙姊，妳這又是何苦。」寧汐輕嘆出聲，這一次的嘆息，卻不是為了寧暉，而是為了趙芸。如果趙芸自私一些聰明一些，她就該牢牢的抓住寧暉不放，可她卻作了另一個選擇。

趙芸澀澀地笑了笑，卻什麼也沒說，拿起抹布，匆匆地走了。

寧汐看著趙芸的背影，久久，才發出一聲嘆息。

趙芸看似溫柔，實則外柔內剛，極有主見。不管是出於什麼原因才拒絕了寧暉，都不會再更改主意。寧暉這次失戀，不知又要煎熬多久才能恢復如常。

想及此，寧汐的心裡悶悶的。

張展瑜不知什麼時候走了進來，見寧汐皺著眉頭不吭聲，心裡暗暗奇怪，笑著問道：「汐兒，妳這兩天是怎麼了？天天愁眉苦臉的，連個笑容都沒有。還有師傅，整天埋頭做事，也不肯說話，是不是家裡出什麼事了？」

寧汐遲疑了片刻，才低聲將寧暉和趙芸的事情道來。

張展瑜的笑容漸漸收斂，眉頭也皺了起來。「這麼說，是趙芸姊主動拒絕了此事？」

寧汐點點頭。如果不是趙芸如此表態，還不知道現在會鬧成什麼樣子。

張展瑜最是敏銳，顯然也想到了某些關鍵的事實。「趙芸姊真的一點都不喜歡妳哥哥嗎？」沒道理啊，寧暉長相俊秀斯文，又中過秀才，正是大姑娘小媳婦最中意的那種俊俏書生。性子又誠懇正直，趙芸不可能一點都不動心吧！

寧汐無奈地笑道：「我剛才問她了，她什麼也沒說。我想，她大概也是喜歡我哥哥的吧！只是顧慮太多，才會拒絕。」

寧汐說得含蓄，張展瑜卻是一聽就懂，稍微一聯想，便猜到了來龍去脈，忽地生出了同病相憐的悲涼。他是愛而不得，趙芸卻是忍痛拒絕，兩人到底誰更淒慘一些？

張展瑜自嘲地笑了笑，甩開這些胡思亂想，正色說道：「這些事暫且放下，明天廚藝決賽就開始了。妳準備好了沒有？」

寧汐打起精神，笑著點頭。「準備得差不多了。你呢？」

張展瑜也笑著點頭，眉宇間滿是自信。看來，這十天裡的忙碌頗有收穫！

決賽賽制和初賽有所不同，不再是淘汰制。同樣分三輪，每輪都打分，最後將三輪的分數累加，選出分數最高的十個大廚，授予大燕名廚的稱號。另外每人可以獲得二十兩的賞銀。最後，在這十人當中選出兩人入宮做御廚。

這三輪比賽，在半個月之內進行。明天開始第一輪，地點依舊在一品樓，評判依舊是上官遠等人。

能進決賽的，都是有兩把刷子的，還有京城四大酒樓直接選送的大廚，可以說是高手如雲。想在這樣的賽事裡嶄露頭角，可不是件容易的事情。就連一向對自己極有自信的寧汐，也變得謙虛多了，笑著說道：「只要能進前十就行了。」她可沒有入宮做御廚的打算，就不爭前兩名的名額了。

張展瑜忽地笑道：「汐兒，妳從沒想過要進宮做御廚嗎？」

寧汐啞然失笑。「我們大燕王朝自從開朝以來，還從沒有女子做御廚的先例吧！」

張展瑜凝視著寧汐的臉龐，輕輕地問道：「以前沒有，不代表以後也沒有。上官燕不是說過想做大燕王朝的第一個女御廚嗎？妳難道就沒動過這個心思？」

這可問到寧汐的心坎裡了。

寧汐默然片刻，才淡淡地笑道：「說一點不想那是騙人的，我既然做了廚子，就想做到最好。只是……」皇宮是個太危險的地方，她這輩子都要離得遠遠的。

寧汐沒有把話全都說出口，可一切卻在神色中表露無遺。

張展瑜正想說什麼，忽然聽到身後傳來慵懶的少年聲音。「你們兩個在說什麼這麼熱鬧，我沒打擾你們吧？」

這略帶些酸意的語氣再熟悉不過。寧汐抬眸看去，唇角浮起甜甜的笑意。「你怎麼來了？」赫然是幾天都沒露面的容瑾。

容瑾悠然走了進來。「我要是再不來，只怕妳連我姓啥名誰都要忘光了。」

這算閨怨嗎？寧汐噗哧一聲笑了，所有的煩心事在這一剎那全都飛到了九霄雲外。

容瑾近乎貪婪地看著寧汐的笑顏，口中笑道：「我這幾天公務實在太忙，又怕打擾妳準備廚藝比賽，所以才沒過來。不過，看樣子妳過得倒是挺悠閒自在，有我沒我都一樣。」說到最後一句，酸味又飄了出來。

之前寧汐和張展瑜言笑晏晏的那一幕正巧被他看了個正著，心裡別提是什麼滋味了。有這麼一個情深意重的男人天天守在寧汐身邊，他不吃味才是怪事！

寧汐又好氣又好笑，礙著張展瑜的面不好說什麼，不客氣地白了容瑾一眼。

容瑾挑了挑眉，兩人的眉來眼去落在張展瑜的眼中，不知又是怎樣一番刺目與心痛。

張展瑜早已練出了視而不見的鎮定功夫，笑著和容瑾打了招呼，便識趣地找了個藉口離開了。

張展瑜剛一離開，寧汐便不滿的小聲抱怨起來。「你也真是的，我和張大哥正說明天廚藝決賽的事情呢，你又胡亂吃飛醋了！」

容瑾堅決不承認自己的小心眼。「我可沒吃醋。」迅速地扯開話題。「對了，妳這幾天準備得怎麼樣了？」

寧汐昂起小巧精緻的臉龐，自信滿滿地笑道：「早就準備好啦！你就等著看我大出風頭吧！」

容瑾最喜歡她這副可愛的俏模樣，看得心裡癢癢的，直想把她緊緊的摟在懷裡再也不鬆開。只可惜廚房外人來人往的，實在不方便，只得作罷。

容瑾的眼神無比灼熱，寧汐被看得面紅心跳，紅著臉瞪了他一眼，卻壓低了聲音。「你別這樣看我。」

容瑾心底酥麻了一片，正待調笑兩句，身後忽然響起了腳步聲。轉頭一看，卻是別的廚子路過廚房門口，影子一閃便過去了，白白受驚了一場。

「這兒人也太多了。」容瑾不滿地咕噥一句，想說些悄悄話都不方便，更別說耳鬢廝磨親暱擁抱之類的了。

他腦子裡轉的念頭寧汐一看便知，恨恨地啐了他一口。「光天化日的，你竟想著這些齷齪的念頭。」

容瑾臉皮何等雄厚，這種級別的話對他來說實在不痛不癢，反而展顏笑了，魅惑地眨眨眼，慢條斯理地說道：「妳怎麼知道我在想什麼，難不成妳也在想同樣的事？」

論口舌伶俐，寧汐從不輸給容瑾，可臉皮的厚度實在差了一截，這可是後天沒法彌補的了。寧汐看容瑾那副得意洋洋的樣子，又恨又羞又惱，別過了頭，不肯理他了。

再惹可就真的惱了！容瑾低笑一聲，扯開了話題。「汐兒，妳想過要入宮做御廚嗎？」

一天之內，已經被問第二次了。寧汐這一次反應快得多，不假思索地搖頭。「不想。」

容瑾眸光一閃，緩緩地說道：「汐兒，我倒是希望妳入宮做御廚。」

寧汐一愣，這話是從何而來？

第二百六十八章　未雨綢繆

「汐兒，我爹今年年底就回來了。」容瑾含蓄地暗示。

容琮和蕭月兒年底成親，容大將軍自然要回來。等容琮的親事一完，自然就輪到容瑾了。寧汐雖然名氣不小，可做容府的三少奶奶卻遠遠不夠。如果真的能成為大燕王朝的第一個女御廚，肯定是聲名大振，嫁入容府的把握自然多了幾分。

寧汐聽懂了容瑾的暗示，沈默了片刻，忽地低低的說道：「容瑾，我不喜歡皇宮。」

容瑾深深地凝視著寧汐。「是因為妳曾作過的噩夢嗎？」

寧汐輕輕點頭。「是，我只想離皇宮遠遠的。」那種驚懼早已深入骨髓，每當想起，渾身便一片冰涼，一絲溫度也沒有。

容瑾眸光一閃，眼神銳利。「汐兒，妳的夢裡，是四皇子繼承了皇位嗎？」

寧汐點頭不語。容瑾也沈默起來，不自覺地擰緊了眉頭。

從朝中目前的情勢看來，四皇子並不占優勢。不占嫡不占長，生母只是個不太得寵的妃子，又無得力的娘舅支持，還因為喜好男風被皇上責罵懲處，顯然不得聖眷。

反倒是大皇子和三皇子明爭暗鬥得異常激烈。大皇子是已故的皇后所生，是嫡長皇子，身分尊貴無人能及。只可惜皇后死得早，現下後宮被三皇子的生母惠貴妃把持，惠貴妃父兄在朝中都擔任要職，成了三皇子的一大助力。

容府一門顯赫，容大將軍手握兵權，容氏三兄弟也都在朝中任職，不管站在哪個皇子身後，都是不容小覷的力量。對容家來說，保持中立一直到新皇登基，這才是最佳選擇。可明月公主的下嫁，卻無形地逼著容府站到了大皇子的身後。

正所謂一榮俱榮一損俱損，如果大皇子登基，容府的地位自然扶搖直上。可如果真如寧汐夢中所示，大皇子在皇儲爭鬥中落敗，登基的是四皇子，那麼容府的將來岌岌可危……

容瑾越想越心驚，面色凝重起來。「汐兒，這件事除了妳家人之外，妳有沒有告訴別人？」

「只告訴過你。」這樣的事情怎麼可能隨便亂說，就連張展瑜也是不知情的。

容瑾不放心地追問一句。「那一次在大皇子和公主面前，妳也沒透露過隻字片語吧？」

寧汐用力地點頭。

容瑾稍稍放了心，低聲叮囑道：「這件事放在心底，萬萬不要告訴任何人，就連在公主殿下面前也不能透露。」皇位爭鬥向來伴隨著腥風血雨，一個不慎，就會性命不保。容府無奈的被捲入漩渦裡，只能先求自保，寧汐千萬不能再捲進來了。

寧汐知道其中利害，毫不猶豫地應了。只不過，此刻的她卻不知道，有些事不是想避就能避得開的。這些是後話，暫且不說。

有了這樁心事，容瑾也不再提及做御廚的事，只叮囑寧汐好好休息，明天比賽好好表現。至於成親的事情，另謀法子就是了。

第二天清晨，寧有方領著張展瑜、寧汐一起到了一品樓。

一品樓的李掌櫃笑著招呼前來參賽的各位大廚。這五十多個大廚裡，大多是京城各大酒樓的廚子，彼此都面熟，見了面互相寒暄，自有一番熱鬧。可這熱鬧之中，卻又有幾分心照不宣的意味。

這裡的五十多個廚子，只有十個人能得到賞銀，能進宮做御廚的只有區區兩個。這競爭實在太激烈了！

百味樓的代表是薛大廚，寧有方和薛大廚也算熟人了，互相點頭算是打了個招呼。雲來居派出的代表卻不是江大廚，而是一個年僅二十多歲的年輕男子。

寧汐忍不住多看了兩眼，這個男子長得眉清目秀，和江大廚竟隱隱有幾分相似。

「聽說這個是江大廚的兒子，叫江閔。」張展瑜不知從哪兒冒了出來，低聲說道：「據說他盡得江大廚真傳，廚藝很好。」又是一個強有力的競爭對手啊！

寧汐心裡暗暗嘀咕不已，目光又落到了上官燕的身上。

上官燕今天穿著一身淺紫色的衫裙，神采奕奕分外動人。她身邊立著一個四十左右的男子，氣度昂揚不凡，和上官遠有幾分相似。看來，就是一品樓的頂樑柱上官遙了。

寧汐忍不住低聲嘆道：「高手如雲啊！」

張展瑜啞然失笑，打趣道：「在別人眼裡，妳才是勁敵。」他們在打量別人，別人何嘗沒在打量他們？

寧汐抿唇笑了，眼裡閃過一絲自信。

正說笑間，一雙妙目有意無意的看了過來，不用想也知道會是誰了。

寧汐本想主動上前打個招呼，又怕張展瑜心裡不高興，一時之間猶豫住了。張展瑜忽地笑道：「上官燕在那邊，我們去打個招呼。」

寧汐心裡暗暗一驚，面上卻不敢表露出來，忙笑著點點頭，和張展瑜一起走上前去，笑咪咪的喊道：「上官姊姊。」

「上官姑娘。」張展瑜淺笑著點頭。

上官燕顯然又驚又喜，笑著客套了幾句，眼角眉梢的喜悅幾乎毫不遮掩地流露了出來。其實，她一早就留意到張展瑜和寧汐了。若不是礙著上官遙就站在身邊，只怕早就湊過去了。萬萬沒想到張展瑜竟肯主動過來，心裡似開出了一片絢爛的春花。

上官燕的情緒波動，自然瞞不過上官遙的眼睛，不動聲色地打量了過來。這個白皙秀美的少女，定是和上官燕齊名的寧汐了。至於寧汐身邊那個俊朗沈穩的男子，該不會就是上官燕如此興奮激動的原因了吧……

寧有方和眾人打了一圈招呼，便找了過來。和上官遙雖是第一次見面，彼此卻都知悉已久，各自點了點頭。

論年齡，兩人在伯仲之間；論名氣，上官遙成名多年，比寧有方更勝一籌。可這一年來，寧有方風頭之勁，直逼上官遙。今天的廚藝比賽，兩人也算是棋逢對手了。

上官遙心裡不停的轉著各種念頭，口中客氣地說道：「久聞寧大廚大名，今天一見，果然不同凡響。」

寧有方爽朗一笑。「不敢當、不敢當，我對上官大廚才是心儀已久。今天有幸認識，以後要多親近親近才是。」

上官遙眸光一閃，意味深長地說道：「我們本該去年就認識的。」鼎香樓開業之前，寧有方在雲來居、百味樓的挑戰，上官遙可是一清二楚。當時早已做好心理準備迎接挑戰，沒料到寧有方胳膊受了傷，最後並沒到一品樓來。當時的上官遙既鬆了口氣，又隱隱地有些遺憾。旗鼓相當的對手難得啊！

寧有方心知肚明上官遙說的是什麼，也不裝糊塗，爽快的應道：「現在認識也不算遲。」這次廚藝比賽，手底下見個真章好了。

上官遙笑了笑，無言的接受了寧有方的挑戰。

這邊唇槍舌劍，把寧汐等人注意力都吸引了過來。寧汐和張展瑜一左一右站在寧有方身邊，上官燕則站到了上官遙的身邊，雙方壁壘分明。雖然表面說說笑笑，可劍拔弩張的氣氛卻一覽無遺。

就在此時，門口處一陣騷動，三位大廚相攜而來。

上官遠目光一掃，便笑著走了過來喊道：「三哥、燕兒，你們在說什麼，這麼熱鬧？」

上官遙笑著拍拍上官遠的肩膀。「三弟，我來給你介紹一下，這位是鼎香樓的主廚寧有方。」寧有方客套地笑著打了個招呼，不卑不亢，並不特別的熱情。

雖然對方是御廚，又是此次廚藝比賽的評判，寧有方也沒有討好的心思，廚藝比賽各憑本事吧！

上官遠對這個名字自然不陌生，邊寒暄邊不動聲色的打量寧有方。眼前的男子正值盛年，相貌堂堂，單看容貌氣度便讓人不敢小覷。再一想到寧汐過人的廚藝便是承自寧有方，越發起了警惕之心。

御廚的名額只有兩個，這個寧有方可算是強有力的競爭人選了。上官燕此次想進宮做御廚，得多費些心思才行啊！

等人來得差不多了，方御廚咳嗽一聲，朗聲說道：「諸位大廚，請靜一靜。」一陣騷動之後，大堂裡很快地靜了下來，五十多雙眼睛唰地一起看了過去。

方御廚在宮中不知經歷了多少大陣仗，對著這麼多雙眼睛毫不怯懦，朗聲說道：「從今天開始，廚藝決賽正式開始，決賽和初賽一樣，共有三輪，採取打分制，只取分數較高的前十名……」

先是將眾人都知道的比賽規則說了一遍，然後話風一轉。「……此次比賽，本著公平公正的原則，任何人不得在比賽中做手腳，更不得妨礙他人比賽。若是被發現，就地懲處，絕不饒恕！」說到最後幾個字，方御廚目光冷然，頗有幾分不怒而威的架勢。

眾大廚齊聲應了。其中不免有人在心中暗暗嘀咕，上官遠就是評判，上官遙和上官燕身為參賽者，豈不是大大占了便宜？當然，這些話只能放在心底，沒人敢訴之於口。

方御廚對自己的威嚴很滿意，笑道：「對了，還有一個好消息要告訴大家！」

第二百六十九章　正面交鋒

好消息？大堂裡起了一陣騷動。

方御廚故意停頓了片刻賣起了關子，直到眾人都安靜下來，才徐徐笑道：「待會兒，大皇子殿下會親自到場。」

什麼？大皇子也要來？眾人的眼都亮了，頓時議論紛紛，怎麼也安靜不下來。

寧汐心裡卻咯噔一聲，直直地往下沈，腦海裡忽地浮現出一張高深莫測的面孔。她一共只見過大皇子三次，可上一次的皇宮脫險給她的印象實在太過深刻了。每當想起大皇子，那種不寒而慄的感覺便浮上了心頭。甚至只聽到這個名字，渾身便泛起了一陣莫名的涼意……

寧有方察覺到寧汐的異樣，低聲說道：「汐兒，今天是廚藝比賽，妳不用害怕。」

寧汐打起精神笑了笑。「嗯，我好好的，不用擔心。」正如寧有方所說，今天可是廚藝比賽，堂堂的皇子殿下，總不可能當著所有廚子的面為難她吧！

與此同時，上官燕也在隱隱地不安著。

自從上一次上官遠透露過想將上官燕引薦給大皇子的意思之後，這便成了上官燕最大的一件心事，一聽到大皇子的名諱，心底的不安便又浮了上來。

大堂裡幾十個廚子都在為大皇子即將到來的消息雀躍不已，唯有兩個妙齡少女各懷隱憂，連笑容都很勉強。

方御廚和王大廚交換了個眼色，又和上官遠低頭商議一會兒，然後朗聲宣佈。「請點到名字的大廚先到廚房來。」說著，便點了一串人名。被點到的廚子，自覺地站成了一列走了過去。

寧汐凝神聽了半晌，竟沒聽到一個熟悉的名字。看來，這一組都是外地來的廚子了。

剩餘的廚子三三兩兩的坐在大堂裡，李掌櫃忙吩咐跑堂的給眾人上茶。

張展瑜見寧汐面色不豫，心裡暗暗詫異，低聲問道：「汐兒，妳怎麼了？」

寧汐笑了笑，若無其事的應道：「沒什麼，就是在這兒坐著乾等有些著急。」

「今天有得等了。」寧有方接過話茬兒。「這麼多人，至少也得分成三組，每組至少也得一、兩個時辰，不知什麼時候才能輪到我們。」

張展瑜的注意力果然被吸引了過去，笑著應道：「反正也沒別的事，坐在這兒喝茶聊天，就當休息了。」平日裡忙忙碌碌的，何曾有過這般悠閒的時候。

說說笑笑中，時間過得倒也挺快。

門口處忽地傳來一陣騷動，幾個身強力壯的護衛先進了一品樓，瞧那一個個凶神惡煞的樣子，廚子們哪還有人敢吭聲，大堂瞬間靜了下來。

寧汐凝神看了過去，只見莫管事點頭哈腰的先走了進來，之後便是意態悠閒一身貴氣的青年男子。他年不過三十，相貌俊逸，目光淡淡一掃，所有人心中頓時一凜。

不是大皇子還能有誰？廚子們也有不少見過世面的，下意識地準備磕頭行禮。

高侍衛站在大皇子身邊，沈聲說道：「大皇子殿下有令，所有人不必多禮。」準備行禮的人頓時停住了動作，大堂裡一片寂然。

在這一片令人窒息的沈悶中，大皇子倒是泰然自若，徐徐向裡走。

李掌櫃誠惶誠恐的迎了上來，說話倒還算利索。「廚房就在裡面，小人斗膽，給大皇子殿下領個路。」

大皇子淡淡地嗯了一聲。那李掌櫃頓時精神一振，臉上的笑容更盛。

大皇子不疾不徐的向裡走，眼角餘光瞄到一個熟悉的身影，腳步忽地一頓。

寧汐正低著頭，忽地感覺到有兩道凌厲的視線瞄了過來，心裡頓時一緊，暗暗祈禱著——快些走過去吧，別留意我這個不起眼的小人物了！

只可惜怕什麼來什麼，一直未曾張口的大皇子竟然說話了。「寧汐！」

所有人的目光唰的看了過來，這次，看的自然是寧汐。

寧汐硬著頭皮起身行禮。「小女子見過大皇子殿下。」清甜悅耳的聲音好聽極了，讓人越發好奇低垂著的那張俏臉是何等的美麗。

大皇子眸光一閃，眼眸深沈，沒人敢直視那雙眼睛，自然更沒人知道他此刻到底在想些什麼。只聽他淡淡地說道：「既然進了決賽，待會兒好好表現。」不要讓我失望才好！

話語中隱藏的深意無人能懂。

寧汐恭恭敬敬地應了，一顆心早已提到了嗓子眼，連呼吸都不敢用力。

大皇子似乎看出了她的忐忑偈促，眼底閃過一絲笑意，終於走了。

待一行人都離開視線之後，寧汐的一顆心才緩緩落回原位，後背早已冒出了一身冷汗。大皇子剛才故意停步和她說話，到底是在暗示什麼？難道還在為她曾欺騙過蕭月兒的事情耿耿於懷嗎？

寧有方顯然也想到了這一層，面色凝重起來。「汐兒，待會兒比賽的時候，妳千萬小心。」萬一大皇子故意找茬的話，寧汐有十條小命也不夠。

寧汐抿緊了嘴唇，點了點頭。

張展瑜滿心的疑惑，終於忍不住問出了口。「汐兒，大皇子殿下怎麼會認識妳？」

寧汐輕描淡寫地應道：「我入宮陪公主殿下的時候，曾遇過大皇子殿下一次，他自然能認出我來。」

就這麼簡單嗎？張展瑜不自覺的擰起了眉頭。剛才大皇子殿下看寧汐的眼神，可不像只見過一次啊……

周圍又開始響起了說話聲，不過，這一次談論的話題，顯然不是廚藝比賽了。不知多少人的目光圍著寧汐打轉。

美麗的少女本就惹人注目，再有大皇子剛才特意的矚目，這其中讓人浮想聯翩的空間太大了，讓人不生出其他的念頭都不行啊！

上官燕忍不住從隔壁的桌子過來說道：「寧汐，妳竟然認識大皇子殿下？」

寧汐已經冷靜了下來，聞言淡淡地一笑。「曾經有過一面之緣罷了，沒想到大皇子殿下還能認出我來，倒讓我吃了一驚。」

上官燕是個直性子，想到什麼就這麼脫口而出。「不是吧，大皇子殿下對妳好像很熟似的，不像只見過一面吧！」

寧汐挑了挑眉，不太客氣地應道：「妳若是對這個問題感興趣，待會兒可以去問問大皇子殿下是怎麼回事。」

上官燕訕訕地笑了笑，本該回去才對，可眼睛一瞄到張展瑜，便捨不得離開了，厚著臉皮站在那兒，有一搭沒一搭的找話說。

張展瑜忽地笑道：「總這麼站著，不嫌累嗎？這邊有椅子，坐下吧！」

這一點點善意的回應，已經足夠上官燕高興的了，忙不迭地點了頭，便坐了下來。明媚的大眼裡除了張展瑜之外，幾乎再沒有別人。

寧有方是過來人，自然也看出了點門道來，先是錯愕了片刻，旋即欣慰地笑了笑。張展瑜對寧汐的心意，一直是件不大不小的心事，如果張展瑜能想開，接受別的女孩子，也是好事一樁！更何況，這個上官燕才貌雙全，也不算委屈張展瑜了。這麼想著，寧有方對上官燕的態度陡然親切了許多，笑著聊了幾句。

上官燕見寧有方對自己如此友善，心裡十分高興。雖然寧有方是三叔上官遙的勁敵，可同時也是心上人的師傅，若是……若是將來她和張展瑜真的成了一對，她也得喊一聲師傅呢！想及這些，上官燕的俏臉悄然紅了，越發添了幾分明豔。

這一廂說說笑笑十分熱鬧，上官遙一個人坐在那邊卻擰起了眉頭。

上官燕藏不住心事，心底的那點子心思幾乎都擺在了臉上，看來是真的喜歡上寧有方的徒弟了。可四弟上官遠卻另有謀算，將來可別惹出什麼亂子才好……

不知過了多久，前一組比賽的大廚們終於都出來了。既然不是淘汰制，眾廚子們也沒了多少心理負擔，臉上的笑容都很輕鬆。

莫管事也跟著走了出來，清清嗓子說道：「請諸位大廚聽好了，被我點到名字的，一起進廚房去。」

這一次，被點中的名字裡，有寧汐，有張展瑜，有上官燕，還有代表雲來居參賽的江閔。另有十幾個廚子，總體來說，都是比較年輕的廚子。

至於寧有方和上官遙等有名氣的大廚，暫時卻未被點中。看來，是要分到下一組了。

寧有方朝寧汐擺擺手，示意她努力。

寧汐抿唇一笑，打起精神，跟在眾人身後進了廚房。

大皇子殿下悠閒的坐在那兒，上官遠和方御廚、王大廚自然沒資格再坐著，和高侍衛一起陪站在旁邊。

在大皇子無形的威壓下，眾廚子都屏住了呼吸，戰戰兢兢地等著訓話。

第二百七十章　出人意料的考題

寧汐有意無意地站在張展瑜的身後，借著張展瑜高大的身形避開大皇子的視線。

這樣的場合，大皇子卻並不說話，朝高侍衛點了點頭，高侍衛立刻心領神會，沈聲吩咐道：「大家不必驚慌，一切都聽方御廚指揮。」

三位評判中，論廚藝是上官遠最佳，論年齡及宮中的資歷卻要數方御廚了。

方御廚深覺面上有光，笑著站了出來。

方御廚朗聲說道：「今天是決賽第一輪，規則很簡單，用豆腐做主料，任意挑選食材做配料，製作出三道完全不同的菜式來即可。這邊桌子上有各種食材，需要什麼一個個上來領，時限是一個時辰。」

聲音一落，廚子們立刻一陣騷動不安。這麼短的時間裡，得做出三道以豆腐為主料的菜餚可不是容易的事情。時間不等人，眼下根本沒時間仔細考慮，先領取食材再說。

這個出人意料的考題，讓寧汐也頗為意外。稍一思忖過後，也上前領了一堆食材回來。其間，總有道目光有意無意的在她身上流連。

寧汐表面鎮靜自若，心裡卻警惕之心大起。不管大皇子是什麼來意，可對她的興趣顯然出乎意料的濃厚……

張展瑜也留意到了大皇子對寧汐的頻頻矚目，悄然皺起了眉頭。想了想，低低地說道：「汐兒，回去之後別忘了告訴容瑾一聲。」未雨綢繆先提防一手再說。

寧汐輕輕地點頭，不用張展瑜提醒，她也想到這一層了。

接下來，兩人沒有多餘的時間再說話了，各自低頭忙活起來。

豆腐營養豐富，物美價廉，是最常見的食材，也是平民百姓飯桌上最常見的家常菜餚。不過，到了廚子們的手中，加以各種食材作料調味，豆腐就是一道真正的美味。寧有方擅長烹飪豆腐，林林總總不下數十種做法，寧汐自然也是個中好手，稍微想了想，便決定好了三道菜式。

椒鹽豆腐，將豆腐切成大小相同的薄片，小心地放入熱油中煎至兩面金黃，盛起之後，用鍋中剩餘的熱油將花椒和鹽放入煸炒，待香氣煸出來之後，將煎好的豆腐再放入鍋中，稍微翻炒片刻，就能出鍋裝盤了。

這道菜做法簡單，可對火候和油溫的把握要求極高，過嫩過老都會失了味道，而且趁熱吃味道最佳。

寧汐準備的第二道菜式是麻辣豆腐。

做這道菜，需要選用嫩一些的豆腐，瘦肉少許，好的豆瓣醬自然也是必不可少的。先在鍋中放油，油熱了之後，放入瘦肉末、豆瓣醬、生薑末、蒜末煸炒，然後加水，再放入各式調料，最後放入切好的豆腐丁，再從大火換到小火，燜片刻入味。

勾芡是這道菜的神髓之所在。芡汁要調得不稠不淡，下芡汁的時間更要恰當。待芡汁勾好了之後，最後撒入細細的蔥末和花椒粉，這道麻辣鮮香的麻辣豆腐便做好了。

最後一道，卻是寧汐最拿手的薺菜豆腐丸子了。

選用鮮嫩的薺菜切成碎泥，再用紗布將洗淨的豆腐裹緊揉搓，放少許澱粉，再加入各式調味料攪拌，然後在鍋中放入雞湯，待湯開了之後，用右手將薺菜豆腐泥揉搓成一個個圓溜溜的丸子，順著鍋輕輕地滑入雞湯中。不一會兒，熱騰騰香噴噴的薺菜豆腐丸子就做好了。做好的薺菜豆腐丸子，顏色青嫩，散發出淡而不絕的香氣，令人垂涎欲滴。

寧汐做菜的時候專心致志，渾然不察有道視線自始至終在看著自己。

認真做事的女子別有一番美麗，那種美麗，和精心雕琢搔首弄姿的美麗截然不同，卻更讓人移不開視線。

大皇子遠遠的看著，唇角微微勾起。

上官遠一直暗暗留意著大皇子的一舉一動，見狀暗道不妙。大皇子從頭至尾都在注意著寧汐的動靜，該不是看中寧汐了吧……

上官遠故意咳了咳，然後稍稍湊近大皇子身邊說道：「這麼多廚子一起做菜，不知殿下看著有沒有眼花撩亂之感？」

大皇子含笑點頭。「本王以前確實沒見過這樣的場面，倒是別有一番新鮮滋味。」上官遠一直頗得皇上器重，大皇子對他還算客氣。

上官遠見大皇子肯理睬自己，心裡暗暗高興，有意無意地笑道：「這次廚藝比賽，可以算是一大盛事，小人的哥哥和侄女都參加了這次比賽。」

侄女？大皇子果然來了興致，瞄了不遠處的紫衣少女一眼。

五十多個廚子裡，只有兩個女子。一個是寧汐，不用問也知道，另一個就是上官遠的侄女了。這個女子比寧汐稍大了一些，身材窈窕婀娜，相貌俏麗嫵媚，倒也是個美人。

見慣了各色美人，大皇子對上官燕並無驚豔之感，倒是對她熟稔異常的掂勺動作很感興趣。忽地笑著問道：「上官御廚，你的侄女學了不少年的廚藝吧！」

上官遠按捺住心裡的一絲興奮，恭恭敬敬地應道：「燕兒自小就苦練廚藝，學藝十年才出師，廚藝還算過得去。」

十年……大皇子挑了挑眉，若有所思地問道：「做廚子的，要練這麼久嗎？」記得沒錯的話，寧汐只練了兩年就出師的吧！

上官遠一時弄不清大皇子問此話的用意，謹慎的答道：「時間長短也是因人而異。如果只是做個普通的廚子，練個五、六年也就差不多了。不過，要想真正學有所成，至少得有十幾年的功夫。燕兒有天分，又練得刻苦，十年不算久了。」

大皇子淡淡地嗯了一聲，便移開了目光。

上官遠不敢再多嘴，心裡卻很滿意。

不管如何，大皇子總算對上官燕有些印象了，接下來再找個合適的機會暗示一下，這麼一個美貌又擅長廚藝的女子送上門，大皇子總不會推辭吧！若是能通過此事和大皇子攀上關係，將來等大皇子登了基，上官家的榮華富貴指日可待啊！

上官遠這一廂打著如意算盤，那一邊眾廚子忙得不可開交，噼噼啪啪的炒菜聲響不絕於耳。方御廚一直留意著時間，等時辰一到，便朗聲宣佈道：「時間到了，請各位大廚停手。」

寧汐三道菜正好完工，此時終於有空閒擦拭額上的汗珠，順便瞄了張展瑜那邊一眼。

只見張展瑜的面前擺了三道熱騰騰的菜餚，分別是鮑汁豆腐、三鮮豆腐羹，外加一盤蒜香麻辣豆腐。鮑汁豆腐香氣四溢，三鮮豆腐羹熱氣騰騰賣相精緻，蒜香麻辣豆腐更是色香俱全，一看便知廚藝精湛。

寧汐忍不住讚道：「張大哥今天做的這三道菜真是精緻。」

張展瑜也看了過來，瞄了一眼便笑了。「汐兒，妳這道薺菜豆腐丸子，今天怕是要獨占鰲頭了。」

外行看熱鬧，內行看門道。身為廚子，自然很清楚豆腐丸子最是難做。豆腐又軟又沒黏性，做丸子的時候一定得放些澱粉才行。下鍋的時候，一定得注意水溫及火候。水溫太低，豆腐丸子很容易變形，軟塌塌的十分難看；水溫高了，豆腐丸子又會煮散了。可寧汐面前的玻璃碗中，漂著的薺菜豆腐丸子都是一般大小，圓溜溜的精緻極了，可以想見寧汐的手下功夫是何等的精湛了！

寧汐被誇中了得意處，眉眼彎彎的笑了。

說話間，幾位評判已經過來品嚐打分了。這一次和初賽的時候不同，並不點評，每樣菜都只嚐一口，然後低頭打個分數。分數只有評判們有數，廚子們卻是看不到的。

王大廚最是爽直，嚐菜時或皺眉或點頭或微笑或撇嘴，菜餚味道如何從他的臉上一看就知。方御廚最圓滑，不管嚐什麼都是一臉微笑，從他臉上什麼也看不出來。

至於上官遠，卻是一臉的冷靜淡然，從頭至尾繃著一張臉。

寧汐看著覺得有趣，倒是把大半的注意力都放在了他們幾個身上。

上官燕信心滿滿，含笑等著。

她今天做的是蝦仁豆腐、熊掌豆腐、四喜蒸豆腐。尤其是那道熊掌豆腐，做得十分費時費事。用豆腐做出熊掌的味道，聽起來似乎有些誇張，可在廚子的妙手裡，一切皆有可能。為了這一天的比試，她之前做了許多的準備，就等著今天一鳴驚人呢！

正想著，上官遠等人過來了。就在方御廚和王大廚準備動手之際，上官遠忽地有了出人意料的舉動。也不知他低聲說了什麼，方御廚和王大廚竟然都笑著點了點頭，各自退到了一邊。

上官遠將三碗菜餚各自盛起了一些放入精緻的瓷碗裡，然後親自端到了大皇子面前，恭敬的說道：「請殿下品嚐。」

這其中的意思如此明顯，大皇子再看不出來也就枉為男人了，若有所思地看了上官遠一眼。

上官遠雖然一臉鎮靜坦然，可心底無疑是緊張的。

一旁的上官燕俏臉唰地白了，身子顫了顫，強撐著立在原地，總算沒有當場失態。

寧汐也沒料到會有這麼一齣，不自覺的蹙起了眉頭，原來上官遠打的是這個主意……

張展瑜的感受最為複雜。他對上官燕還談不上有多少好感，可上官燕一心喜歡他卻是不爭的事實。如今眼睜睜的看著上官燕的四叔做出這樣的舉動，他心裡莫名的有了一絲酸意。

廚房裡靜了下來，沒人敢正大光明的打量，卻又不約而同地豎長了耳朵。

第二百七十一章　大皇子的企圖

大皇子低沈的聲音響起。「既是要品嚐，索性多嚐一些。莫管事，把寧汐做的菜餚也端來。」

寧汐面色為之一變，卻連拒絕的權利也沒有，眼睜睜的看著莫管事笑咪咪的走上前來，將菜餚各自盛了一些端走。不遠處那雙冷凝的眸子裡，隱隱跳躍著侵略的光芒。那是一個男人看一個感興趣的女人才會有的眼神！

大皇子……竟然對她有那種興趣和企圖……

上官遠也被驚到了，神色複雜地看了寧汐一眼。大皇子對寧汐的興趣昭然若揭，他的如意算盤只怕要落空了……

上官燕心情也是異常的複雜，既為自己逃過一劫鬆了口氣，卻又隱隱地有些忿忿不平。為什麼一個一個的都對寧汐情有獨鍾？她到底比寧汐差在哪兒了？

張展瑜面色沈鬱，暗暗握緊拳頭。以大皇子的尊貴身分，看中寧汐算是紆尊降貴。可寧汐和容瑾心心相印兩情相許，根本不可能委身為大皇子的侍妾。寧汐要怎麼做，才能逃過這一關？

他從未像此刻這般恨自己的無能為力，只能眼睜睜的看著寧汐孤立無援地站在那兒，在眾人曖昧的目光中僵直了身子。

大皇子倒是頗有閒情逸致，將碗中的菜餚一一的嚐了一遍，細細品味片刻，然後點頭讚道：

「寧汐的廚藝果然不錯，這幾道菜餚都十分的美味。」

寧汐咬牙謝恩。「多謝大皇子殿下誇讚，民女不敢當。」

大皇子淡淡地瞄了笑容僵硬的寧汐一眼，又拿起筷子，嚐了上官燕做的幾道菜餚，同樣讚了幾句。上官燕也忐忑不安地上前謝了恩。

上官遠的臉色總算好看了一些，看這架勢，大皇子殿下對上官燕也並非毫無興趣，以後還是有機會的……

這個小插曲讓眾廚子看得意猶未盡，接下來的品嚐打分反而不那麼引人注目了，一個個目光都落在了寧汐蒼白的俏臉上。

寧汐垂下眼瞼，靜靜的站在那兒，一直到宣佈比賽結束的那一刻，都沒再抬頭看過任何人。待出了廚房之後，那種被審視的如芒刺背之感才稍稍平息。

張展瑜低低地問道：「汐兒，現在要怎麼辦？要不要告訴師傅一聲？」

寧汐深呼吸口氣，搖了搖頭。「暫時別告訴他。」免得影響了他的比賽情緒。

張展瑜嗯了一聲，見到寧有方的時候，果然沒提起剛才的插曲。寧汐甚至語氣輕快地笑道：「爹，您剛才沒看見我的精彩表現似乎太可惜了。」

寧有方被逗樂了，咧嘴笑道：「我閨女的手藝當然沒話說。」

看著寧汐強顏歡笑的樣子，張展瑜心底別提多憋悶了，幾番想張口，卻又硬是忍住了。待寧有方的名字也被點中去了廚房之後，才稍稍鬆了口氣，看向寧汐。「汐兒，妳現在就去找容瑾，把剛才的事情告訴他。」

現在能依靠的，也只有容瑾了。

寧汐心亂如麻，匆匆點頭應了，向外看了一眼。現在快近中午了，容瑾知道她今日來比賽，肯定不會去鼎香樓，也不見得會在容府裡。她該到哪裡去找他？

張展瑜看出了她的猶豫，沈聲說道：「我陪妳到容府等他。」

寧汐想了想，委婉地拒絕了。「我自己一個人去就好。」容瑾這個小心眼，若是看到張展瑜陪著自己一起過去，說不定又會不高興。

張展瑜似是猜到寧汐在想什麼，眼中掠過一絲黯然，旋即打起精神說道：「也好，我出去替妳找輛馬車。」

一品樓外是京城最繁華的街道，馬車倒也好找，談妥了價錢，寧汐便匆匆地上了馬車。

馬車走遠了，張展瑜才依依不捨地收回了目光。接下來到底是在一品樓繼續等著還是回鼎香樓？張展瑜一時拿不定主意。

「張大哥，」上官燕的聲音在他身後響起。「寧汐已經走了，你一個人別在這兒傻站著了，到一品樓裡待會兒吧！」顯然，上官燕一直留意著張展瑜的舉動。

張展瑜心情煩悶，本想張口拒絕，可在看到上官燕滿含期盼的眼眸時，心裡悄然一動。他一直默默地站在寧汐的身後，期盼著她偶爾回頭看自己一眼，可得到的卻是一次又一次的失望。如今，他也要讓一個愛慕自己的少女承受同樣的失落和痛苦嗎？

上官燕見他有些動搖了，忙笑道：「我三叔和寧大廚都進去比試了，我們一起進去等一等。」

張展瑜終於心軟了，點點頭應了，和上官燕一起進了一品樓，隨意地找了個靠窗的位置坐下了，附近的幾張桌子都是空的，倒是很適合說話。

上官燕坐在張展瑜的對面，有些緊張有些侷促，更多的卻是歡喜，水靈的大眼似會說話一般，含情脈脈地看著張展瑜。

張展瑜還是第一次和除了寧汐之外的少女單獨待在一起，只覺得渾身彆扭不自在，暗暗後悔不已，真不該一時心軟……

「張大哥，」上官燕的聲音不算特別清脆，略有些低沈，別有一股柔媚。「剛才廚房裡發生的事情你也看在眼裡了，照這架勢，寧汐飛上枝頭的日子也不遠了……」

張展瑜眉頭一皺，打斷了上官燕。「八字沒一撇的事情，妳別亂說。」

上官燕委屈地反駁。「當時這麼多人在場，可都看在眼底了。大皇子殿下處處留意寧汐，還特地要品嚐她做的菜餚，分明是看中寧汐了嘛！」

張展瑜揮開心裡的煩躁，淡淡地說道：「大皇子殿下有什麼想法我不清楚，不過，汐兒絕不可能做人侍妾，她遲早會嫁到容府做三少奶奶的。」

上官燕沒出聲，明媚的大眼靜靜的瞅著張展瑜。

張展瑜不習慣被人這麼盯著，略有些不自在的移開了目光。活了二十年，除了寧汐之外，他其實根本沒有和女孩子相處的經驗。上官燕的直接大膽，和寧汐的細心體貼完全不同，他實在不怎麼適應……

「寧汐和容三少爺兩情相悅，你心裡難過嗎？」上官燕終於將心底盤桓已久的問題問出了口。

張展瑜扯了扯唇角，臉上卻沒多少笑意。「我不懂妳在問什麼。」

若是換了一個識趣的，到這兒就該打住，可上官燕卻異常固執，不屈不撓地追問道：「你明明一直喜歡寧汐，為什麼要將寧汐拱手讓給別人？」

張展瑜啞然，徹底拜服了。這位上官姑娘何止是直接，簡直就是魯莽了！這樣的問題她竟然也能問得出口……

面對張展瑜的沈默，上官燕心裡別提是什麼滋味了，又咬牙問道：「如果，我四叔要將我送給大皇子殿下做侍妾，你會怎麼樣？」

張展瑜終於抬眼，直直的看入她的眼底。「妳到底想說什麼？」

他的眼神滿是戒備，語氣更是冷漠疏離。看著她的眼神就像看著一個不相干的陌生人，和對待寧汐時的溫柔寵溺全然不同！

上官燕的心裡狠狠地抽痛了一下，所有的勇氣忽然都退縮了。明明知道他的心裡喜歡的是寧汐，對自己連好感都還算不上，追問這些，無異於自取其辱。若是惹怒了他，以後見面連說話的餘地也沒了，還是別再追問這些了。

感情的事就是這樣，誰先陷進去，誰便低進了塵埃！

上官燕將心底的酸楚按捺了下去，笑著扯開了話題。「我隨便問問罷了，你緊張什麼嘛！對了，寧汐剛才是去容府了吧！」

張展瑜嗯了一聲。

兩人言不及義的閒扯了幾句，便陷入了尷尬的沈默。上官燕雖有一腔柔情，奈何心上人不解風情，媚眼拋給瞎子看，根本就是白搭。

不知等了多久，這一組比試的廚子總算出來了。

上官遙和寧有方一前一後進了大堂，一眼便看到了相對而坐的張展瑜和上官燕兩人，上官遙反射性地皺了皺眉頭。

寧有方卻很滿意地笑了，張展瑜倒是挺有豔福。上官燕長得漂亮，廚藝又好，又一心愛慕張展瑜。要是張展瑜真能娶一個這樣的媳婦，以後他也就能徹底擱了這樁心事了。

張展瑜早已起身迎了過來。「師傅，您剛才比試得怎麼樣？」

上官遙就站在一旁，吹噓的話實在說不出口。寧有方隨意地點了點頭，左右張望兩眼。「汐兒人呢？」

張展瑜張了張嘴，欲言又止。寧有方心裡一沈，扯了張展瑜到角落裡。「出了什麼事？」

張展瑜嘆口氣，附耳低語幾句。「……剛才沒敢告訴您，怕影響比賽情緒，現在，汐兒應該已經到容府了。」

寧有方面色變了又變，神色複雜，到最後卻頹然長嘆口氣。

閨女生得太出挑了，果然也不全是好事，只見了大皇子兩面，竟然就被惦記上了。如果容瑾想不出好法子解決此事，只怕寧汐逃不過這一劫了！對方可是尊貴如天的皇子啊……

張展瑜安撫道：「師傅您不用擔心，容少爺一定能想出法子的。」

寧有方怏怏不樂地點頭，心裡卻又添了樁沈甸甸的心事。

第二百七十二章　失之交臂

寧汐在容府等了很久，容瑾卻一直沒回來。

小安子一直陪著她，見她面色沈鬱沒心情說話，心裡暗暗奇怪，該不會是小倆口又鬧彆扭了吧？可看著又不太像，倒是一副心事重重的樣子。

「寧姑娘，妳還沒吃午飯吧！我這就讓薛大廚給妳做些吃的。」小安子殷勤地說道。

寧汐哪裡還有心情吃飯，搖了搖頭。

小安子又挑了幾個話題，見寧汐沒有說話的興致，便識趣地住了嘴。

寧汐在容瑾的書房裡一等就是半天，不知什麼時候竟趴在書桌上迷迷糊糊地睡著了。然後，作了個夢。

夢裡，她穿著精緻的嫁衣，蒙著蓋頭，坐在喜氣洋洋的新房裡，滿心欣喜地等著容瑾。可蓋頭一挑開，站在她眼前的竟然是大皇子……

寧汐陡然醒了，背上一身的冷汗，額上更是冷汗涔涔。不，這一切絕不能發生！她絕不願做大皇子的侍妾！

看向窗外，暮色微沈，夕陽的餘暉灑落在窗櫺上，最多再有小半個時辰，天就要黑了，可容瑾還是沒有回來。

寧汐心裡掠過一陣濃濃的失落黯然，雖然明知不應該鑽牛角尖，可還是忍不住地胡思亂想起來。容瑾到底忙什麼去了，為什麼還沒回來？戀人之間不是應該心有靈犀嗎？他為什麼沒感受到她的急切和焦灼？

就在此時，小安子推門走了進來，歉意地說道：「寧姑娘，真是對不住，少爺剛派人回府說了一聲，今晚有些應酬，怕是要到半夜才能回來了。如果有什麼重要的事情，我替妳轉告一聲吧！」

寧汐擠出一絲笑容。「不用了，也沒什麼特別要緊的事，我出來這麼久，也該回去了。」要是沒有重要的事，寧汐怎麼可能一等就是一下午？小安子心裡暗暗嘀咕著，卻也不好多問，只得殷勤地堆著笑容，送了寧汐出去。

說來也巧，在半路上竟然遇到了李氏和容瑤等人。

寧汐不願失禮於人，忙上前打了個招呼。李氏見了她頗有些意外，客客氣氣地笑道：「這麼晚了，吃了晚飯再走吧！」

沒等寧汐婉言拒絕，容瑤便在一旁冷嘲熱諷起來。「大嫂妳可真是好涵養，八竿子打不著的外人也這般客氣。」

寧汐心情本就極差，再聽到這般刻薄的話，能笑得出來才是怪事，冷冷地看了容瑤一眼。「四小姐說得是，我這就走，不敢多叨擾。」

李氏連忙打圓場。「四妹說話口無遮攔，寧姑娘別往心裡去。」

如今的寧汐已經不是剛來京城時籍籍無名的少女了，廚藝高超，名動京城，又和明月公主交好，已經是不容小覷的人物。更重要的是，她是容瑾的心上人，將來很有可能嫁到容府，還是別鬧得太僵才好。

寧汐扯了扯唇角，眼裡卻沒多少笑意。

容瑤看著越發嬌美的寧汐，眼裡閃過一絲嫉恨。說來也奇怪，自從見了第一面，她對寧汐便全無好感，明明沒什麼接觸，也談不上有什麼深仇大恨，可她就是看寧汐處處不順眼……

寧汐沒心情和容瑤大眼瞪小眼，說了幾句客套話，便轉身走了。

前世，因為邵晏，她和容瑤幾乎是水火不容，彼此都是對方心頭的那根刺。可這一世，有很多事都隨著她的重生而改變了。

她和邵晏沒了交集，容瑤竟也和邵晏失之交臂。聽容瑾說，容瑤已經訂了親，明年就會出嫁。就算將來她嫁給容瑾，她和容瑤也沒多少打交道的機會，倒也不用把這個刁蠻任性的少女放在心上。

前世的情敵，今世竟有可能成為姑嫂，世事真是難料。

寧汐很快就將這個小插曲拋在了腦後。現下最要緊的事情，莫過於大皇子這樁事，必須盡快解決，以防夜長夢多！

寧汐心事重重的回了寧家小院。寧有方還沒回來，阮氏正忙著做晚飯，見寧汐早早的回來了，有些詫異。「汐兒，怎麼就妳一個人回來了，妳爹呢？」

寧汐隨口應了句。「應該還在鼎香樓裡做事。」

應該？阮氏手中的動作一頓，疑惑地打量寧汐幾眼。「汐兒，出什麼事情了嗎？」寧汐一副魂不守舍的樣子，一看就不對勁。

寧汐不想多說，免得阮氏擔心，隨意找了藉口就溜了。「娘，我去哥哥屋子裡待會兒。」阮氏阻之不及，眼睜睜的看著寧汐溜走了。

寧暉還是那副死氣沈沈的樣子，半躺在床頭，手中捧著一本書，可眼中卻毫無焦距。寧汐在椅子上坐了下來，也沒出聲，就這麼雙手托著下巴，和寧暉一起發呆。

兄妹倆各有各的煩心事，一時也沒心情說話，屋子裡一片沈寂。

過了一會兒，寧暉終於忍不住開口了。「妳今天是怎麼了？有什麼煩心事嗎？」

寧汐長嘆一聲，悶在心裡的話終於忍不住倒了出來。「哥哥，我遇到大麻煩了……」將白天發生的事情一五一十地道來。

寧暉木然的臉龐終於有了情緒。「妳說什麼？大皇子對妳有那個意思？」

寧汐苦笑一聲。「我不想往自己的臉上貼金，可現在看來，確實如此。」

寧暉顯然意識到了這個問題的嚴重性，臉色陡然變了，霍然坐直了身子。「老天，這可怎麼辦才好？」對方可是皇子，想要一個平民女子，簡直就是輕而易舉，別說寧家，就算是容府，也得退避三舍。

寧汐垂下眼瞼，輕輕地應道：「我也不知道該怎麼辦，今天下午我在容府等了半天，容瑾也沒回來。」

寧暉忍不住潑了盆冷水。「就算容瑾知道了，又能怎麼樣。就算他是新科狀元翰林學士，也不敢和大皇子較勁吧！」誰敢和堂堂皇子爭搶女人？就算容瑾有那個膽子，容府上下能由著他這般膽大妄為嗎？

寧暉說的這些，寧汐不知在心裡想了多少遍，忍不住為容瑾辯解道：「他一定會有辦法的。」

「傻丫頭！」寧暉長長地嘆了一聲。「妳太不瞭解男人了。如果是別的事也就罷了，容瑾一定不會捨棄妳不管。可這是攸關前途的大事，萬一大皇子將來登基做了皇帝，得罪過他的人，可都吃不了兜著走。容瑾年少得志，能捨得為妳冒這樣的風險嗎？」

寧汐俏臉陡然白了。

在男人的野心和抱負面前，兒女情長到底能占多少分量？當年的邵晏也是愛她的，可最終還是為了前途辜負了她。容瑾呢？他也會這樣嗎？

看到寧汐這副失魂落魄的樣子，寧暉也是滿心的不忍，卻又不得不狠下心腸。「妳得做好最壞的打算，如果容瑾真的撒手不管，妳要怎麼辦？」難道真的要做大皇子的侍妾？

寧汐死死地咬著嘴唇。「我絕不做侍妾！如果他敢逼我，我寧願一死了之。」

寧暉被嚇了一跳。「胡說什麼，快點打消了這個念頭，不管到了哪一步，都不能輕言生死。再說了，要是大皇子用勢壓人，可就不是妳一個人的事情了，妳也得為爹娘考慮考慮。」

寧汐再次啞然。是啊，她還有這麼多的親人要顧及……

寧暉想了想，低聲建議道：「妳和公主殿下不是很要好嗎？要不，妳去求見公主殿下，請她幫幫忙。」雖然不見得管用，可總比一籌莫展要強得多。

寧汐的臉上恢復了一些血色，點點頭應了。大皇子最疼蕭月兒，要是蕭月兒肯出面為她說話，倒是有幾分把握。

可蕭月兒平日都在皇宮裡，輕易不出宮，以前見面也都是由蕭月兒派人接她入的宮，現在該怎麼去找蕭月兒？皇宮可不是隨隨便便就能進的。

寧暉想了半天，也沒想出什麼好主意。不過，因為寧汐的事情，倒把他心底的煩悶失意沖散了一些。

到了晚上，寧有方回來了。第一句便問寧汐。「汐兒，妳今天見到容瑾了嗎？」

寧汐搖搖頭，寧有方頓時皺起了眉頭。這個容瑾也真是的，平時天天在眼前打轉，可真的想找他的時候，卻又不見蹤影了。

別人都清楚事情的來龍去脈，唯有阮氏被蒙在鼓裡，一臉茫然。「到底出什麼事了？」

到了這步田地，也沒有隱瞞的必要，寧有方簡單的將事情道來。「今天廚藝決賽，大皇子殿下也去了，還特意吃了汐兒做的菜餚，只怕是看上我們的汐兒了。」

什麼？大皇子竟然看上寧汐了？阮氏大驚失色。「那該怎麼辦？」寧汐和容瑾兩情相悅，他們也都樂見其成，怎麼關鍵時候又冒出這麼一個大皇子來？

寧有方無奈地笑了笑。「還能怎麼辦，先走一步看一步吧！」遇上這樣的事，容瑾什麼反應誰也不知道。要是肯護著寧汐也就罷了，萬一不肯……

阮氏顯然也想到了這一層，面色頓時難看起來。

寧汐擠出一個笑容。「爹、娘，您們別為我擔心，會有法子解決的。」寧有方和阮氏齊齊地沈默了。

話雖說得輕巧，可他們心頭卻都蒙上了一層陰影。

第二百七十三章　大皇子來了！

第二天早晨，容瑾沒有到寧家來。

寧汐反覆寬慰自己，容瑾一定是昨天應酬得太晚了，只怕喝多了還沒起床吧！可心裡那抹失落卻越來越清晰。

到了鼎香樓，一如既往的做起了準備工作。寧汐想專心致志，可怎麼也做不到，頹然的嘆了口氣，停下了手中的動作。

趙芸微微一怔，試探著問道：「怎麼了？昨日比賽發揮得不好嗎？」

寧汐不欲多說，隨意地扯了幾句岔了開去。若是換在以前，趙芸必然會追問幾句。可自從寧暉的事情過後，她和寧汐之間的關係總有些微的尷尬，表面說笑如常，可距離卻一下子拉遠了不少，有些話還真的不好多問了。

趙芸揮去心底的一絲黯然，故意說笑道：「等比賽結束了，妳和寧大廚、張大廚一起進了前十，到時候我們鼎香樓的門檻只怕都要被客人踏破了呢！」

寧汐打起精神笑道：「這可不敢說，能進決賽的都是廚藝高超的大廚，想獨占鰲頭可不容易。」

正說笑著，孫掌櫃精神奕奕地走了進來，眼底都快放出光來了。「汐丫頭，大好消息！」

饒是寧汐心情低落，也忍不住輕笑出聲。「是不是又有貴客來了？」

孫掌櫃滿面紅光，笑聲都比平日大得多。「被妳猜中了，這位貴客把整個鼎香樓都包下了，出手十分闊綽！」能讓孫掌櫃激動成這樣，想來這位貴客出的銀子實在是不少。

寧汐也起了一絲好奇心，忍不住追問道：「這位貴客到底是誰？」

孫掌櫃喜氣洋洋的宣佈道：「是大皇子殿下！」

寧汐的臉唰地白了。

孫掌櫃壓根兒沒留意到寧汐的異樣反應，兀自滔滔不絕地說道：「剛才來的，是大皇子府上的莫管事。說是將鼎香樓包下一整天，倒也沒別的要求，只是指定由妳爹和妳掌廚。依我看，一定是你們兩個廚藝出眾，被大皇子殿下看中了，想來親自試試你們的手藝，以後讓你們入宮做御廚……」不瞭解內情的孫掌櫃，自以為是地猜測起來。

寧汐蒼白著俏臉，死死地咬著嘴唇，一言未發。

「……這對我們鼎香樓來說可是天大的喜事啊！」說了半晌也沒得到回應，孫掌櫃終於察覺到不對勁了，遲疑地問道：「汐丫頭，妳這是怎麼了？」一點高興的樣子都沒有，臉色難看極了。

寧汐深呼吸幾口，卻怎麼也按捺不住心裡的驚懼失措，聲音都有些顫抖。「孫掌櫃，我爹知道這事了嗎？」

孫掌櫃搖搖頭。「我第一個來告訴妳，還沒來得及告訴他。」

寧汐低低地說了句「我去告訴他一聲」便匆匆地走了，幾近落荒而逃。

孫掌櫃愣住了，不由得看了趙芸一眼。「汐丫頭這是怎麼了，怎麼怪裡怪氣的。」

趙芸老實地應道：「今兒個一大早，她就有些不對勁，像是有心事。」

孫掌櫃想了半天也想不出其中的奧妙，撓撓頭走了。這樣的貴客到鼎香樓來，簡直是天上掉下的好事，得快些讓人把樓上樓下徹底打掃乾淨。

忙碌的孫掌櫃當然絕不會想到，這樣從天而降的「好事」對寧汐來說意味著什麼……

寧有方知道此事之後，臉色陡然變了，眼中閃過一絲怒火，雙手握拳，狠狠地砸在了案板上，厚實的案板發出一聲悶響，竟有些食材都被震落了下來。

寧有方此時哪還有心情留意這些，沈聲說道：「汐兒，妳別待在這兒了，現在就去找容瑾。」

事已至此，寧汐反而鎮靜了不少。「不，我不能走，大皇子點名讓我做菜，要是我就這麼躲開了，鼎香樓上下都要跟著遭殃。」到時候第一個被牽累的就是寧有方。不，她不能讓這樣的事情發生！

這個道理寧有方何嘗不知，可是……

「妳要是不走，大皇子點名召見妳怎麼辦？」寧有方眉頭皺得緊緊的。要是獨處一室壞了名節，寧汐也只能等著被抬進大皇子的府邸做侍妾了！

寧汐啞然無語。是啊，這也不能不防。光天化日之下，倒不怕大皇子有什麼不軌的舉動。可他這麼大張旗鼓的鬧出這樣的動靜，最多一、兩日就會傳開來，到時候滿天的流言蜚語，才真正讓人頭痛。

這也不是，那也不成。父女兩個搜遍了腦海，竟是想不出應對的法子來！

「師傅，汐兒。」張展瑜急匆匆地跑了進來，面色凝重。「我剛聽說了，大皇子要到我們鼎香樓來。」

寧有方長長地嘆了口氣，眉頭深鎖，一臉愁容。「知道了，我正和汐兒商量對策。」

張展瑜看了面色蒼白卻故作堅強的寧汐一眼，心裡糾痛不已，強笑著安撫道：「你們別急，總能想出法子應對的。」頓了頓建議道：「要不，汐兒就說身體不舒服，暫時避開如何？」

寧汐苦笑一聲。「昨天還好好的，今天就說不舒服，擺明了是扯謊。要是大皇子一個不高興，肯定會怪罪到我爹和孫掌櫃的身上，鼎香樓上下豈不是跟著一起遭殃？」

這倒也是。總不能不顧及眾人的安危！

張展瑜默然片刻，緩緩地說道：「這樣吧，你們只當應付客人，該做什麼做什麼，我現在就去找容少爺，只要他肯來，大皇子殿下總不好對妳怎麼樣。」

也只能如此了！

寧汐點點頭，歉意地看了張展瑜一眼。「張大哥，辛苦你了。」張展瑜和容瑾素來不睦，現在得去找容瑾，也夠為難他了。

張展瑜澀澀地一笑。「我別的也做不了，這點小事算得了什麼。」

此時也沒心情多聊，寧有方和寧汐兩人無奈的準備中午的桌席，張展瑜卻匆匆地出了鼎香樓。

為了節省時間，張展瑜去租了馬車。那車伕見他行色匆匆，故意要了高價。張展瑜此刻哪有心情和他討價還價，二話不說便付了租金。那車伕樂得眉開眼笑，笑咪咪地駕車往容府去了。

到了容府外，張展瑜急急地下了馬車，一路小跑到了容府大門口。守門的見他穿著粗布衣裳，眼裡閃過一絲輕蔑，待聽說他要求見三少爺，頓時趾高氣揚地說道：「你有拜帖嗎？我們三少爺忙得很，哪有空隨時見客。」

張展瑜忍氣吞聲地央求道：「對不起，我實在是有要緊的事情求見三少爺，還請您行個方便，替我通報一聲。」說著，從身上掏了些碎銀子塞到了守門的手中。

見他這般識趣，那守門的臉色總算好看了一些，問了張展瑜的姓名，便進去稟報了。

張展瑜在門口等著，心裡的焦灼就別提了。也不知過了多久，那守門的才慢吞吞的回轉，說出的話卻讓張展瑜全身冰涼。「聽小安子說，三少爺一大早就被人叫出去了，只怕得到晚上才能回來。」

張展瑜又是著急又是無奈，按捺下心底的火氣問道：「不知三少爺去了什麼地方？」

那守門的攤攤手。「主子的事情，我們這些奴才哪裡知道。」

張展瑜心裡的怒火騰地冒了出來，狠狠地瞪了那個守門的一眼。守門的不過是個十幾歲的小廝，見張展瑜身子健朗怒目而視，心裡陡然有了幾分怯意。「這樣吧，我再去問問小安子，要是他肯出來見你，你有什麼事就和他說。」

張展瑜又等了半晌，終於等來了小安子。

小安子和張展瑜也有過幾面之緣，老遠地便認出了他來，心裡暗暗奇怪，他怎麼會到這兒來了？

張展瑜也不廢話，低聲將事情說了一遍。「……最多還有一個時辰，大皇子殿下就會到鼎香樓了。」

小安子聽完之後，臉色也陡然變了。「這麼說，昨天寧姑娘也是為了這件事？」

張展瑜點點頭。

小安子急得直跳腳。「這麼重要的事情，她昨天怎麼不說。」要是容瑾知道此事，就算天大的事情也會擱在一邊。

現在討論這個也沒什麼意義，張展瑜直截了當地說道：「現在當務之急的事，就是先找到三少爺。要是你知道他去了哪兒，現在就告訴我，我去找他。」

小安子苦著臉嘆氣。「一大早就有人來叫了少爺出去，具體去哪兒也沒告訴我，我只隱約聽到是要在一家茶樓辦個詩會。」京城這麼大，誰知道他們會去哪一家茶樓？

張展瑜不假思索地說道：「那我一家一家茶樓去找。」轉身就要走，又被小安子叫住了。「等等，我讓人備車，我們倆一起去。」

小安子是容瑾的貼身小廝，對容瑾的習慣去處也比較瞭解，有他跟著，總比四處茫然亂找好得多。

張展瑜點點頭，心裡沈甸甸的，只希望能快些找到容瑾，不然……張展瑜臉色隱隱發白，不願去想接下來的事情。

待馬車備好之後，兩人坐上馬車，就聽小安子低聲吩咐車伕。「先去少爺常去的幾家茶樓看看。動作快些，要是耽誤了要事，唯你是問。」

車伕應了一聲，揚鞭催馬前行，車速果然比往日快多了。

第二百七十四章　是何居心

鼎香樓上下一片歡喜雀躍，翹首期盼著大皇子的到來。

尤其是不知情的孫掌櫃，臉上的笑容別提多燦爛了，精神抖擻地吩咐幾個跑堂的將本就乾淨的桌子再擦一遍，直到能照見人影才甘休。

相比起眾人的歡欣鼓舞，寧汐的廚房裡卻是一片壓抑的沈悶。

寧有方也在這兒，手中有條不紊地做事，眉頭卻皺得越來越緊。眼看著就要近正午了，大皇子隨時會到，可出去找容瑾的張展瑜卻還沒回來……

寧汐也在低頭做事，除了臉稍微有些蒼白之外，神情倒還算平靜。

寧有方看著心疼極了，嘆道：「汐兒，有什麼話別總憋在心裡。」他這個當爹的，連自己的閨女也護不住，那種窩囊憋屈的感覺，實在難受極了。

寧汐停下了手中的動作，靜靜地說道：「爹，您放心，我今天一定會沒事的。」聲音柔美，語氣卻很堅定。

經歷過前世今生那麼多的事情，她早已不是那個遇事就慌亂無措的寧汐了。不管事情到了哪一步，都要沈著冷靜的應對，早早慌了手腳，只會讓事情越來越糟糕。

寧有方被她的鎮定感染，也冷靜了許多，想了想說道：「汐兒，我總覺得這事有些古怪。」

大皇子只見過寧汐三次，就算寧汐長得再美，也不至於讓見慣美色的大皇子如此上心吧！

被寧有方這麼一說，寧汐也蹙起了眉頭，細細地回想起和大皇子的三次見面。

第一回，大皇子冷冷地看了她幾眼，目光冷然。第二次，是在蕭月兒的寢宮裡，大皇子和她只說了幾句話，應該沒留下什麼深刻的印象。第三次……想起那一次的驚險，寧汐至今仍心有餘悸。如果不是有蕭月兒，只怕她的小命已經葬送在大皇子手裡了！大皇子到底是什麼時候開始對她動了那樣的心思？還是，對她另有企圖？

寧汐的腦中飛速的閃過一個模糊的念頭，似乎察覺了什麼，可仔細一想，又不知到底是什麼。這種惱人的感覺揮之不去，寧汐的眉頭緊緊地蹙了起來。

就在此刻，孫掌櫃笑著走了進來，身邊的，正是大皇子府上的莫管事。

莫管事笑咪咪地說道：「寧姑娘、寧大廚，大皇子殿下已經到了，還請兩位大廚快些動手。」大皇子的心意昭然若揭，精明的莫管事哪能看不出來，對寧汐的態度別提多熱情客氣了。

寧汐和寧有方一起點頭應了，食材配料已經備好，接下來就是炒菜燒菜了。這些事都是平日做慣的，閉著眼睛也不會出錯。

雖然對大皇子的到來很不痛快，可廚子站到了爐灶邊，便像劍客拿起了劍、樂師撫上了琴，自然要做到最好，菜餚流水般源源不斷地端了出去。

這樣的忙碌，也使得寧汐沈甸甸的心思稍稍散開了一些，心裡樂觀地想著，也許或許可能，大皇子今天就是來嚐嚐寧有方的手藝。就像當年的四皇子一樣，為了討好皇上物色一個好廚子罷了，應該不會大剌剌的召見她什麼的。

大半個時辰之後，主食也被端了上去，手裡的事情終於做完了。

張展瑜還沒回來，容瑾也沒出現。

寧汐抿緊了嘴唇，心底終於有了一絲怨懟——容瑾，你到底在忙什麼？為什麼在最需要的時候，你卻偏偏沒了蹤影？

寧有方瞄了寧汐一眼，低聲說道：「汐兒，容瑾大概是被什麼事情纏住了，一時脫不開身……」

寧汐垂下眼瞼，淡淡地應了一句。「我沒怪他。」只是，那一抹失落和煩悶卻揮之不去。

寧有方張張嘴，卻又不知該說什麼來安慰寧汐。

孫掌櫃又急匆匆地跑來了。「寧老弟、汐丫頭，快些準備一下，大皇子殿下要見你們兩個。」

寧汐身子一僵。

寧有方咬咬牙。「我現在過去，不過，汐兒她……」

「我也去。」寧汐迅速地說。

寧有方心裡一驚。「汐兒，妳……」

「爹，我沒事的。」寧汐擠出一個笑容，重複道：「我沒事。」躲得過今天，躲不過下一次。既然躲不過去，那就去看一看大皇子到底要做什麼吧！

寧有方眼神複雜，半晌才嘆口氣，點了點頭。

孫掌櫃要是再看不出其中有問題，那也就白活這麼多年了。「寧老弟，到底怎麼了？」

事到如今，瞞也瞞不過去了，寧有方低低地說了幾句，孫掌櫃臉色也變了。「這可怎麼辦才好？」老天，竟然是這麼回事！

寧汐反而最鎮靜。「我們現在去吧，別讓大皇子殿下等急了。」說著，率先走了出去，寧有方和孫掌櫃忙一起跟了上去。

孫掌櫃的聲音又低又急促。「既然是這麼回事，汐丫頭可不能去啊！」

寧有方無奈地苦笑。「眼下這個光景，不去也不行了。」說著，已經到了大堂。

高侍衛就站在樓梯口，似笑非笑地說道：「兩位大廚的架子倒是不小，殿下已經恭候多時了。」語氣中隱隱地有一絲譏刺。

寧汐對這個高侍衛也沒什麼好感，淡淡地應道：「煩勞殿下久等了。」

高侍衛想譏諷幾句，又忽然想到了什麼似的，硬生生地忍了回去。

寧汐看在眼底，心裡直直的往下沈。這個高侍衛向來不待見她，之前接觸過幾次，從沒給過她好臉色。可這次倒是忽然客氣了不少，當然是因為大皇子對她流露出的強烈興趣……

寧汐咬了咬嘴唇，強迫自己不去想這些，穩穩地上了樓梯，進了雅間。

偌大的雅間裡，只有大皇子一個人悠閒地坐在那兒，莫管事殷勤地笑著在一旁伺候。滿滿一桌子菜，就算大皇子食量再大，剩下的分量也是可觀的。

寧有方和寧汐一起跪下，恭恭敬敬地請安。

大皇子淡淡地說道：「免禮，站著說話吧！」在尊貴的皇子面前，站著說話已經是優待了。

寧有方和寧汐齊齊應了，一起起身，老老實實地站到了一邊。

「今天的菜做得還算不錯。賞！」大皇子說完之後，莫管事立刻把準備好的賞銀拿了過來，拿在手中沈甸甸的，至少也有十兩。

寧有方連忙上前一步道謝。「多謝殿下打賞。」

大皇子嗯了一聲，看似隨意地問道：「你來京城多久了？」不問從哪兒來，卻問來多久了，分明是早已知道了寧有方父女的來歷，現在這麼問，只怕是在試探他……

寧有方暗暗心驚，哪裡還敢有所隱瞞，把來京城的原因一一的說了出來。這一說不要緊，整整交代了盞茶時分。

大皇子漫不經心地聽著，目光卻落到了寧汐的身上。

她一直低著頭，從這個角度看過去，只能看到她的尖尖的下巴和抿得緊緊的嘴唇。身上依舊穿著半舊不新的粗布衣裳，可卻絲毫不掩窈窕的身姿。

她似乎很怕見到他……

大皇子微瞇起眼睛，忽地問寧有方。「寧汐的廚藝也是跟你學的嗎？」

寧有方連忙點頭稱是，陪笑道：「汐兒在廚藝上還算有些天分，跟著我學了不到兩年就出師了。」

「兩年就出師。」大皇子緩緩地重複了一遍，頗有深意地說道：「這可不僅僅是有些天分吧！聽說，上官燕是整整學了十年才出師的。」兩相比較，寧汐的天分簡直太過驚人了！

寧有方的笑容有些僵硬。換在平時，他巴不得在人前使勁誇耀女兒的天分。可現在，大皇子一句看似隨意的話，就讓他的心都提到了嗓子眼。

「多謝殿下誇讚。」一直沒出聲的寧汐，忽地抬起了頭，那雙黑眸像一潭深不見底的水，沒人能從她的眼中看出她的情緒。

大皇子挑了挑眉，忽地笑了。「我還以為，妳今天會一直低著頭。」是啊，她原本確實有這個打算，可再這麼相持下去，只怕大皇子說的話越來越刁鑽，會讓寧有方越來越吃不消。

寧汐平靜的回視。「若是殿下沒別的事，民女就先告退了。」她倒要看看，堂堂皇子會不會拉下臉來為難一個平民少女。

事實證明，大皇子的臉皮比她想像中要雄厚得多。

「確實沒什麼事，寧大廚可以退下了。」大皇子慢悠悠地吩咐。「不過，妳得留下，我有話要問妳。」

寧有方臉色一變，霍然抬起頭來。寧汐唯恐他說出什麼犯上的話來，搶著應道：「殿下有話要問，不妨現在就問，瓜田李下需避嫌，希望殿下不要怪罪民女的冒犯。」

好一張伶牙俐齒！大皇子腦中想起了那一日在皇宮中發生的一幕，眼底掠過一絲莫名的笑意，語氣卻冷然起來。「好大的膽子。本王的命令，妳也敢不遵從？」無形的威壓頓時迎面而來。

寧有方不是不害怕的，可卻硬著頭皮擋到了寧汐的身前。「請殿下息怒。小女就快十五了，不能不顧忌男女之別。」

一旁的莫管事和高侍衛都被驚到了，寧有方父女竟然敢違抗大皇子的命令，這膽子也太大了！

大皇子終於有了表情，坐直了身子，冷冷地說道：「你們父女兩個好大的膽子！」

第二百七十五章　針鋒相對

大皇子面容冷峻，眼中的那一絲怒氣，足以令人心驚膽戰。寧有方和寧汐心中俱是一震，下意識地跪下請罪。

這一次卻沒開始的好運道了。父女兩人並排跪著，大皇子也不發話，就這麼冷冷地看著兩人。再加上高侍衛在一旁虎視眈眈，雅間裡一片令人窒息的沈悶。

寧汐只覺得心跳得飛快，腦子裡亂哄哄的，難道今天真的逃不過這一劫了嗎？要是大皇子借機發落他們父女，該怎麼辦？

就在這千鈞一髮之際，雅間的門忽地被敲響了。

大皇子不悅地挑眉，高侍衛忙揚聲問道：「是誰？」之前早已清過場了，是誰這麼大的膽子跑到這兒來攪局？

一個熟悉得不能再熟悉的聲音響了起來。「容瑾求見大皇子殿下！」

容瑾來了！寧汐不敢置信地抬起了頭，星眸裡滿是驚喜。太好了，他終於來救她了！

大皇子沒有錯過寧汐眼中的欣喜，眼眸微微一暗，語氣倒是很平靜，聽不出有什麼情緒波動。「開門，請容大人進來。」

高侍衛應了一聲，上前開了門。一身絳衣的容瑾昂揚而入，迅速地看了寧汐一眼，眼裡流露的情緒複雜極了，有憐惜有心疼有歉意，還有一絲跳躍的怒火。顯然，那怒火是衝著大皇子來的。

寧汐一直盼著他來，可此刻忽然又緊張起來。容瑾一向膽大妄為，從不把任何人放在眼底，待會兒要是和大皇子正面衝突，可就沒法子收場了。

容瑾勉強壓住了一肚子的火氣，先給大皇子行了禮。

大皇子不動聲色地笑道：「容大人免禮。不知容大人前來有何貴幹？」

容瑾站直了身子，淡淡地笑道：「聽說殿下來鼎香樓，下官特地前來湊個熱鬧，若是打擾了殿下的雅興，還請殿下恕罪。」

聽說？大皇子的眼微微一瞇，暗暗冷哼一聲，只怕是有人特地去報信搬救兵的吧……

大皇子悠閒地坐著，容瑾施施然站著，和大皇子遙遙對視，雅間裡安靜極了，可在這恍如靜止的安靜裡，又隱隱地流淌著讓人不安的緊張。

半晌，大皇子才緩緩的張口。「既是來了，不如一起坐下小酌幾杯如何？」

容瑾坦然應了，忽地笑道：「不知汐兒和寧大叔犯了什麼過錯，還請殿下給個薄面，讓他們站起來回話。」

汐兒？寧大叔？

這毫不避諱的親暱稱呼把眾人都驚到了，大皇子眸色深沈，閒閒地笑了。「容大人和寧大廚、寧姑娘倒是很熟悉。」

容瑾淡淡地笑道：「讓殿下見笑了，汐兒是下官的未婚妻。」

最後一句宣告，擲地有聲，在偌大的雅間裡迴響不息。

寧汐靜靜地看著容瑾，眸中水光點點，眼波盈盈，之前的一切，都是她多心了。原來，他把她看得這麼重要，寧願開罪了大皇子，也不惜一切的要護著她。

今生能遇見容瑾，她何其有幸！

大皇子的面色終於變了，冷冷地看著容瑾。他今天的舉動，自然是故意為之。他就是要讓所有人都知道他對寧汐有了興趣，這樣也能避開一些不必要的麻煩。如果容瑾夠聰明，就該徹底避開，怎麼也沒料到，容瑾竟然有這樣的膽子……

容瑾冷靜地回視，心裡的怒意卻翻騰不休。

昨天被人拖去應酬，喝得醉醺醺的才回來，一大早還沒等腦子清醒過來，又有同僚相約，推也推不得，只得去了。可他心裡卻一直惦記著寧汐昨日等了他一個下午的事情。以寧汐的個性，要是沒有要緊事，絕不會跑到容府去。

現在他終於知道是怎麼回事了！

這個無恥的男人，竟然意圖染指他的女人！哼！

氣氛冰冷又緊張，一觸即發，容瑾和大皇子就這麼對視著，各不相讓。

高侍衛咳嗽一聲，低低地說道：「殿下，先讓寧大廚他們站起來說話吧！」總這麼僵持著也不好，總得打個圓場。堂堂皇子本不該低頭，可容瑾偏偏理直氣壯地說寧汐是自己的未婚妻，大皇子可就失去先機了……

大皇子深呼吸口氣，點了點頭。

寧有方和寧汐總算站了起來，跪了半天，膝蓋早已又疫又痛，可寧汐的心裡卻被滿滿的甜意包圍著。這種被人呵護著的感覺，真是幸福極了。曾被邵晏傷透的心，終於真正的甦醒了過來。

寧有方也是心懷大慰。在這樣的關鍵時候，最能考驗一個人的品格和感情。容瑾能為寧汐做到這樣的地步，真是舉世難尋了。

容瑾卻像做了件微不足道的小事一般從容，淺笑道：「多謝殿下寬宏大量。汐兒性子倔強，若是說了什麼不中聽的話，還請殿下不要掛懷，下官在這兒為她陪個不是。」

很好！話都擠兌到這個分上了，他就算有什麼想法今天也得消停了。

大皇子壓抑住心中的怒火，淡淡地笑道：「容大人倒是惜香憐玉。」為了個寧汐，竟是正面和他較上勁了。

容瑾挑了挑眉，看似恭敬地應道：「下官不才，整天兒女情長，讓殿下見笑了。」

大皇子暗暗咬牙，終於長身而立。「兩位大廚的手藝，今日本王領教了。希望日後有空再來拜會。高風，出去備車。」

高侍衛立刻應了，在前領路。大皇子步履不疾不徐，經過寧汐身邊時，有意無意地瞄了她一眼。此時的寧汐眼裡哪裡還能容得下別的人，只靜靜地看著容瑾。

大皇子眸子越發暗沈，唇角抿得緊緊的，大步流星的走了出去。

容瑾含笑相送，待大皇子的馬車終於離開了鼎香樓，才長長地鬆了口氣，總算有驚無險，幸好幸好！

寧有方感激地笑道：「今天真是多虧你了。要不然，真不知道要怎麼收場。」大皇子隨意找個藉口，就能發落了他和寧汐，要是被帶到大皇子府上，寧汐想脫身就更難了。

容瑾哪裡還有顏面居功，嘆道：「都怪我，昨天偏偏出去應酬，今天一大早又被人拖了出去。要不是小安子和張展瑜一直找我，今天就糟了。」

寧有方也嘆口氣，一時不知說什麼是好。今天這一關倒是過了，可看大皇子的架勢，怕是還沒死心啊……

容瑾瞄了寧汐一眼，忽地咳嗽一聲說道：「寧大叔，我想和汐兒單獨說幾句話，你不介意吧？」

寧有方點點頭，出了雅間，順手把門關上了。

容瑾一直強撐著的笑容終於沒了，大步上前，一把摟住寧汐。「汐兒，對不起，我來晚了，妳一定受了不少委屈。對不起！」

寧汐的眼淚頓時湧了出來，短短兩日，她不知受了多少的煎熬。大皇子的別有用心咄咄逼人，讓她心驚膽戰，再加上見不到容瑾的焦灼和懊惱，種種負面情緒交織在一起，她能撐到現在才掉淚真是夠堅強了……

聽著懷中隱忍的啜泣聲，容瑾的心裡又酸又澀，邊輕撫著寧汐的髮絲，邊低低地哄著。「汐兒，別怕，一切有我呢！」

寧汐不知想到了什麼，忽地停止了哭泣，用袖子胡亂的抹了眼淚。「容瑾，你今天當著大皇子的面說了這些，他一定會記恨在心，萬一日後他記恨你……」

「別擔心。」容瑾淡淡地笑了。「大皇子羽翼未豐，和三皇子為了爭奪太子之位，成天鬥個不停，哪有多少時間來找我的麻煩。」再說了，蕭月兒很快就要嫁到容府來。到時候容府一門便算是徹底站到了大皇子的陣營，他就算想找容瑾的麻煩，也得掂量一番再說。

「可是……」寧汐卻還是擔憂不已。

「別可是了。汐兒，放心地把一切都交給我。」容瑾凝視著寧汐，溫柔地低語。「要是我連心愛的女人也都保護不了，我還算什麼男人。」

寧汐眼眶又濕潤了，這一次，卻是滿滿的幸福與甜蜜。

容瑾小心翼翼地在她的額頭印下一個輕吻，然後滑過臉頰，落在唇際，然後是溫柔的唇舌交纏。

寧汐微閉雙眸，仰頭承接容瑾的愛憐與熱情。

良久，容瑾才抬起頭，低低地笑道：「妳長得也太招人喜歡了，才見過幾次，大皇子就對妳念念不忘，處心積慮地想將妳娶回府去。我以後可得小心點，嚴防死守，堅決不讓任何人詭計得逞。」

寧汐又是好氣又是好笑，狠狠地擰了容瑾一把。容瑾裝模作樣地喊疼，眼裡卻滿是笑意。

笑鬧一番過後，寧汐才將心底的疑問說了出來。「容瑾，有件事我一直覺得奇怪，雖然我長得還不錯，可也不是什麼天仙美人。大皇子府上各色美人一定少不了，怎麼會見了我幾次就惦記上了？」

被寧汐這麼一說，容瑾也覺得有些不對勁，皺眉思忖起來。

幾位皇子中，四皇子好男風，三皇子府中美人眾多，倒是沒聽說過大皇子偏好女色。偏偏鬧出這麼大的動靜來，這其中到底會有什麼緣故……

等等！容瑾的腦中忽地閃過一個念頭，面色頓時凝重起來。

第二百七十六章　決定

寧汐心裡一動，追問道：「你想到什麼了？」

容瑾眸光一閃，緩緩地說道：「汐兒，大皇子不光是看中了妳的人，只怕更看中了妳別的本事。」

別的本事？寧汐有些茫然，待看到容瑾意味深長的目光時，陡然會意過來，吃驚地張大了嘴。「你的意思是，他看中的是我會作夢示警？」

容瑾點點頭。「應該是了。」如若不然，怎麼解釋大皇子的異常舉動？

寧汐先是啞然，再定神想了想，終於幡然醒悟。大皇子身邊既不缺美貌的女子，更不缺手藝好的廚子，可像她這樣擁有「特殊」本事的女子卻是絕無僅有，自然就起了占有之意。

想及此，寧汐的唇角浮起一絲苦笑。當時為了保命，她只能扯了這個滔天謊言，沒想到，卻又惹了這麼一齣……

「妳曾作夢示警，救了公主一命。大皇子對這件事很清楚，所以又生出了別的想法。」容瑾緩緩地說道：「太子之爭，風險極大，一個不慎，就會落得萬劫不復之地。大皇子想借重妳的特殊能力，為他避禍，所以才想將妳娶進府中。」

顯然，寧汐本身的美麗與高超的廚藝，也讓身為男人的大皇子心動了。將這樣一個可人兒留在身邊，一舉數得，有何不可？

容瑾的分析極為精闢深刻，寧汐忍不住點頭，旋即憂心忡忡地問道：「那以後要怎麼辦？大皇子會這麼輕易的死心嗎？」

容瑾溫柔地攬住寧汐的肩膀，眸中卻閃過一絲冷意。「我今天已經明明白白的告訴他，妳是我的未婚妻。他一個堂堂皇子，總不敢肆無忌憚的搶臣子的女人。」頓了頓，淡淡地說道：「放心，我會有法子讓他死心的。」

寧汐聽得心驚肉跳，雙手不自覺地揪住容瑾的衣襟，水靈的眼眸裡滿是擔憂。「容瑾，你千萬別做什麼傻事……」

「傻丫頭！」容瑾心裡一暖，眼中終於有了笑意。「我是那種魯莽的人嗎？他是皇子，將來還可能做太子做皇帝，我不至於傻得和他正面起衝突，不會有性命之憂的。」

這就好。寧汐稍稍放了心，想了想下定決心說道：「我退出廚藝比賽吧！」惹不起，總還躲得起吧！

容瑾迅速地領會了寧汐的心意，不假思索的阻止。「不，別退出。事情鬧到這個地步，流言蜚語是少不了了，妳在這個時候退出比賽，反而讓人覺得妳心虛。再說了，如果大皇子成心要見妳，妳想避也避不了。」

「可是……」

一記深吻堵住了寧汐的紅唇，她所有的不安都被吞沒進了容瑾的唇中。這個吻纏綿細膩，帶著絲絲溫暖。

過了許久，容瑾才抬起頭。「汐兒，相信我，我不會再讓那個大皇子多看妳一眼。」他並未抬高音量，可語氣中自然有一股讓人深信不疑的力量。

寧汐終於鎮定下來，輕輕地點頭。

等兩人出了雅間，才發現一樓的大堂裡居然有不少的人。孫掌櫃、寧有方都在，還有小安子和張展瑜，趙芸也在，見寧汐終於露面了，眾人不約而同的一起迎了過來。

寧汐先向張展瑜道謝。「張大哥，今天多虧你了。」要不是有張展瑜去搬救兵，今天簡直沒法收場。

張展瑜笑了笑。「我也做不了別的，這點小事不算什麼。」

他說得輕描淡寫，小安子卻在一旁添油加醋地說道：「我們兩個今天幾乎跑遍了半個京城，一連找了五家出名的茶樓都沒找到少爺。當時我都想著別再找了，張大廚偏說一定要找下去，一直找到第八家茶樓才找到少爺。」

當時，兩人累得連說話的力氣都快沒了，越找越迷茫，越找越心慌。小安子頹然地想放棄，張展瑜不知哪兒來的信心，堅持說一定能找到容瑾。果然，再找了幾家真的找到了。

他們兩人見到容瑾之後，便像看到了救星一般，張展瑜也顧不得和容瑾的那點心結了，一口氣未停地將事情說了一遍。容瑾當時面色一變，眼神冷厲，不假思索地騎上馬飛馳而去。小安子和張展瑜兩人坐著馬車到鼎香樓的時候，大皇子一行人已經絕塵而去了。

也幸好容瑾來得及時，想起剛才驚險的一幕，寧汐依然心有餘悸，嘆道：「讓大家跟著受累了。」

寧有方看向容瑾，欲言又止。剛才當著大皇子的面，容瑾張口便說寧汐是他未婚妻。從今之後，寧汐的閨譽算是徹底「毀」在容瑾手裡了……

容瑾何等敏銳，立刻承諾道：「寧大叔，我現在回去和大哥、二哥商議一下，幾天之內一定到寧家來提親。」

這一句輕飄飄的話，像巨石投進湖面，頓時激起了千層浪，眾人都是一臉震驚。尤其是寧汐，更是雙眸圓睜，滿眼的不敢置信。

雖然已經確定了彼此的心意，可談婚論嫁什麼的，也太早了吧……

寧有方卻很是滿意地點點頭。「好，那就這麼說定了。」

「等等！」寧汐清了清嗓子。「這件事……太倉促了，還是以後再說吧！」

「不行！」容瑾和寧有方一起瞪了過來，異口同聲地反駁。「這事越早越好！」以防夜長夢多。

寧汐弱弱地申辯。「可是，容家人不同意怎麼辦？」容瑾和她之間的來往，容府上下心知肚明，卻都以為容瑾只會納她為妾，要是容瑾大張旗鼓的鬧騰著要娶她為妻，不定會惹來什麼反應呢！

寧有方不出聲，只瞄了容瑾一眼。

容瑾淡淡地笑了，語氣裡滿是自信。「不同意也得同意。汐兒，妳安心地等著我的好消息。還有，廚藝決賽照常參加，爭取拿個高分數得個好名次。」這件事在他心裡已經擱了很久了，正好趁著這個機會，和家裡攤牌，也順便徹底解決大皇子這個隱患。

他的語氣堅定又堅決，寧汐壓根兒沒有反對的餘地，只得無奈地點了點頭。

容瑾說得倒是輕巧，這件事真的能有這麼容易嗎？

容瑾待了一會兒之後，便領著小安子回去了。今天，他還有一場「硬仗」要打，得先好好的盤算盤算該怎麼張口才好……

鬧了這麼一齣，孫掌櫃也沒了開業的心思，索性關了門，讓眾大廚都回家歇息半日。見寧有方心事重重，便拉了寧有方到一旁說起了悄悄話。

「寧老弟，你可得想清楚了。就算容少爺真的來提親，萬一大皇子殿下對汐丫頭還不死心怎麼辦？我們不過是升斗小民，在貴人眼裡，就和螻蟻差不多，我們可招惹不起啊！你就沒想想，要是汐丫頭真的跟了大皇子，將來榮華富貴指日可待……」

寧有方面容一肅，鄭重地說道：「孫大哥，今兒個我也給你說句實話，我絕不會做賣女求榮的事。容瑾對汐兒的心意你也看見了，汐兒嫁給他，才是真正的歸宿。」

孫掌櫃訕訕地笑了笑，也不多嘴了，心裡卻暗暗嘀咕個不停。容府也是高門府邸，寧汐想嫁過去做三少奶奶，可不是容易的事情……

另一旁，張展瑜也在低聲地叮囑寧汐。「汐兒，妳以後可得小心些，這幾日就別出來了，在家裡好好待著。」今日過後，還不知會有多少流言蜚語，還是暫避風頭比較好。

寧汐點點頭應了。這個不用說她也知道，大皇子先是在決賽時對她特地矚目，又大張旗鼓的來鼎香樓，簡直唯恐別人不知道一般。只怕不出兩天，謠言就會傳得沸沸揚揚。到時候，不知多少人要用異樣的眼光看她呢！

張展瑜沈默了片刻，又笑道：「容少爺待妳一片真心，我也放心了。」經過此事，他終於徹底服了容瑾。

以前，他總覺得容瑾虛有其表，空長了張比女人還漂亮的臉蛋，可性格既傲氣又彆扭，根本不懂體貼。再加上兩人家世相差極大，未必是寧汐的良配。

可這一次，他才真正的意識到容瑾高傲的外表下對寧汐的在意，即使面對的是位高權重的皇子，也毫不退縮。只有容瑾，才能給寧汐真正的幸福！

寧汐抬起眼眸，輕輕地說道：「張大哥，謝謝你。」謝謝你的寬容，謝謝你的體貼，謝謝你的祝福。

張展瑜的眼裡掠過複雜的情緒，到最後，終於化成了一片溫和清朗。「汐兒，不管什麼時候，我永遠是妳的張大哥。」

寧汐的眼眶濕潤了。張展瑜的這一片深情厚意，她注定辜負，這一輩子也還不起了……

張展瑜心裡也酸酸的，卻故作輕鬆地笑道：「妳可千萬別哭鼻子，要是被師傅看見了，一定以為我在欺負妳了。」

寧汐吸了吸鼻子，用力的點頭。

寧有方領著寧汐一起走了，張展瑜靜靜地看著他們的身影走遠，良久，才低嘆一聲，眼底的悵然久久不息。從今以後，他要將所有的愛慕都深深的埋在心底最深處，再也不流露分毫。

寧汐……有容瑾，再也不需要他了……

他也該徹底的放手了！

——未完，待續，請看文創風097《食全食美》6

天才廚藝美少女遇上天下最挑剔刁嘴的美少年

重生的試煉．穿越的新鮮
人情的溫暖．溫柔的情意
精緻烹煮的美食佳餚，佐以專一的愛情調味，
引得你食指大動、會心一笑……

食全食美 全套八冊

真情流露派寫作大手／尋找失落的愛情

文創風 092 **1**

她對愛的癡傻竟換來寧氏全族遭到滅門之禍。
既然老天爺讓她重生，她定要好好的活一回！
從此，她不再是那個不解世事、爹疼娘寵的嬌嬌女，
她求爹答應教她廚藝，憑著過目不忘及異常靈敏的味覺，
她肯定能成為世上獨一無二的名廚。
她要避開前世所有的禍端，守護所有的親人。
她要看清楚所有人的真面目，不再受人欺瞞。
但容瑾這男人卻是她看不明白的，遇上他，她就上火……

文創風 093 **2**

這個寧汐，是長得像個精緻的娃娃似的，模樣討喜，
但她不饒人的小嘴和倔強的性子，他領教得可多了！
哼！她想山高水遠不必再見，他偏不如她的願，
要知道少了她在眼前晃，他生活可就太平淡無聊了……

文創風 094 **3**

這容瑾自大自傲，說話又毒辣，可實在太俊美了，
他只要淺淺一個微笑，都會令少女心神蕩漾。
不過迷戀他的少女之中可不包括她。
但看著他運用聰明才智地將鼎香樓炒得火紅，
她心生佩服之餘，覺得他的毒辣似乎沒那麼難忍了……

文創風 095 **4**

容瑾的出身、絕美的容貌、睿智才情……
看得愈多，就愈明白他真有高傲狂妄的資格。
她配不上出身高貴的他，可他老是來撩撥她的心，
連夜探香閨這種事他都做得出來，她根本拿他沒轍……

文創風 096 **5**

在他心裡，這寧汐什麼都好，就是太招人喜歡的這點不好！
迷了他就算了，還迷了一堆男人，
惹得他老大不痛快，吃不完的飛醋！
看來他下一步要籌劃的就是怎麼樣儘快娶她進門……

文創風 097 **6**

寧汐知道大皇子想要的是她身上所具有的神奇異能，
她不想嫁入皇室當妾，更不想容瑾為了她衝動惹禍。
如果能平安地度過這次的危難，她願意早點嫁給容瑾……

文創風 098 **7**

不能怪他性子急，娶妻這事他是一天也不想忍了！
心愛的女人遭人覬覦的感覺真是糟透了。
只要寧汐還沒娶進門，他就名不正、言不順，
無法大方地行使他作為丈夫的權益！

文創風 099 **8** 完

這次容瑾真的無法低頭了，瞧他把她寵成什麼樣？
他全然地對她坦白，她卻藏著自己的秘密，
還是關於另一個男人的，這下更是氣極了！
婚後最大的爭執於是展開，冷戰就冷戰吧……

輕鬆好笑、令人噴飯之宅鬥大家／棠茉兒

肥妃不好惹

文創風 089 上

這個王妃實在當得很憋屈，
王爺討厭她、妃妾排擠她、下人不甩她，
不過這些都不打緊，
眼下最急的是——
她得盡快減肥成功才行！

穿回古代、還成了皇長子睿親王的王妃，這些離譜的事她都能勉強接受，
但……她上輩子究竟是造了什麼孽，做什麼這樣嚴懲她啊？
這位叫若靈萱的王妃右邊眼瞼上有個紅色胎記，像被人打了一拳似的，
而且不僅醜，還長得肥……是很肥！人要吃肥成這樣，也實在太過分了些，
有這副肥到走幾步路就喘的身子，她還能成啥事啊？
別說王爺夫君厭惡她、整個王府中沒人將她這王妃放在眼裡，
就連她自個兒攬鏡自照，都很想一把掐死自己算了！
難怪連她底下的幾個小妃妾們都不怕她，還害她掉入湖中，丟了性命，
看來，當務之急得先努力減肥才成，否則她逃命都逃不遠了，能奈對方何？
接著她得要好好露兩手，讓所有人知道，她可不是當初那隻任人欺侮的病貓！

文創風 090 中

古代的妻妾爭鬥
對她而言雖然是沒啥可看性及威脅性，
但一不小心誤入陷阱的話，
可也是會被折磨得掉一層皮呢！
瞧她，不僅是皮，連肉都掉了好幾圈……
嗯？這也算是因禍得福吧？

蛤？林側妃吃了她代人轉交的糕點後，就中毒暈死過去了？
由於糕點是林側妃的親姑姑林貴妃送的，沒道理害自個兒的姪女，
所以她堂堂王妃倒成了唯一的加害者，理由不外是妻妾間的爭寵吃醋，
呿，這簡直是笑話！一來，她若要下毒，會親自出馬讓人有機會指證嗎？
這種搬不上檯面的小兒科手段，根本是在侮辱她若靈萱的智慧嘛！
二來，她壓根兒不愛王爺夫君，喜歡的另有其人，哪來的因妒生恨啊？
他高興愛誰就去愛誰，她求之不得，最好他能答應和離，那就再好不過了，
偏偏這裡不是她說了算，他要關押她候審，她也只能乖乖就範，
慘的是，林貴妃趁王爺外出時，派人來帶她進宮「問話」，對她大動私刑，
嗚～～她該不會莫名其妙命喪宮中吧？她這也太坎坷了點吧？

文創風 091 下

古代生活太乏味，
她不找點事來做做可要無聊死啦！
唔，如今呢是肥也減了，
妃妾們的迫害事件也一一解決完，
接下來不如邊開店調劑身心，
邊挑選下一任夫婿好了……

若靈萱萬萬沒想到，自個兒瘦下來、臉上的紅疤又治好後，竟會美成這樣！
這下可好，不僅夫婿君昊煬看她的眼神愈來愈曖昧兼複雜，
就連小叔君昊宇對她的愛意也是愈來愈藏不住，害她一時左右為難，
沒想到老天像是嫌她不夠忙似的，連皇叔君狩霆也來插一腳，對她頻頻示好！
唉唉，她以前又肥又醜時就遭人排擠陷害了，再這麼下去還焉有命在？
嘖，不管了不管了，她決定先把感情放兩邊，賺錢擺中間，
倘若能在古代開間肯德基及麻將館，讓百姓們嚐嚐鮮，有得吃又有得玩，
到時銀子肯定會大把大把地滾進來，唉唷喂，光想她都快開心地飛上天啦！

既來之，則安之。

再不想再受盡白眼，

她就想個法子討老祖宗歡心……

慧黠有情・宅鬥精巧／

薔薇檸檬

競芳菲

文創風 065 上

她原本好好的在高中教語文，還是該校小有名氣的「王牌教師」。
無論是上級、同事還是學生，都對她的工作能力十分佩服。
唯一美中不足的是，她到現在還沒有談過戀愛……
但這幾近完美的一切都在瞬間有了天差地別的改變——
她意外地穿越到古代，被困在一個名叫秦芳菲小孤女身上，
她有著成熟的靈魂，卻被迫當個十歲的小女孩，
像個拖油瓶地似寄生在秦家本家大宅裡，
不只不被老夫人待見，受盡冷落，還得領教惡僕欺主，
幸虧來到古代時，她腦中攜帶而來海量資料庫——
百草良方，盡在掌握；花經茶道，樣樣精通；發家致富，不在話下。
縱然有再多的艱辛波折，坎坷磨礪，
她也一樣可以把小日子經營得有滋有味，風生水起……

文創風 066 中

「我向妳發誓，我一定要取得功名，然後……用我的一生來保護妳。」
陸寒是從什麼時候起，對她竟有了這樣深的感情呢？
遲鈍的她卻從未察覺……
雖然他是自己的未婚夫，在這一世還長了幾歲，
但在她心中，一直當他是弟弟般地照顧著。
她已不再是剛穿越過來的那個沒本事、病弱氣弱的小孤女了，
她懂得怎麼營生，怎麼撐起小小的天地守護自己，
就算秦家逼她悔婚，她仍是可以周全自己的意願。
只是不嫁朱毓升，難道，真的要嫁陸寒嗎……
她相信他是個一諾千金的人，
他話一說出口，即便是天坼地裂，他也不會改變心意。
可她的心卻……

文創風 067 下

上天就是這麼愛捉弄人……
當她覺得她的人生、未來的幸福應該就這麼安穩地定下來了，
茶館的生意她做得叮噹響，手邊寬裕了，
陸寒也提親了，往後他們成了小夫妻，兩口子可以好好安生了，
皇上突來的恩寵卻攪亂了她的天地。
曾藏她心上的少年，竟成了當今的皇上，
她心中深藏的情意早已遠去，
然而皇上對她的思念卻日益深沈，
強烈的情感竟化為獨占，擄了她，軟禁她，
恩威並施，語帶威脅……她再怒也只能忍下；
她不能拂了皇上的面子，更得顧全陸寒性命，
她不想當皇上養在精美籠子裡的金絲雀，她的心早已飛了，
她該怎樣才能脫身，回到所愛的人身邊呢……

風 文創
096

食全食美 5

國家圖書館出版品預行編目資料

食全食美 / 尋找失落的愛情著. --
初版. -- 臺北市 : 狗屋, 民102.06-民102.07
冊 ; 公分. --（文創風）
ISBN 978-986-328-082-8（第5冊：平裝）. --

857.7　　102009599

著作者	尋找失落的愛情
編輯	王佳薇
校對	黃薇霓　黃亭蓁
發行所	狗屋出版社有限公司
地址	台北市104中山區龍江路71巷15號1樓
電話	02-2776-5889～0
發行字號	局版台業字845號
法律顧問	蕭雄淋律師
總經銷	知遠文化事業有限公司
電話	02-2664-8800
初版	102年6月
國際書碼	ISBN-13　978-986-328-082-8
原著書名	《十全食美》，由起點女生網（www.qdmm.com）授權出版

定價250元
狗屋劃撥帳號：19001626
網址：love.doghouse.com.tw　E-mail：love@doghouse.com.tw